GAEA

GAEA

特殊傳說
THE UNIQUE LEGEND
護玄／著
vol.6
新版

特殊傳說 6

目錄

第一話　期末 07
第二話　忘記的東西 23
第三話　宿舍的黑袍們 43
第四話　不能上去的樓層 65
第五話　黑館的封印 87
第六話　黑館前的對決 109
第七話　丟失的骸骨 135
第八話　女鬼事件 163

第九話　突如其來的邀請行程……183
第十話　家族旅行……209
第十一話　起點……235
第十二話　船上的聚餐以及賓客……255
第十三話　封閉的樓層……275
第十四話　遠古的住宅區……297
番外・生氣跟面無表情……317
番外・記憶與空間……333
特傳幕後茶會……347

特殊傳說
THE UNIQUE LEGEND

登場人物介紹

Atlantis 學院

姓名：褚冥漾（漾漾）
年級/班別：高中一年級/C部
性別：男
袍級/種族：無/人類
個性：非常普通的男高中生，個性有點怯懦，不太敢與人互動。

姓名：冰炎（學長）
年級/班別：高中二年級/A部
性別：男
袍級/種族：黑袍/？
個性：脾氣暴躁、眼神銳利。不過是標準刀子口豆腐心的好人～

姓名：米可蕥（喵喵）
年級/班別：高中一年級/C部
性別：女
袍級/種族：藍袍/鳳凰族
個性：個性爽朗、不拘小節，喜歡熱鬧。非常喜歡冰炎學長！

姓名：雪野千冬歲
年級/班別：高中一年級/C部
性別：男
袍級/種族：紅袍/？
個性：有點自傲，知識豐富像座小型圖書館；討厭流氓！

姓名：西瑞．羅耶伊亞（五色雞頭）
年級/班別：高中一年級/C部
性別：男
袍級/種族：無/獸王族
個性：個性爽朗、自我中心。出身於暗殺家族，打扮像台客。

姓名：萊恩．史凱爾
年級/班別：高中一年級/C部
性別：男
袍級/種族：白袍/人類
個性：個性隨意，存在感低、經常超自然消失在人前，執著於飯糰！

登場人物介紹

Atlantis 學院

姓名：藥師寺夏碎
年級/班別：高中二年級/A部
性別：男
袍級/種族：紫袍/人類
個性：個性淡泊，不喜過多交談，是個溫柔的好哥哥。

Alis 學院

姓名：伊多．葛蘭多
年級：大學一年級
性別：男
袍級/種族：白袍/水之妖精
個性：成熟穩重且平易近人，性格溫和。先見之鏡的守護者。

姓名：雅多．葛蘭多
年級：大學一年級
性別：男
袍級/種族：白袍/水之妖精
個性：不愛講話，外在冷淡繃著一張臉，不過卻是個好人。

姓名：雷多．葛蘭多
年級：大學一年級
性別：男
袍級/種族：白袍/水之妖精
個性：極具冒險精神，永遠都掛著笑臉，喜歡搗蛋，對五色雞的頭髮異常執著。

其他

姓名：褚冥玥
身分：一般的大一生，漾漾的姊姊
性別：女
種族：人類
個性：直率強硬，很有個性的冷冽美女。異性緣爆好！

第一話　期末

地點：Atlantis

時間：上午十點零三分

烤肉那天之後過了不久，學院舉辦了爲期一週的期末考。

說眞的，我一直以爲這間學校沒有考試，因爲連期中考也沒有，而且還因爲大賽的關係幾乎都沒有上到什麼課程……其實也還好啦，在那事後我聽說其實觀眾席上跟來的老師都有配合教材在講解，所以也等於有上了課。

唯一沒上到的就是上場的我們啊！

「完了，我這次一定死定了。」看著堆在桌面上的教科書，我有種這次一定會留級留到死的感覺。

翻開教科書，一大半我都看不懂。

去死吧法陣學、去死吧誰教我選的墓陵科。

正常這種年紀會讀這種科目嗎！告訴我正常的會嗎！爲什麼我年紀輕輕就要在這邊面對這種好像人生苦短的科目書啊！

「你想死的話我可以幫你。」坐在旁邊沙發喝茶的學長翻動著手上的報紙，斜了我一眼。

「不、不用了，謝謝。」請當我無意義發言。

這是這學期最後一個悠閒的週日，明天開始進行期末考地獄，我現在人坐在黑館的大廳裡，旁邊有兩、三個同樣很閒的黑袍在沙發上看書報和喝飲料，與我現在的地獄簡直是兩種對比……你們根本是故意的吧，平常哪有聚集在大廳打發時間啊你們！

之所以不是待在樓上是因為有問題要問學長，他在樓下我也只好跟下來樓下，然後就被圍觀。

「漾漾，其實你已經參加過大賽了，期末考對你來說應該會很簡單。」閒著的黑袍一、安因人很好地安慰著我。

騙鬼。

「嗯，期末考的紙考不會很多，分數只佔了四分之一。」搖晃著酒杯，不曉得為什麼也跑來大廳的閒黑袍二、蘭德爾勾起有點冷的恐怖笑容，說著，「另外的全部都是考實際操作，只要會用，大部分都可以過關。」

……不要拿我跟你們比。

「你們期末考考什麼有先講過嗎？」學長放下手上的報紙，拿起我桌上疊著的其中一本書翻了翻，用一種「這好像是笨蛋看的東西」的表情看了我一眼。

「有……說要考課本裡面教過的東西。」我打開課本，裡面充滿了許多東西，完全不知道從何看起。

「那你還不會嗎。」把書本丟回去，學長抽出一張紙符拋在地上，「基礎移動陣，爆符、風符等基礎元素符咒安因不是全部教過你了。」

我看著地上在轉的法陣，十來秒之後就自動消失，「欸……好像是耶。」大賽的時候也用過好幾次，所以應該說有點上手；尤其是移動符，因爲我老覺得有一天逃命一定會用到，所以記得格外清楚。

「臨場考驅魔術的話也不用太擔心，漾漾身上不是還有老頭公的保護，現場的考試用妖魔不會隨便攻擊你的。」安因拉起我的手，上面掛著老頭公的手環。

……好像是這樣。

「驅逐考試還有什麼難的，你的幻武兵器掏出來把看到的敵人都打死不就可以了。」蘭德爾冷笑著。

不知道爲什麼，本來很難的考試被他們說一說好像變得很簡單……眞的是這樣嗎！還有，驅逐不代表打死吧！那兩個字根本是不能劃上等號的啊！

無聲的尼羅不知道從哪裡生出一大盤點心，用高級銀器安安靜靜地擺到桌上。

爲什麼快考試了我還在大廳交流感情……

「放心吧漾漾，現場考實際操作的話應該難不倒你。」安因一下子拿過很多課本，像是符咒學和有效的擊敗屬性敵人等等，只留下了兩、三本文考的書本，「課本紙考的話重點考來考去也就是那幾個，只要看那些重點就可以了。」他轉了一下手指，出現了一枝筆，就直接開始在我的課本上畫線了。

「考試會煩惱成這樣的人大概只有你吧。」冷哼了一聲，學長接著安因抛過去的課本，抽出了筆也在上面畫起線。

「把重點看一看，就會考很好囉。」聳聳肩，蘭德爾拿著另一本書丟給他的管家畫，自己完全不用動手。

眞的是這樣嗎！

看著正在幫我畫重點的三名黑袍（有一個是代畫），我突然有種很感動的感覺。我想全世界大概只有我有黑袍在考試前幫我畫重點吧，說出去肯定會被別人打死。

「哼……畫歸畫，你如果自己記不起來也是天要亡你。」學長把畫好的課本抛給我。

「謝、謝謝。」幸好我的記憶力不算壞，立即翻開來看，裡面畫得很簡單，大概就十來題左右，「這樣就可以了？」我看著那些少少的黑線，大概不用兩小時就可以完全背起來。

「不然你以爲要考多少。」學長白了我一眼。

我還以爲要畫很多，因爲以前國中時老師畫線都是一畫畫到天邊，讀到死還讀不完的那種。

「好了，漾漾你把這些看熟就可以了。」紛紛把課本放回去，安因微笑著這樣告訴我「不用太擔心，範圍不會很廣，學院最重視的是實際操作。」

我抱著畫好重點的課本，感動地向眼前幾個人大大一鞠躬，「謝謝你們。那、我先回房間去

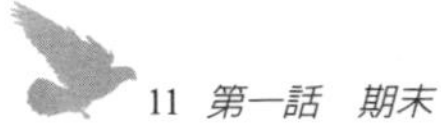

看書了。」

我想，他們不會眞的無緣無故就聚集在大廳看笑話，所以我還是先回房間去看書比較好。

「漾漾，考試加油喔。」天使朝我微笑。

用力地一點頭，我用跑百米的速度往房間衝去。

期末考、加油！

※

接著，爲期一週的考試開始了。

不知道是不是因爲學長他們幫我畫重點的關係，紙考意外地非常順利，除了幾題怎樣背都好像被詛咒會忘記寫錯之外，其他的答案幾乎都塡滿了。

另外，實際操作也勉勉強強都過關了。不過在實際操作上倒是有點意外，不是我所謂的意外，其實是五色雞頭造成的意外，他差一點把教室給炸掉還得意洋洋地說大爺就是要驚天動地，差點被老師批上不及格，可還是低飛通過了。

考試上異常地順利，我在考試從來沒有這麼順利過，這次居然連臨時拉肚子還是天花板掉下來都沒有，讓我順利考到最後一秒。

看來競技大賽眞的有差。

不然就是黑袍有拜有保庇。

「漾漾，你這次寒假要回家過嗎？」考試最後一天，終堂和我同考場的千冬歲在考完後和我站在走廊上閒聊。

「嗯，對啊，寒假剛好回去過年，我老媽已經打了好幾次電話過來催了。」上次回去之後我把手機的號碼給老媽，現在每隔幾天就會接到一次電話來問我還活著沒有。

「眞好，寒假雪野一族因爲要舉辦大型冬祭，所以全部族人都得召回，一考完我就要回去幫忙了。」聳聳肩，千冬歲靠著圍欄有點落寞地說，感覺上並不像是舉辦慶典那種期待的心情，「看來要等寒假過後才能再碰到你們了。」

對喔，我都快忘記千冬歲的大家族，眞是辛苦。話說回來，不曉得夏碎學長也要過去雪野家嗎？因爲他好像也是雪野家的人……應該是。

「啊，不過冬祭上會使用一種甜饅頭，手工的、一年也只做這麼一次，到時候我會請族人多做一點寄去給你們。」像是要掩蓋剛剛不自然的神情，千冬歲很快地這樣說著。

「喔、好，先謝謝你了。」

土產啊，好像很不錯的樣子。這也讓我開始稍微在心中打點這次回去過年要帶什麼禮物回來給他們了。

「喵喵要去醫療班幫忙。」不知道從哪邊蹦出來的喵喵加入話題：「因爲過年時任務很多的，而且也要回去鳳凰族露一下臉。不過漾漾你放心，我們會去找你玩的。」

……可不可以給我一個安靜的寒假，我只想好好回歸普通人的生活，拜託。

「我住的那個地區也要辦冬祭。」突然飄出來的萊恩說著，把我嚇了一大跳，「不過是整個城鎮的人一起辦的，比較像慶祝節。」

是說，千冬歲和萊恩也是跟我住在同一個世界的，搞不好我有空也可以偷偷溜去看他們住的地區，現在學會移動陣之後感覺就比較方便了，雖然沒有學長他們那麼厲害可以跳躍空間，不過根據我偷試的結果，還是可以轉移到不少地方。

「漾漾你住的地方會辦冬祭嗎？」話題轉回來，喵喵這樣問著。

冬祭？

我們這邊好像比較不會舉行慶祝耶，除了特定節目之外，大家幾乎都會窩在家裡。想來想去，我只想到一個東西，「年貨大街算嗎？」近年來因爲我們那邊的市區開發了不少，現在每年過年都會有年貨大街，去年和我老姊去逛過一次，相當熱鬧，算算時間，今年應該也差不多要舉辦了吧。

「年貨大街？就是能採買到很多東西的年慶街道？」

「呃……應該就是了吧。」我不曉得喵喵他們的定義是什麼，不過是採買的街道應該就沒錯了。

「耶……好想去逛喔。」喵喵撐著下巴，腦袋開始了我們看不見的幻想，「漾漾，我去你那邊的話要帶我去逛年貨大街喔。」

「喔、好。」反正今年大概也要陪我老姊去那邊晃兩圈。

「隨時都有嗎？」

「呃……我想只有過年前一小段時間而已。」又不是夜市。

「欸，那很短耶，喵喵沒辦法在過年之前到啦，要開久一點啊。」

「我有啥辦法，又不是我家開的。」有本事你們自己去開一條啊……等等！搞不好他們真的有本事！

就在聊天時，鐘聲響起。

看了一下時間，我剩下最後一個指定科目要考，就是法術應用的考試。

和已經考完的喵喵等人先說再見之後，我快速往指定教室跑去。大概因爲這幾天要考試的關係，所以教室居然很罕見地沒有到處亂跑，每一間都乖乖地固定在原位，非常好找。

進教室之後，裡面已經差不多都坐滿了人。

其實這學期我認識的人還眞不多，因爲大家的科目都不太一樣，而且後來又有大會，所以除了固定有在講話的那幾個人之外，其他的人就不太認得了。

應用科的老師走進來，給了一道非常簡單的題目。

「請各位同學將發下的移動法陣符咒加以應用變化，創造出不同的移動陣，指定考試時間三十分鐘，請不要作弊，否則您可能會得到比低分更恐怖的東西。」

……我終於知道爲什麼學長他們會說不用擔心了。

移動法陣的話我經常看到學長他們在用，樣式什麼的早就都記起來了，加上之前在圖書館千冬歲也有教過我基本形成辨識。所以在開考之後二十分鐘左右，我就已經順利繳出答案先離開教室了。

也就是說……我的期末考，考完了。

看著廣大的校園，我突然有種感動——自由眞好。

收拾一下背包，我走出了教學大樓。

學院裡仍到處有人在走動，不過一改之前考試時的緊張氣氛，現在看見的幾乎都是很輕鬆的感覺，三三兩兩地聚在一起聊天，有的還乾脆約了要出去大玩特玩一番。

看來就算不是在原本的世界，考試期間的情況和氣氛也都差不多。

「褚同學，考完了？」

就在我走進上次差點被五色雞頭和安因拆掉、後來又神奇自己復原的水上庭院，想直接穿過回宿舍時，有人從後頭叫住我。

聲音很耳熟。一轉身，首先看見的是一頭銀紫色的頭髮。

他是……校舍管理人？

「接下來的時間學生們應該都要各自返鄉了。」站在庭院入口，離我有幾步遠，銀紫髮的青年視線不是對著我，像是看著旁邊跑過去的其他學生。

「你、你好。」我微微向他點了頭，「不好意思，上次麻煩你了。」

那個人轉過來，微笑，很有禮貌地先致意，「有什麼麻煩的嗎？上次元蟲的事情還是您幫忙才會這麼順利，應該是我先謝謝您。」

他給人的感覺還是很好，我走了幾步到他面前，「對了，上回我忘記問你是……？」雖然學長有對我說過對方的身分，可是我覺得還是再向本人確認會比較好，不然叫錯就糗了。

「帝，學院校舍管理人。」銀紫髮的帝頷了頷首，「另外同爲校舍管理人員的還有兩位，后與臣，若是褚同學有這方面相關問題的話，可以來找我們。」他微微笑著，給人一種形容不出氣質的感覺，卻不難親近。

我知道還有兩個。可是就學長上次說的，應該是帝比較難遇到其他兩個比較好遇到吧？怎麼我經常遇到很難遇到的這個？

看著眼前的帝，不知道是不是我的錯覺，我老是覺得他的眼睛好像在看更遠的地方還是看我看不見的東西，反正就是不是直接注視我的那種感覺。

四周變得很安靜。

糟糕，我發現我沒有話題可以和他聊。

「那個……帝先生感覺上好像是妖精族的人？」我想了很久，才發出這個連自己都覺得很爛的問句。

好像在搭訕！

帝微笑，然後搖搖頭，「嗯……如果要換成你們那世界的說法的話……或許九十九神最爲貼切。」

九十九神？

那個不是老舊東西變成的妖怪嗎？

※

「褚！」

就在我思考他哪邊像九十九神的時候，突然有人喊了我，接著對方也同時注意到帝的存在，「帝，您好。」

「夏碎。」朝著聲音來源處點點頭，帝同樣勾起溫和的微笑。

「夏碎學長。」

「眞巧。」在我們兩個旁邊停下腳步，夏碎學長這樣問著：「你們在聊天嗎？」

我點點頭，注意到夏碎學長穿著便服，手上還掛著背包，看起來應該也是剛考完試，「剛好聊到帝說他是九十九神。」

夏碎學長勾了笑，「沒錯啊，學院的宿舍管理人三位全部都是九十九神，如果用你理解的方式解釋的話，就是如此。」

「那就是物化的……」我停住，不好意思直接說妖怪。

「物化的靈體，妖怪、物神這些都可以算是，在這個世界我們則是稱呼作靈體。」夏碎學長把我不好意思說出來的部分講解了，「靈體比較接近他們的狀況。」

「我是精靈石之刃的物化靈體，原本是皇族所佩，經過時間而化，後來被那三位帶到學院來，成為學院的校舍管理人。而后與臣也是如此來的。」帝這樣告訴我，然後伸出他的手掌將上面的手套抽走後張開，兩邊的掌心上各出現了一枚古代圖騰，「這是物化的刻記。」

我看著那兩枚刻印，是淡淡的紫色，說不出來是什麼樣式，就和看古代文物展覽那種感覺很像，覺得挺漂亮的可是也不知道那是什麼東西。

收回手，帝微笑地重新戴回白色的手套，「這也是物化靈體的致命傷，只要被惡意者襲擊的話，立即就會消失在這世界上。」

「！」我愣了一下，隨隨便便就給我看這樣好嗎？

「我想褚同學應該不是會心懷惡意的人。」帝這樣說，也不避諱夏碎學長，「當然，夏碎也是。」

「帝，你應該回去了，我想后和臣應該在找你了。」沒有正面回答他的話，夏碎學長拍拍他的肩，隱隱流出關切語氣，「學院中雖然很安全，不過對你而言，無論在什麼地方都是危險。」

帝點點頭，「那麼，有空時兩位記得多多來校舍管理處坐。」他微微低了身，行了小禮。

我連忙也跟著回禮。重新抬起頭時，眼前的銀紫髮青年已經不見了。

「沒想到你和帝認識。」站在前面的夏碎學長看了我一眼，有點意外地說著：「帝向來罕少出住所。」

好，我知道啦，反正我很經常遇到不可能會遇到的人。

「因爲帝的身體狀況很差。」

夏碎學長補上這句話讓我愣了一下，「很差？」可是我覺得他看起來一點都不差啊。

「嗯，據說是在物化時被攻擊，造成靈體形成不完全，如果你以後像這樣看見他在外面閒蕩，要提醒他快點回去休息，不然后和臣會找人找到發飆。」他說著，然後在庭院旁邊的石椅上坐下，看了我半晌之後突然瞇起眼，「難不成你都沒有注意到？」

注意到什麼？

我愣了一下，仔細回想有沒有哪邊怪怪的地方，接著我想起一個不同的地方：「我只是覺得他在看東西的時候很奇怪而已。」感覺好像不是在看人，可是又是在看人。

「因爲帝看不見東西。」夏碎學長一句話馬上讓我的疑惑全都明白了，「所以對外事務一向都是后與臣處理，帝則負責幕後事務，這些事情你如果有興趣的話，可以到校舍管理處找他們聊聊。」

「知道了。」我點點頭，開始在想校舍管理處要怎麼走。

到現在爲止，我只知道宿舍管理處要怎麼去，倒還眞的不知道校舍管理在哪邊。

「褚，你寒假時要回家是嗎？」

我點點頭，不回家我還眞不知道要去哪邊，「夏碎學長也是返鄉嗎？」我想起了千冬歲說要回家的事情。

意外地，夏碎學長搖搖頭，「不是，這次我和冰炎都會留在宿舍裡，寒假時除了行政人員之外，宿舍都會留下幾名自願的住宿者要做宿舍重整。」

「大掃除？」不是吧……

我很難想像學長拿著雞毛撢子整理宿舍。

「是結界重整，因爲宿舍來來去去的人很多，各種氣息和術法交雜流動頻率很高，所以每個學期結束之後需要花一段時間重新建立起結界，以保所有住宿生的安全。」很簡單地講了重點給我聽，夏碎學長偏著頭想了一下，「前兩年時候還好，紫館還有冰炎幫忙，不過今年他要負責黑館，紫館方面就會變得比較忙碌一點。」

聽起來好像很辛苦。

「不過這也算是任務，學校方面有發獎金。」夏碎學長勾起笑容，我馬上就知道那筆獎金絕對不少，不過對他們而言大概也不算多就是了，「褚你有沒有興趣？可以試看看負責一般男女宿舍喔。」

「不用了、謝謝。」我不用半秒就拒絕，連想都不用想。

開玩笑，叫我去幫忙重整結界，那被我整到的館大概很快就全滅了吧！

「對了，這個東西給你。」就在我還在假想宿舍是怎樣全滅的時候，一個透明的東西落在我的眼前。

那是小小的玻璃瓶子。

好，不知道是什麼的請跟著我回想你們的童年記憶，大概指頭般大小，傳說中拿來放相思豆那種小瓶子。

回想結束。

玻璃瓶裡裝的不是相思豆，是一個很小很小、差不多可以和綠豆結拜的透明水晶，微微發著小小的光芒。

「這是……？」我接過小瓶子，那個豆丁大的水晶一閃一閃地亮著，看起來還挺漂亮的。

「上次在比賽時你身上的護符不是大部分都壞掉了嗎，這個是藥師寺家的護符，寒假時你一個人要小心些，這東西或許能幫上你的忙。」

被夏碎學長這樣一說，我才想起來上次在棺材起出時，千冬歲給我的護符已經壞了，其他有一些比較小的也是，現在幾乎都靠老頭公，別的也就沒有了。

我抬起頭，對上夏碎學長的微笑，「謝謝學長。」

「寒假返家時要多注意喔，因爲褚現在已經和以前不同，可能多少會有東西找上你，若需要幫助的話，記得通知我們。」夏碎學長的聲音放輕很多，有點像是在讓我多小心的感覺。

其實不用他說，我自己也知道要很小心很小心。

根據往常定理，很可能我離開學院之後又會開始衰了。

「那麼，就這樣了，開學之後見。」

夏碎學長站起身，拍了拍我的肩膀，才從水上庭院的另外一端離開。

看著手中微微發亮的護符，我稍稍做了個深呼吸。

於是，寒假開始了。

第二話　忘記的東西

地點：Taiwan
時間：上午十點零二分

我……終於……回到人類世界了。

放假第一天，我拎著背包站在街道上，有種名為感動的東西直接竄上我心頭。人類世界耶，我都已經快忘記它原本的樣子了。很好，車子不會飛、房子不會跳，我有一個完美的寒假可以處在這裡好好療養我受傷的心靈。

「這位同學，請問第三空間怎麼走？」

就在我很感動地想先去便利商店買個東西來延續感動，某人突然拍了我的背。

回過頭，我看見一條鰻魚。

鰻魚……？

拍我背的是牠的尾鰭。

不對！重點是這裡是人類空間為什麼會有鰻魚在路上飛！

該不會是誰家的氣球飛出來了吧！

就在我猛然回神之後，不知道是不是我的錯覺，我覺得在這個最正常不過的人類世界中，好像看見了什麼不該看的東西。

走在街道上的除了人類貓狗之外，還有一些模糊的影子和莫名其妙的怪東西。例如，我看到有個食人花搖搖擺擺地走過斑馬線。

這、這該不會就是……

「同學，你不是開眼過了？應該看見我了吧？請問第三空間要怎麼走？」

我倒退了兩步。

這種狀況……原來我連最後一丁點正常人成分都被抹煞了嗎？

「不、不好意思，我不曉得。」看著那條鰻魚，我還能說什麼。

「沒關係，謝謝。」鰻魚很有禮貌地向我道謝後就悠悠哉哉地游走了。

我決定把剛剛看到的東西當成幻覺。

好、一切重來。我剛剛抵達最正常不過的人類世界，四周都是美麗的正常人，車不會飛、房不會跳……

「同學，要不要來條吃了會死人的口香糖？」

……眞是夠了。

「漾漾！」就在我考慮要不要學習學長把賣口香糖的小紅帽打飛時，對街突然傳來叫喊聲。

抬頭，我看見我老姊不知道什麼時候已經出現在對面了。

趁著綠燈，我揹著包包連忙衝去對面。

「你什麼時候回來的也不先打電話一聲。」用著很平常的語氣，她提著一包不曉得是什麼的東西就站在原地等我。

「我上星期有和老媽說我放寒假了，不回家還要待在學校幹嘛？」跟老姊一起走在街道，入冬的台灣眞的變得有點冷。還好這次回來有記得帶學長給我的外套，不然眞的就在路上冷掛了。

對了，我想起來入學的那時也是這樣和我老姊一起走著，講些事情。

放假之後第一個見到的也是我老姊，感覺上還眞有點微妙。

「一學期下來學得如何了？」往回家的路走著，冥玥隨口問著。

「呃……剛開始不習慣。」非常非常不習慣，簡直到了每天都會和阿嬤照面的地步，「不過現在好很多了。」我想，大概是天天看看到自己都麻木了，現在看到一些怪事情也沒啥特別反應了。

就和之前想的一樣，人果然是一種習慣的動物。

然後，我們什麼也沒說。

冥玥沒有再繼續追問關於學校的事情。

我也沒有再繼續說有關於學校的事情。

總覺得她好像知道個大概，所以我也不用多說什麼。

「你們寒假放多久？」打破了沉默，經過公園後，冥玥才偏過頭問我。

「那個、到三月初開學。」我們學校的寒假差不多一個月左右，剛好可以回來過年加上去小玩一番。嘿，去玩，我已經很久沒有這樣想了。

還未到學院前我很討厭出門去玩，尤其是人多的時候。可是現在我居然自己會想要出去玩，眞的是被那群人給影響了。

「寒假時我們家要出國旅遊喔。」冥玥的話題一下子三級遠。

「嗄？」

刷地一聲，我眼前出現一本免費招待券。

「商店街抽到的，豪華輪船十日遊。」她用一種非常、極度普通沒什麼的語氣這樣告訴我。

……妳是鬼！

※

「漾漾！」

就在回家之後，照例又在廚房練功的老媽很有精神地喊了聲，「你終於回來幫我跑腿了，小玥每次放假都跑出去找不到人說。」她含著淚用沾滿麵粉的手意思意思地抱了我一下。

原來我在老媽的眼中等於雜物宅配車嗎？

「我是和同學去讀書會。」涼涼地抛了一句過去，冥玥哼了聲，然後才把手上的袋子塞在我

手上，「別人送的。」說完就離開了。

我打開袋子一看，裡面居然又是點心餐盒。

老姊不是不吃這個的……難不成我不在家的時候她都丟垃圾筒？

「奇怪，小玥有一陣子沒帶這些東西回來了說，怎麼最近又有人不死心開始送禮了啊？」老媽看了一眼袋子裡的東西，也沒怎麼大驚小怪的。

「大概是沒死透吧……」之前也常常這樣，拍死一個又擁出一打，繁殖速度倍增，我們都已經看到快麻木了。

「對了，小玥這次抽到輪船遊，招待券上有六人份，所以全家都可以去。」她跑回廚房，從烤箱裡拉出香噴噴的烤盤，「我們家有四個人，多了兩個空位，所以我會再問一下你阿姨他們確定時間，大概會在寒假這時候去玩喔，所以你要準備一下行李。」

「喔、好。」我拖著背包走上樓。

房子還是和我出門之前一樣，只是多了幾個詭異的模糊影子，那些影子一注意到有人進來之後馬上消散不見、快得好像從來沒有出現過一樣。

不要想太多、不要想太多，有時候人真的不要想太多會比較好。

開門進了房，我把背包往床上一丟，看了書桌上，光影村的祭品在出宿舍之前就已經先放好了，也委託了留在學校的賽塔幫我在拿走之後代放，應該是沒有問題。

那就是說現在我終於可以放心好好休假了！

喔耶！

「同學，要不要買一條請人吃人就會死的口香糖？」

我很冷靜地拿出爆符看著那個不知道什麼時候跟過來的口香糖小紅帽，「要不要來顆炸了會死的炸彈？」

「嘎嘎……路過、路過。」小紅帽逃走了。

其實有時候學一下學長他們的舉動還挺有效的。

四周又恢復安靜。

那麼，接下來我要做什麼？

……我突然發現我好像完全沒有事可做，一旦安靜下來後，整個房間突然沉默得詭異。

砰地一個巨大聲音馬上把我嚇跳起來。

「漾漾！下來吃點心了！」

冥玥的聲音直接在門外傳來，「還有，老媽叫你去買鹽。」

我剛回來耶！

「好啦！」我還能說什麼，一個是我老姊一個是我老媽，我的地位是在最後那一名，從以前開始就是這樣，到底是誰說家裡的獨生子會比較受寵啊，「馬上下去。」

下樓之後我老媽和老姊已經坐在沙發上，桌面擺著一整疊烤點心。還是和以前一樣，還沒去住宿之前也都是這樣。

「漾漾，先過來吃東西。」老媽朝我招手。

「我先去買鹽，等等回來吃啦，不然又忘記。」重點是我覺得老媽和老姊一起坐在那邊等我讓我覺得有點恐怖，還是先閃再說。

「你回來之後就吃不到了。」冥玥瞄了我一眼，說道。今天桌上的點心是杯子蛋糕，上面還有我很喜歡的橘子果醬，整個客廳都是香氣。

「留給我啦！」

我連忙往玄關跑，穿了布鞋之後拉了門直接出去了。

「同學，要不要買一條可以殺人的口香糖？」

「滾！」快速往大賣場方向跑去，就在離開家附近時有個白色的東西站在不遠處，我馬上停下腳步。

什麼東西？

那個白色的東西像是也注意到我的樣子緩緩地回過頭。是個女人，緩緩地回過頭，有一半臉是腐爛的。不用半秒我就知道我看見的是什麼東西了。

「你看得見我嗎？」

「我、我看不見！」媽啊！爲什麼學長他們都沒先說開眼後會看到這麼多莫名其妙的東西！

「你看見了————！」

「沒有啦！不要追過來！」我恨開眼！把我的美滿生活還給我！

那個女鬼張大嘴巴直接往我這邊追過來，我馬上就跑給她追。

對了對了，這個時候我應該怎麼辦？根據上次對付鬼的經驗來說，好像可以用精靈百句歌。等等，誰出門會記得帶筆記本出來！我把百句歌都抄在上面了，還想說有空時來背，但是目前幾乎都不記得啊。我錯了！回去我絕對要把百句歌背熟！

「世界上負心的男人都該死——————！」由女鬼經典的悲吼聲中，我完全可以確定她應該是被甩了之後才死的。可問題是，我根本沒交過女朋友爲什麼我要負心該死啊！有交過才該死啊！

「與我簽訂契約之物，讓追逐者見識妳的力量。」把幾個可能會有幫助的東西想了一輪之後，我在經過大橋時停下來轉身，直接把幻武兵器叫出來。

說也奇怪，大概是之前看太多詭異的東西了，這次被鬼追反而不會覺得很恐怖。

緊緊握著米納斯，我看著已經跟上來的女鬼。

是說，這個一槍打下去會不會魂飛魄散啊？

※

那個女鬼在我面前緊急煞車。

很好，我想她大概也知道被打下去會魂飛魄散這回事，「那個……冤有頭債有主，妳應該去殺那個拋棄妳的人才對吧。」我想了一下，講出了很經典的芭樂劇台詞。

「他……他在哪裡……」女鬼像是自言自語地說著，不過那副樣子反而有點像恍神的精神病人，我吞吞口水又退了兩步。不怕歸不怕，可是還是要很小心她會突然攻擊，「那個男人……騙了我之後……我為他流產……他還是殺我……」

她說出了應該去報警的事情。

難不成這就是傳說中的情殺？

我大概可以猜到她接下來要說什麼話了，「那個男人把妳騙一騙之後去跟有錢人家的小姐結婚了？」

「你怎麼知道！」這次變成女鬼訝異了。

「電視上都這樣演。」看到都會背了。

「……」

既然是被情殺的女鬼的話，應該就不是我可以處理的範圍，「那麼……祝您早日殺死那個男人。」這樣說好像怪怪的，可是一般來講這種女鬼好像不殺死對方就不會罷休的樣子，還是不要隨便插手比較好，「就這樣……再見！」

說完，我立即就逃。

一回頭……媽啊！

那個女鬼居然不死心地追上來。

「站住！」我還來不及逃得遠遠的，女鬼已出現在我面前，「都沒有人知道我的痛苦……」

其實我也不太想知道。

「那個，妳可以托夢去和妳家人講，他們應該會很樂意聽妳講的。」見鬼了，我幹嘛大白天和一隻鬼討論誰跟誰的痛苦，「有沒有，妳生前應該也有看過電視，有時候有苦衷藉由托夢家人就會諒解的，快點去跟家人和好吧。」我突然覺得我好像某種生命線接線生。

「我、我……我不敢說……」女鬼直接在橋邊坐下來，一臉哀戚，「當初我不顧家人反對，硬是跟他在一起……沒想到那個人居然這樣騙我……」

我大概可以猜到她接下來要講什麼了，一定是爲了那個負心漢不惜跟家人翻臉離家出走，結果到最後才發現那個男人根本是玩玩就算了，一碰到有錢女生就跟著跑了。再可憐一點就是這個女鬼還被騙得人財兩空之類的。

「他騙走我所有的存款，害我和家人翻臉之後竟然這樣對待我……」

我突然覺得我可以去當神算了。

「那妳要不要托夢給警察看看？這樣才可以盡早把那個男的送去坐牢啊。」我試圖和她講看看道理。

「他最好去死！坐牢太便宜他了！」女鬼一秒變臉，四周溫度跟著盪到最低。由此可知我應該是踩到她的痛處了。

怎麼辦，我覺得這隻鬼好像有一說不可收拾的跡象，通常遇到這種狀況應該怎麼處理啊？大賽過程中也沒有教到，難不成眞的要一槍送她上西天嗎？

「欸……那個，我也不太清楚妳的狀況，可是我覺得妳和這方面的人士商量一下比較好吧？要不然聽說這樣一直下去妳會變成厲鬼喔。」等等，她現在好像就是厲鬼了？

「不殺死那個人，我誓不罷休！」

那到底關我啥事啊？

「那、妳去殺他吧，我還有事情要先走了，掰掰。」我還得去買鹽完全沒空在這邊當一個可以開導她順利升天的人啊！

「站住！」女鬼繼續擋在我面前，一臉凶狠得像我才是殺她全家的凶手，「既然你看得見我，你就要幫我，不然我就纏到你脫不了身！」

……我被威脅了。

「妳要我幫妳什麼？」看著很強勢的女鬼，我只好退一步詢問，「殺人放火我不幹。」

「不會要你殺人放火，你只要將那個男人找出來和我見面就可以了。」

和妳見面之後妳就會幹掉他，這樣還叫不是殺人放火，騙鬼，「我又不認識妳說的人，而且大姊妳看我還是學生耶，哪有可能到處幫妳找人？」

「你們現在放寒假了，最閒的就是學生，你不找還有誰幫我找！」

爲什麼妳當鬼還會知道我們開始放寒假？

鬼有情報網是嗎！

「可是我也不認識你們啊。」我倒退一步，因爲她正在氣勢洶洶地逼過來。

奇怪了，夏碎學長明明有給我護身符爲什麼她還跟得上來？

我突然想到這件事情，伸手往口袋一掏……然後頭上掉下黑線。

忘記帶了。

我太大意了！我還以爲回到人類世界就可以喘口氣，結果一鬆懈馬上就倒楣了！

等等，那爲什麼老頭公沒反應？睡著了嗎！

「你只要照著我的話去做就可以了。」女鬼整個逼過來，凶猛地看著我，「不合作的話我就跟著你纏死你家人！」

連我家人都有事？

這種時候我突然懷念起學校了，至少學長一定有方法解決這種狀況。

下意識地要拿手機撥打求救電話，接著我很悲慘地發現……我居然連手機也沒有帶出來。

「欸，可不可以打個商量，我去找一個能幫妳處理這方面事情的人，然後妳不要纏我家人好不好？」對不起學長，可是我突然發現我眞的很需要你。

「你要多久時間？」女鬼問得很直接，直接到讓人想要說謊混過去的餘地都沒有，「我不想等太久！」

這是拜託別人做事情的態度嗎！妳應該哭著拜託我幫妳才對吧！

「我現在回去找人，可是不知道他有沒有空……」如果學長不答應的話我還得問問千冬歲他們。五色雞頭就免了，他絕對是那種一來就直接給她靈體蒸發的人。

「我只等你一星期。」說完，女鬼立刻當場消失，連個煙都沒有。

……喂喂……別忽視我的人權啊。

好歹也問問我的意願吧！

※

女鬼消失之後，我用最快的速度買了鹽衝回家。

「漾漾，你的點心……」

「我等等再吃！」

把鹽往廚房一丟，我直接衝上二樓把床上的包包整個倒過來，東西立即散得到處都是。

衣服、筆記本、符文、課本還有夏碎學長的護符都在，那、手機勒？

……不會吧！

我跳起來，抓了椅子上的外套開始翻找，外套口袋也沒有，身上背包也沒有……

糟糕，不會被我忘記在宿舍裡面吧！

死了！這樣怎麼聯絡學長他們啊？

不知道寒假時間火車的通道有沒有開，如果沒開我跑去撞那不就是糗大了！

……不不不，這不是糗大的問題，這根本撞下去就生死問題了啊！該死，入學院才多少時間，我竟然都快忽略生死問題了！算了這不是重點。

現在我要怎麼回學校啊？我的移動陣沒有厲害到可以做學長他們那種遠空間跳躍耶，如果移到一半不知道卡在哪個鬼地方就慘了。

完了、慘了、毀了，為什麼我才第一天放假就要這麼倒楣！

那我現在要怎麼辦？

明天早上去給火車撞看看會不會死嗎？如果死了怎麼辦啊！馬上變頭條是吧……這樣學長他們一定就會知道了對吧！

我幹嘛要用自己的生命去換頭條啊我！

對了，問問看米納斯有沒有辦法。

一想到還有這個救兵，我立刻就把幻武大豆從手環裡面倒出來放在桌上，「米納斯，麻煩快點現身一下，我快完蛋了。」

就在話剛講完，幻武大豆微微發了亮光，然後熟悉的水珠猛地環繞在整個房間。

我看見了蛇身在空氣中捲動。

其實有時候我會覺得很奇怪，因為米納斯好像和別的幻武兵器不太一樣，哪裡不一樣我又說不上來，總之挺奇怪的就是了。

幻武兵器的靈體就出現在我面前，然後緩緩地開了口：「你想問我如何回到學院是嗎？」

她一開口，我就知道她一定把剛才的事情都看在眼裡，畢竟我把幻武兵器叫出來好一陣子卻完全沒有用到，單只跟鬼談判而已。

修正，也不是談判，是被威脅。

「對，除了火車之外我好像沒別的方法可以回去了。」搔搔頭，我有點不好意思地說著。

「根據我的感應，火車上仍有通往學院的道路。」

咦？寒假了道路還在嗎？

「剛剛那種事情，實際上你可以直接一槍將靈體送往升天，這樣也不會讓她危害自己。」米納斯語氣非常平淡地說著，「不過相信你應該也有自己的考量，所以我與老頭公才沒有出手。」

基本上我一點考量也沒有，純粹是被威脅著走。

等等！你們就因爲這樣不出手幫忙！在我人生最危急時你們居然給我當作我有考量不出手相助是怎樣！你們眞的是輔佐我的東西嗎？其實你們已經被掉包了是吧，現在在我眼前的都是仿製品對不對！

就在米納斯好像還想說些什麼的時候，房門突然被人砰地敲了很大一聲。

米納斯立即就消失在空氣當中。

「誰啊？」我匆匆地跑去開了房門，看見冥玥站在外面。

「老媽叫我把點心拿給你。」她將手上的盤子塞給我，上面擺著好幾種小點心，包括剛剛出門前看見的那個蛋糕，「你剛剛在和誰講話？」

我愣了一下，這樣妳都聽得見是嗎？

「沒啊，我剛剛在找東西。」接過盤子，我刻意打開房門，裡面什麼都沒有。

顯然對我房間沒什麼興趣的冥玥也沒打算進來逛逛。

「對了，我明天要回學校一趟。」

冥玥質疑的眼神看過來，我連忙跟著說：「因為有東西忘記拿了，所以要回去拿一下，很快就會回來了。」

另外就是順便去找學長。

「喔。」沒什麼特別反應，我老姊隨便應了聲之後就離開往樓下走去。

看著手上的點心，我突然想起來一件事情。

我好像已經很久沒有去撞過火車了。

看來今天要早點睡，不然明天火車很早就到了，會沒有精神去撞它。

但是話說回來……

我到底是招誰惹誰了啊我？

※

作孽……

一切都是作孽啊啊啊啊！

爲什麼我都放寒假回家了還是得一大早跑回學校裡面來！

都是那個莫名其妙的女鬼害的，連賣口香糖的小紅帽都沒對我怎樣她居然還眞的纏上我，到底我又招誰惹誰了啊。

大清早撞了火車之後來到學校。

我站在大門口看著學校裡面，不知道是錯覺還是怎樣，我總覺得學校裡好像有點怪怪的，看起來不太一樣，又好像沒什麼改變。

四周靜悄悄，連一點風的聲音也沒有。

這種狀況突然讓我有點毛骨悚然起來，感覺上好像現在進學校會被怎樣的樣子。

「褚冥漾！」

「哇啊！」突然有人無聲無息地從後方往我肩上一拍，我整個人嚇了一大跳之後往旁邊跳。轉頭，看見了一堆黑毛。

「放寒假你跑來學校幹什麼？」那堆黑毛……更正，不知道爲什麼會出現在我後面的戴眼鏡黑色仙人掌收回手，陰惻惻地笑著。那種感覺還眞像某種東西出現在你後方，還握著菜刀對著你笑。

「我、我回來拿手機，因爲忘在宿舍裡所以想說趕快回來拿一下。」我吞了吞口水，稍微往後站幾步。

九瀾雖然和五色雞頭是同工廠的兄弟，可是他每次給我的感覺都很陰森、活像是隔壁沒人住的房子裡半夜傳來的笑聲，讓我有點小怕。

冷笑了兩聲，戴在劉海前的眼鏡對著我，「幸好你現在回來，要是開始重塑結界之後你就不用拿了。」說完，他率先往學校裡面走，我連忙跟在他身後。

說眞的，學校現在給我的感覺怪怪的，有個詭異的人一起走總比沒半個詭異的人一起走好很多。

「九瀾先生不是醫療班的人嗎？爲什麼也跑來學校了？」因爲不知道要怎樣稱呼這個人，總不能學五色雞頭叫吧，所以我用伊多叫他的稱呼。

我記得他好像不是學校的保健室人員，屬於在外的醫療部隊。

「呵呵呵呵……因爲我是黑袍，所以學校請我回來幫忙做宿舍的結界重塑。」

黑、黑袍？

「你不是醫療班的人？」我愣了一下，直接把疑惑問出口。

黑色仙人掌轉過頭，亮晃晃的眼鏡對上我，「冰炎殿下沒有告訴過你嗎？」他勾起詭異的冰冷笑容，「我是雙袍級。」

等等！雙袍級？

就我認識的人裡面我只知道有一個傢伙也是雙袍級，那個人叫作安地爾，鬼王的第一高手。

我訝異地看著眼前這個連一次袍級大衣都沒穿過的人。

其實我剛剛聽錯吧，你是黑心袍而不是黑袍。

「繼最早期醫療班前領導安地爾之後，我是第二個雙袍級，不賴吧。」顯然很滿意我的錯愕，黑色仙人掌笑很大。

「可是、可是醫療班不是要鳳凰族……」我已經有點胡言亂語了。

雙袍級……五色雞頭的老哥居然是雙袍級！

怎麼可能？

意思就是說五色雞頭他不是彩色雞而是鳳凰號嗎？

「我和西瑞小弟是不同母親生的，我母親是鳳凰族的人。」他繼續笑得很詭異，然後簡單地對我解釋著，「當初我正在考黑袍時醫療班的人剛好來招入，因爲鳳凰族的人比較稀少且職缺情況嚴重，所以公會協調之後就破例給我雙袍級身分，很有意思對吧。」

他有一半是鳳凰族嗎？

我突然想到安地爾，難不成變臉人其實也有一半的血緣是鳳凰族？

「不過聽說那個叫作安地爾的雙袍級在鳳凰族裡沒有記錄，顯然他並不是鳳凰族的族人，不曉得他是哪冒出來的。最早時候醫療班並不像現在那麼嚴格都要鳳凰族，而是只要技術好就行了，是後期因爲某種因素才會全面改成鳳凰族。」黑色仙人掌聳聳肩，瞄了我一眼，「看來你好像很有興趣，想知道就去問冰炎殿下吧，他的情報一定比我多。」

我哪敢去問學長，一定會被他K得滿頭包。

「其實冰炎殿下如果有興趣的話他倒是也可以去弄個雙袍級來做做，情報班中大概沒有人比他知道更多了。」

情報班……學長如果再去弄個紅袍的話，大概會被操死吧我想？因爲看他平常在做黑袍就已經幾乎沒什麼休息了。

是說學長這個人眞的操得死嗎？

他給我一種比小強生命力更旺盛的感覺。

步行一段路不久後，黑館就出現在我們眼前。

說眞的，我很少正眼站在門口打量黑館，這次回來後就站在門口前仔細地看了好一會兒，黑館只給了我一個結論——

它果然還是很像鬼屋。

第三話　宿舍的黑袍們

地點：Atlantis

時間：上午七點零三分

從大門進入黑館之後，我先愣掉。

然後裡面的人也愣掉。

裡面或站或坐了好幾個人，大部分我還都算認識。有好幾個熟面孔，例如學長、蘭德爾學長和賽塔。

「褚？」本來坐在沙發上翻閱書本的學長猛地站起，好像看見我突然出現在這裡有吃驚到的樣子，「你跑回來幹什麼？」

原本在大廳的幾個人也回過頭來看我。

奇怪了，難道他剛剛沒有開啓偷聽技能嗎？還眞少看到他訝異的樣子。

「那個……我手機忘記在房間裡，所以回來拿一下。」同時被好幾個黑袍盯著看讓我有點發毛，「欸……應該沒有打擾到你們吧？」

「沒有，你再晚點來就眞的會打擾到了。」蘭德爾笑得很囂張，不過和平常不一樣的是今天我居然沒有看見那個管家跟在旁邊。「我們在八點時會開始消除舊結界。」

我看了一下手錶，才七點多而已、還好。

「不過也沒什麼特別關係，不過也就是普通重建而已，沒太大的影響。」另一個我不認識的黑袍聳聳肩。他看起來年紀比較大，褐色短髮藍眼，二十來歲的樣子，應該也是行政人員吧？

說到行政人員，我怎麼沒有看見安因？

「安因去支援校舍方面的結界重塑，分配到另一組去了。」學長這樣告訴我，然後把手上的書本放到一邊的桌上去，「褚，既然都來了，要不要順便見習一下大型的結界重塑，這種機會很難得。」

我、我？

「一般學生沒什麼機會可以見識喔。」黑色仙人掌站在我後面陰森地笑著，馬上就讓我全身雞皮疙瘩頻起地跳開一邊。

「那、那個不用了啦……哈哈……我只是回來拿手機。」拿完我就回家了、眞的，我一定馬上回家一秒都不會逗留。

學長看了我一眼，「剛剛你進校門時都沒感覺怪怪的嗎？」

他的問話一下子扯到天邊遠。

校門怪怪的？我是有注意到啦……可是跟著黑色仙人掌走進來的時候又沒有哪邊不對勁，所以就沒有仔細去想那件事情。

「因爲今天要開始消除舊結界，舊結界消除之後必須等待一天的時間才可以重塑結界，所以校園外層布下了防禦網，一般來說如果不是相關者應該是不能隨便進出校區範圍。」站在旁邊的賽塔很好心地解釋給我聽。

原來如此……等等，外面布下防禦網？

那請問我是怎麼進來的！

我立刻轉頭，看見黑色仙人掌頭上有個無形箭頭閃爍著指著他。

原來他是元凶！

居然不告訴我有這件事情！

「那、那我東西拿完馬上回去了，這樣應該不會有問題吧……」他們不是八點才要開始動工嗎？我還有時間衝上去跑下來然後逃逸！

「很可惜喔，你眞的不想留下來見習看看嗎？這眞的是非常難得的機會，尤其是所有宿舍中最爲重要的黑館，不是一般人都能見到的。」那個不認識的黑袍很好心地這樣告訴我。

我是很想看，可是總覺得不太好。

「戴洛，不要勉強他了。」蘭德爾學長看了一眼同伴，說著。

「褚冥漾，如果要留下來見習的話要三天左右喔，你考慮看看要不要吧。」越過我，黑色仙人掌逕自在沙發旁邊的扶手坐下。

那個……眞的可以看嗎？

因為說是很難得的場面我當然想看看，可是我也很怕又帶衰把一個普通的工作弄得更複雜。

對了，而且我還要和學長講女鬼的事情耶！

「什麼女鬼？」學長瞇起眼，紅色的眼睛直視我。

「就、就是我昨天回家時……」在一群黑袍睜著亮亮眼睛之下，我怯怯地把女鬼的事情大致描述了一遍。

就在我講完之後，現場宛若發生了什麼殺人命案般鴉雀無聲。

一秒……

兩秒……

三秒……

「噗！」

「哈哈哈哈哈哈哈哈哈哈！」

果然和我預料的完全一樣，三秒過後整間的黑袍都大笑了起來，連賽塔都把臉轉到另外一邊去，肩膀還可疑地給我抖動！

我、我就是不會處理那種東西咩！

「提議一、幹掉她。」蘭德爾學長給了非常不切實際的回答。

「提議二、找出屍體好好研究為什麼她會如此之恨那個人，尤其是我們還可以由屍體中得知……」我自動省略掉黑色仙人掌對於屍體的廢話。

「提議三、請她好好安息。」我要是能這樣做我早就做了不是嗎，不認識的黑袍戴洛老兄！

「提議四、你一頭把自己撞昏算了。」

抬頭，看到學長的冷笑。嗚……我真的就是不懂怎麼處理啊……

「所以我想拜託學長幫我想個辦法，要不然她真的去我家我就慘了。」而且我也不想真的隨便把人打得魂飛魄散，這樣感覺很怪、真的很奇怪。

「喔？委託工作嗎？」紅眼看過來，有點慵懶，馬上讓我覺得不妙。「你要出多少工資？」

我在學長的臉上看見兩個字——天價。

……我知道了，我不該抱著想拜託學長的心來的，可是、可是有沒有給我殺價的餘地啊？

「冰炎，別捉弄他了，那種狀況連收費標準都不到。」不認識的黑袍戴洛老兄很義氣地開口說話。

對你們來說居然連收費標準都不到……我就是沒辦法處理啦！

學長聳聳肩，轉過來看我，「如果要幫你的話你要等三天，現在開始到結界重塑之前我都不能離開這地方。」

那也就是說我真的要在宿舍待三天是嗎？

我突然聽見我的安穩寒假生活發出碎裂的聲音。

「三天之後開始穩定結界，到全部完整固定之後要半個月左右，那時候黑袍只要輪流一天一個人過來視察狀況就可以了。」賽塔微笑地這樣告訴我，「所以最多只需要等三天就好。」

「嗯，我知道了。」我點點頭，總之要尋求學長幫忙還是得等三天。

「你就在這邊見習三天打發時間吧，我相信一定很值得的。」不認識的黑袍戴洛老兄轉過頭，非常親切和藹地這樣告訴我。

既然都已經確定了，那麼我首先有一件事情一定要做，要不然會被扁死。

先去打個電話回家再說！

※

「你給我在旅行之前滾回來就好了！」

以上，是我老姊透過手機的發言。

關掉手機之後，我一抬頭就看見學長已經站在我房間的門口了。

「那個……我現在要幫忙嗎？」想來想去，我實在不知道我應該說啥，只好隨便挑個話題。

接著我發現我問得很爛，因爲我個人只會幫倒忙。

「隨便你要做什麼都可以。」學長丟了一句話過來。

「喔。」

我知道我應該做什麼，就是什麼都不要做乖乖待著。

「拿來。」學長朝我伸出手。

「拿啥？」對不起我沒有那種可以聽別人心聲的力量。

紅眼瞪了我一下，「夏碎的護符，如果連女鬼那種東西都會碰上的話就是不夠用，先幫你補強。」

「啊哈哈哈哈……」我該說其實是因爲我自己忘記帶才會被女鬼上身嗎？

……完了！我又忘記學長會偷聽！

還來不及躲開，啪地一聲我後腦被砸了整個人眼前發黑。

「那個、那個學長……九瀾先生也是雙袍級嗎？」爲了不讓他繼續算帳，我連忙轉了個話題。

「九瀾？他告訴你了？」學長轉過頭，冷哼了聲。

「喔，剛剛說的。」其實也只有說是雙袍級而已，其他什麼事情都沒講。

「沒錯，他是雙袍級，因爲血緣的關係。」學長靠在門邊，懶洋洋地這樣告訴我，「和安地爾不同，安地爾那時候是因爲公會機制不完全、也由於他的醫療類術法在黑袍中突出，所以才接任了醫療班成爲雙袍級。」

欸？原來以前的袍級還可以不完全喔。

可是我還是不太明白，明明變臉人的地位那麼高，爲什麼他還要去幫鬼王賣命呢？

「有時候地位不代表一切，在未證實之前，我們也不能猜想爲什麼他要這樣做。」學長的聲音挺低像是跟自己說、也像是要講給我聽。

我還是不太懂。

爲什麼變臉人要去做那麼危險的事情呢？

我想我大概永遠都不會知道吧，除非哪天他心情好願意自動告訴我，不過應該是不太可能會發生這種事情。

「那……」

就在學長似乎想說些什麼的時候，外面的樓梯間突然傳來叫聲。

「冰炎！時間到了喔！」

我看了一下手錶，正好八點整。

「好。」學長轉頭就出了我房間。

那、那我該去哪裡啊？

左右看了一下，總覺得我好像不能留在房間的樣子，所以我也跟著跑出去。

到了大廳，全部的人也都到齊了，原本在大廳裡的桌椅擺飾都被移走了，空蕩蕩的連地毯也沒有，底下就是一大片的白色大理石地面。

「褚冥漾，你的位置在那裡不要亂動。」還沒下樓梯，黑色仙人掌立刻叫我站住，「等等下面要畫法陣。」

我馬上立正站在原地不敢亂動。

「拿去。」蘭德爾拋了一塊亮亮的東西讓學長接住。

從我站著的位置看過去，我看到學長手上的東西好像是水晶，黑色的水晶，可是感覺又好像不是，有點透明略帶著金黑色的光。

拿著那個東西，學長開始在巨大的白色地面畫下陣法。

就像我先前看到的一樣，整齊精美得像是機械畫出來的一般，圓形連一個角一條線都沒有偏走。咒文圖案不斷地堆疊上去。學長畫得很快，不用多久，就將整個大廳地板畫滿陣法圖騰。

「接住。」補上最後一個字型之後學長站起身，把手上一點都沒有減少的黑水晶拋還給蘭德爾，「元素抵銷的大陣法，每個人按照自己的位置站好不要亂跑。」

「早知道了，冰炎小弟。」黑色仙人掌搧搧手，往其中一個角落圖形走過去。

我看著四個方位的空缺，應該就是要分給四個人站的，九瀾在其中一處站住就停止不動。

四名黑袍分別站住四個位置之後，賽塔才慢慢走往大陣法的中心點。

地上的黑陣猛地發出了微弱的金色光芒，一點一點的如同螢火蟲一般往上飄，好幾個光點掠過我旁邊直直往天花板飛去，整座大廳被照得到處都亮晶晶的。

賽塔伸出手，他的手掌上畫了我看不懂的圖騰，不過感覺上像是和地面上的陣法是一組的，因爲有些像。

「水元素之位羅耶伊亞．九瀾，火元素之位冰炎，風元素之位席雷．戴洛，地元素之位密西亞．D．蘭德爾以及倒位之暗賽塔蘿林，將重塑黑館之結界，于請鑰匙落位分化，禁絕外來之者。」

然後，法陣傳來強烈的黑光。

※

那道光。

我發現我最近很常看見那個神奇的光。

光消失之後我倒抽了一口氣，因爲整個黑館的地板都不見了，下面是黑色無盡深淵，所有人都踩在法陣上面，看起來有點驚悚，好像隨時都會掉下去的樣子。

這讓我想到上次大賽好像我也有踩過類似的東西，而且它眞的有垮掉。

學長率先伸出手，「黑館中的戰火之鑰，請短暫地借宿我手。」底下除了黑暗黑暗還是黑暗的最下面有個不曉得什麼的東西猛地竄上來，出現在地面的同時跟了把火焰，然後旋轉，慢慢地變成一個圓圓的東西落在學長手上。

「黑館中的地守之鑰，請短暫地借宿我手。」蘭德爾依樣畫葫蘆地伸出手，同樣從最下方冒出了黑色圓圓亮亮的東西緩緩地停在他手上。

另外兩人也各自叫喚出鐮風、水禦兩顆圓亮的球在手上。

飄浮在空中的黑色陣法緩緩轉動。

說眞的，我光是站在上面看就已經開始有種……暈車的感覺。

我後悔了，其實我應該先坐在樓梯慢慢看才對，現在直直站著讓我有種很像暈車會往樓梯下面栽的感覺。連忙抓住了旁邊的扶手，我吞吞口水，如果現在掉下去大概不死也半條命。好運的話掉到地底不死，可是還是會被學長打掉半條命。

賽塔站在原地，一點銀銀的東西落在他的手上。

然後他的聲音和語言改變了，我聽不懂，可是聽起來應該像是在吟唱著什麼咒語，不用多久立刻就讓人有種昏昏沉沉想睡覺的感覺。

「不可以睡著喔，睡著會死的。」

有個好心人在旁邊把我搖醒。

「喔、喔，謝謝。」我連忙睜開眼，幸好我沒有睡著。

……

不對，我記得樓梯上不是只有我一……

轉過頭，我差點整個尖叫出來。

不知道什麼時候「坐在」我旁邊的尖叫人像很爽快地匡地一聲用它的畫框角砸了我的頭，當場讓我的尖叫變成暗譙，被敲到的腦袋整個都在發痛，我懷疑一定有腫包。

除了那幅畫之外，我還看見很多不應該在樓梯上的東西出現在樓梯上看戲。

這是幻覺……這全部都是幻覺。

其實我剛剛被法陣的光照到眼花了，只要不往後看就不會看到那些詭異幻覺了。

嗯，我決定人應該往前看不能往後看。

所以我轉回頭，很專心地繼續往前看大廳。

站在中央陣的賽塔猛地放下手。

我看見地板很快就復原了，只剩黑色的陣法慢慢旋轉直到停止。

這樣就沒了？

就在我完全搞不懂發生什麼事的同時，站在四邊的黑袍猛地叩地聲全部都單腳跪倒在地，聲音之響，迴盪了整座大廳有那種好像膝蓋會碎掉的嫌疑。

等等，問題不在這裡。

想也沒想，我直接衝下樓梯，「你們沒事吧？」就在腳接觸地板的那一秒我差點哭出來然後把腳往後縮。

地板是滾燙的！

見鬼！爲什麼地板是燙的！

「褚！先不要下來！」有段距離的學長喊了一聲喝止我的動作，我馬上又倒退了兩步。

眞的沒有問題嗎？

看著那四個黑袍，我有點擔心。

過了不知道多久，地面上的法陣慢慢消失淡化，原本跪倒在地上的幾個人才搖搖晃晃地各自站了起來。

站在中間的賽塔先移動了腳步，很快地往旁邊跑去扶著像是又要摔倒的學長，然後轉過頭對我說：「褚同學，麻煩您也幫幫其他人一下。」

我看見尼羅不知道什麼時候出現在蘭德爾身邊托著他，黑色仙人掌也自己靠到一邊的牆壁，所以我直接跑下樓梯扶著差點又摔倒的戴洛。

地板已經不燙了。可是在碰到戴洛的那瞬間我愣了一下，手掌傳遞來的溫度很低，他呼吸很急促，整個人像是非常不舒服的樣子。

「請幫忙大家先各自返回房間休息。」賽塔這樣告訴我，全部裡面就只有他好像一點影響都沒有的樣子。「黑館結界基底的四種元素之鑰現在都棲息在他們身上，因爲鑰匙的力量相當強，所以短時間會造成劇烈不適，讓他們安靜休息一會兒就沒事了。」

我看著靠在賽塔身上的學長，他臉色不是很好，只能被賽塔扶著走上樓梯。

攙著的戴洛看起來狀況也不是很好，向他問了房間方向之後我拖了人往上走了幾格，停下，轉頭看著還站在原地的黑色仙人掌。

「你房間借我休息一會兒。」黑色仙人掌朝著我笑了一下，靠著牆壁呼了口氣，「我不住黑館，沒地方可以躺。」

「好。」看了一下戴洛，我點點頭，「我等等來帶你上去。」

黑色仙人掌點了頭，沒說話。

我扶著戴洛一步一步往上走，突然意識到黑袍其實能力都是很高的。可是爲了一個宿舍結界要這麼難受……

宿舍的保護、學院的保護都很大，這些我都知道。

可是我從來沒有看過那樣的保護是要如何形成、維護才能夠保障這麼多學生。

現在看見的也不過是一小角，還有其他宿舍、校園各大地方的結界都要按時維護著，還有更多我不認識的人像這樣費心費力地幫助我們維持有個安穩的環境。

我突然很眞實地體會到我們學院眞的非常、非常地用心。

還有保護著我們的所有人……

※

再度下樓之後黑色仙人掌依舊站在原地。

「九瀾先生？我、我扶你上去？」看見他沒什麼反應，有那麼一秒我還眞的不太敢打擾他。

大約過了幾秒鐘的時間，他動了一下，轉過來對著我，「喔、好。」說著就把手伸向我。

不太敢多加怠慢，我馬上扶著他一步一步地往自己的房間走去。大概是因爲眞的很辛苦，黑色仙人掌幾乎是把全身重量都壓在我身上走路，看來他的若無其事也只是表現給人看而已。

一會兒進了房間之後，我扶著他躺在床上，拿下那副掛在劉海前的眼鏡，「那、那我不打擾你了喔……」說眞的我很想把他臉上那層毛給撥開，不然光看就覺得呼吸很困難，可是我又不敢眞的下手去做。

微微抬起手揚了一下，黑色仙人掌勾起微笑，「謝啦。」

「呃……不、不會，你好好休息。那個……我在床旁邊放水，如果你渴的話自己用喔。」

黑色仙人掌點點頭，沒有應聲。我也沒敢繼續製造噪音，把東西都準備好之後就匆匆滾出房外。

關上房門之後，四周就安靜了下來。

那好，現在我應該要做什麼？

「辛苦了，褚同學。」旁邊傳來聲音，一轉過身就看見迎面走來的賽塔向我微微點了點頭，說著：「接著等黑館的舊結界全數脫離之後就可以布下新結界了，時間大約是一日。所以約是明天的這時候大家就會重新在大廳集合，這中間你可以四處逛逛。」他對我眨眨眼，笑著。

「有結界的黑館與沒有結界的黑館相差挺多的。」

被他這樣一講，我突然不想到處去逛了，總覺得沒有結界的地方好像很危險那種感覺。我不想走著走著就被尖叫畫像一口拽掉腦袋。

「我還得去協助其他兩館的結界事宜，那就先離開了。」看來今天似乎會忙到翻掉的賽塔微微一笑之後很快就先行離開。

黑館裡面只剩下我一個人。

一股冷風猛地從旁邊吹過。我整個人也跟著毛起來，明明走廊上什麼都沒有，可是我一直覺

得好像有什麼東西正在盯著我，聽不見的聲音彷彿在角落竊竊私語。

不知道是不是看錯，我總覺得黑館比平常還要暗了許多。

不要自己嚇自己、不要自己嚇自己……

我用力地深呼吸一下，不用一秒馬上逃下樓梯。一邊跑還一邊慌慌張張地拿出手機，現在要找誰聊個天比較好？

千冬歲？不行，他說他們族裡好像有什麼亂七八糟的活動。

夏碎學長在紫館，萊恩……大概不行，萊恩一定一句話都不說只有謎樣的呼吸聲，這樣會讓我更毛。

打給喵喵好了！

就在我拿了手機逃到一樓準備撥號同時——

「啊啊啊啊啊啊啊啊啊啊啊！」

「哇啊啊啊啊——」邪惡的手機突然發出像是被人殺了三千刀還連帶剝皮的淒厲尖叫聲，然後我也跟著尖叫，瞬間整座大廳充滿了尖叫聲。

「呀啊啊啊啊啊啊啊啊啊啊——！」

尖叫畫馬上也跟著尖叫起來。

有鬼！這裡真的有鬼！

想也不想我衝出黑館大門，害怕地逃出好一段距離。

手機聲停了，變成在顫抖。

「喂……誰、誰啊！」到底是哪個渾蛋突然打手機過來嚇人！

如果我變成史上第一個被手機嚇死的人，我絕對會死不瞑目外加變成惡鬼去找那個亂打手機的人報仇！

「漾～要不要出來喝茶？」

去你的死人雞！

我覺得如果我現在翹的話肯定是被嚇死的，聽見手機那方傳來悠哉外加涼涼的聲音，我就很想砸手機。不過當然手機我不敢砸，不然接下來會被學長砸的人就是我，「我現在沒空。」

「欸？你在幹嘛？」電話那端傳來好奇的問句。

「我在學校宿舍……外面。」看著有點距離的黑館，它四周像是散發著邪惡捲曲的黑色氣息，讓我不太敢靠近。

「喔，本大爺去找你。」

「喂喂！學校有結界你進不來啦。」在他快掛電話時我連忙喊了聲。

「那爲什麼你進得去？」五色雞頭問了一個非常好的問題。

「我和九瀾先生一起進來的，聽說要三天才可以出去。」說眞的我也不太了解到底是怎樣，所以就先以我自己的基準來說吧。

「……放心，大爺受過入侵的訓練。」

問題不在這裡吧！

「我回去再找你出來喝茶好不好？現在有點問題，麻煩你不要過來。」我有一種預感，對我而言是地獄的無結界黑館對五色雞頭來講可能是天堂，所以還是不要讓他過來比較好。

如果學長他們一覺醒來看到黑館已經被翻了大概會直接來殺我。

「那好吧，我去找那個書呆喝茶。」啪地聲電話被掛掉。

找千冬歲……他們什麼時候感情變這麼好了？

我突然覺得我有必要打個電話叫千冬歲這兩天出入小心一點。五色雞頭絕對沒可能那麼好心眞的去純喝茶，如果會、他就不叫五色雞頭而是叫作冒牌貨。

按開了電話簿要撥給千冬歲，一抹鬼鬼祟祟的影子出現在黑館旁的樹叢裡。

那是誰？

現在黑館沒有結界的保護，學校也禁止閒雜人等出入，看那個影子這麼詭異，絕對不是什麼好人……不會是小偷吧？

「與我簽訂契約之物，讓鬼祟者見識妳的疾速。」

米納斯在手，我立刻朝那個影子開了一槍。

「呀——！」

※

沒打到。

倒是那個鬼祟的人影跌倒叫出聲。

是人……應該是人吧？

就在我猶豫要去看是不是人還是要補一槍讓他直接升天的同時，對方的動作比我快很多，已經霍地從地上翻起身，氣勢洶洶地往我這邊衝過來。

「哪個不貶眼的渾蛋隨便亂攻擊人！嚇死我了！」

這個……好耳熟的聲音。

我有一種會倒楣的感覺。看清楚來者的樣子之後，那種感覺馬上又深掘往下十尺。

「是你！」不知道爲什麼會在黑館附近鬼鬼祟祟的不死白袍莉莉亞指著我，活像我是殺她全家的仇人一樣喊著，「褚冥漾！哼！冤家路窄！剛好今天在這裡碰面，有種就和本小姐一決勝負看看誰才是有能力的人！」

又開始了。

我後悔，我應該叫五色雞頭來的，至少他絕對能夠擺平這位大小姐。

「那個……我還有事先回去了，再見。」我現在覺得黑館比較和藹可親，至少它只會嚇人不會找人單挑。

「給我站住！你這個縮頭烏龜！」莉莉亞居然跟上來了。

「好吧，我是縮頭烏龜，麻煩您不要再來找我了。」壓根不想和她打啊我，快步地往黑館裡面跑去。不知道是不是因爲結界正在撤除，莉莉亞意外地居然沒有被擋下來，一前一後跟我進了大廳。

她停下腳步，環視著黑館的大廳，突然安靜了下來。

正要踏上樓梯，突然沒有聽見她叫來叫去的聲音，我也覺得怪怪的，所以就停下來看她要幹嘛。

莉莉亞就站在黑館大廳看著，然後視線轉向我，不說話。

她看我幹嘛？

我突然全身雞皮疙瘩起來，很怕下秒馬上被暗殺掉。

「你眞好，我們幻想著進黑館不知道想了多久。」站在黑館大廳的中央，莉莉亞語氣意外地平緩，與剛剛囂張跋扈的聲音完全不同，「一直努力、一直努力，結果才在白館，什麼時候我也可以進來這座黑館？」

她應該不是問我而是自言自語，我正在考慮要不要搭話。

如果一搭她馬上回神要劈我怎麼辦？

「喂！你幹嘛不說話！」瞪眼，莉莉亞依舊是莉莉亞，開口一變就是凶狠。

「呃……我想說打斷別人自言自語不太好。」而且我也不是很想搭話就是了，誰知道搭下去會變成怎樣啊。

「本小姐只是在感慨！正常這個時候你不是應該安慰女生說以後一定能辦到嗎！」莉莉亞往前跨了一步，在我腦袋中就像殺傷力很強的迅猛龍跨了一步，我馬上偷偷往後退了一步。

「那、那好吧，總有一天妳一定也可以住進來黑館。」我吞了吞口水，說著。

莉莉亞嘖了一聲，不過看起來應該是滿意多了。

「哼，平常這裡都有結界，要進來看看黑館還眞不容易。」繼續打量著黑館擺設，莉莉亞說著。

欸……等等……

「妳剛剛在外面鬼鬼祟祟的就是想要偷看黑館嗎？」

像是被我戳中，莉莉亞的臉有一瞬間猛地漲紅，接著惡狠狠地瞪著我，讓我覺得其實我不應該多話。

「關、關你啥事！」

眞的被我說中了。

看著她的反應，我開始在想……

搞不好莉莉亞是出乎意料的正直熱血少女？

第四話　不能上去的樓層

地點：Atlantis

時間：上午九點十五分

有一個細微的聲響。

「你有聽見那個聲音嗎？」抬起頭看著天花板上吊掛的大水晶燈，莉莉亞轉過頭，疑惑地看著我。

我很想告訴她黑館經常都會有聲音，這種時候我最常做的就是假裝沒聽到。有時候人什麼都不知道會比較幸福……

不過的確有個聲音，遠遠的，好像有什麼東西落地的聲音，咚地一聲。不是沉重的聲響，是輕巧地貼地，奇怪的是我們兩個全都聽見那個聲音。

照理來說應該是聽不到才對，因爲這裡鬼屋歸鬼屋，但隔音意外地很好，像平常在房間時都不太容易聽到外面的聲音。

「是不是樓上傳來的？」莉莉亞看了我一眼，然後往我的方向走來，擦過我身邊往樓梯走。

「應該沒什麼東西吧？」我連忙跟在她後面，「學長他們在休息，應該是不小心撞到了。」

糟糕了，我放一個不是黑館的人進來不知道會不會怎樣。現在沒有結界啊……

她停下來，比我多站高了好幾階，用一種不帶任何表情的臉看著我，「難不成你沒有感覺到黑館傳來的奇怪氣息？」

奇怪氣息？我是有覺得好像變得比較恐怖，可是確切來說，也不知道是怎樣的恐怖，更何況她說的奇怪氣息。

「結界撤除後各館中不管什麼狀況都會發生，因為宿舍原本就是從各界帶來的異館。」她看著我，冷哼了一聲，「通常在做結界撤除時必定都會留下一、兩名護衛來保護暫時沒有力量的保管鑰匙袍級。」

「咦？可是我沒有看到其他人……」我的話停住了。

不會吧……不會吧學長……

你們不會這麼狠心吧！

「你不是人嗎？」莉莉亞用一種看白痴的表情看著我。

「我、我哪可能！」叫我當護衛？那不是叫我先給自己一槍上天堂同樣意思嗎！

這家的黑館是命太大不怕死還是怎樣，居然連護衛都沒有只放我一個到處跑，要是突然有人進來幹掉他們的話，我一個哪頂得住啊？

「不然還有誰啊，給我上來！」她大小姐一點都不覺得自己其實不能進出黑館，伸手直接拖了我的領子往樓梯上爬，「黑館最高幾層？」

「耶……四、四層吧？」怪了？我幹嘛應和她。

「什麼不確定的語氣啊！你不是住在裡面的人嗎！」非常強勢的莉莉亞抓著我直接往上一直爬，我看見樓梯旁邊的雕飾和圖畫的眼睛都朝著我們看，詭異至極。

「我聽說好像有最頂層的五樓還是閣樓的樣子，可是學長說過樓梯只到四樓，沒有往上的通道了。」記得很早之前學長曾這樣告訴過我。

黑館中似乎還有著什麼我們都不知道的祕密存在……好吧，說不定建築物它爽，其實有四百樓，只是我們看不出來而已。

我們在三樓停下腳步，那個細微的聲響再度響起，似乎還在更上層。

「眞的沒有通道？」莉莉亞皺起眉。

「嗯，學長都這樣說了，我想應該是眞的沒有。」學長很少說謊，他只會轉移話題。不，其實也很少轉移話題，他最常就是拒絕回應任何問題。

「那我們去找看看吧。」她很爽快地鬆開手，然後拿出一個拇指大、像是鐵塊的東西。

「欸？」等等，這樣不好吧，學長都已經叫我不要太過好奇了。

細微的聲音不輕不重地又敲了一下。

莉莉亞抬起頭，往上看了半晌才把視線轉過來，「我可不覺得聲音是從四樓傳來的，還要更高一點才對。」

我也覺得應該不在四樓。因爲睡在四樓的我常常晚上聽到樓上有在敲東西的聲音，所以樓上應該眞的有什麼。「我覺得應該還是要先問過學長比較好。」不知道爲什麼我的眼皮一直跳，總覺得好像不會發生什麼好事情，而且感覺還很強烈。

「你不是說學長們在休息不能打擾嗎？」大小姐白了我一眼，非常自主地說著，「所以我們找到再告訴他們吧。與我簽訂契約之物，讓隱藏者見識你的追蹤。」

她這樣一說，手上的鐵塊微微發著光，我才知道那個玩意居然是個幻武兵器。

有幻武兵器長成這種樣子的？

不會跑出來的東西是個鐵鎚吧！

「九門盾甲。」莉莉亞轉動手，在微光之後拉出了一條線，平放在她手上的是我曾見過的那個奇怪的羅盤。

羅盤算是兵器嗎？

好吧，砸下去會痛應該也算是。

帶著那個羅盤，莉莉亞左右走動了一下，然後在羅盤上敲了敲，「顯示出我要尋找的東西吧。」她說，然後認眞盯著羅盤看。只是幾秒鐘的時間，奇異的幻武兵器猛地發出銀色的光芒，然後出現了一條細線直指上方的天花板。

果然還得再往上。

我有種很無奈的感覺。

「喂！跟上來啊！」已經往上層樓梯爬的大小姐發出催促的喊聲。

為什麼我真的要陪著她爬勒？

真是個深奧的謎。

※

我們兩個人並肩站在四樓。

沒有往上的樓梯了，每天都住在這邊的我自然很清楚。把走廊前前後後走完一次之後，莉莉亞也不得不點頭承認。

「往上的樓梯肯定在密室！」她發出偉大的結論。

……小姐，現在不是在演電影耶，哪來這麼多密室啊，而且真的有密室的話哪有可能隨隨便便被我們找到。住在這裡的黑袍都沒人知道了，被我們這兩隻小蝦米找到的話不是太誇張了嗎！

「妳自己去找，我不玩了。」四樓……終極的四樓，裡面還有學長在休息的四樓，如果把學長弄醒了會怎麼死都不知道，所以我決定讓她自己勇往直前去探險。

「你叫一個女孩子孤單去找密室！」莉莉亞指著我叫起來，眼睛圓圓地瞪著我，活像我現在只要一走掉就是傳說中拋妻棄子的狠心郎君。

……呸呸呸！誰跟她是郎君那種鬼東西！

「我覺得妳應該不會很孤單啊。」我聳聳肩，個人覺得她自己還挺歡樂的哩。

「你不覺得我是個柔弱無助的少女，需要一個人來幫忙……雖然你很肉腳，不過有總比沒有好。」一點都不柔弱的火爆少女當著我的面說她很柔弱，完全驗證了睜眼說瞎話這些字句。「就這樣決定了，我們先去空房間找，找不到就拆隔間。」

「我勸妳最好不要拆隔間。」我有一種隔間拆掉會莫名其妙死掉的不良預感。

「哼哼，本大小姐絕對要把密室給找出來。」已經忘記自己應該不是來探查密室之旅的莉莉亞握緊拳頭，非常熱血地一吼，「拚上我莉莉亞的名譽！」

話說，妳不會就從此之後身敗名裂了吧？

「喂！有兩個空房間，我們一人一間，先找到密室的就贏。」完全無視我意願的莉莉亞非常強勢地說著。

空房間？

「空房間一般都會上鎖。」我想起來學長第一天就給我鑰匙的事情。

「哈，那是小意思，現在黑館沒有結界，就算沒鑰匙也可以進去。」像是要證實這個說法一樣，莉莉亞走到其中一個空房間前面，手上的羅盤貼著門鎖，「九門盾甲、解鎖術！」

喀地一聲，門鎖居然鬆開了。

我打賭她一定是大師級小偷好手，做起來這麼自然，好像天天都在闖空門似地。

「哪，快進去！」一把推開門，莉莉亞用力把我往內一推，「沒找到不准出來！」

完全沒預警被她這樣一推，我踉蹌了好幾步才站穩在空房間裡，還來不及抗議，身後的門被人砰地一聲關起來。而且，外頭竟然傳來疑似上鎖的聲音。

妳不是存心整我吧！小姐！

「莉莉亞！放我出去！」我用力扭動門鎖好幾下，都沒反應，打不開。

不知道米納斯能不能轟門？

「找到密室就放你！」莉莉亞的聲音從外面傳來，逐漸變遠，不久之後我聽到另一個開鎖聲，看來她是眞的跑到另外一個空房間了。

回頭，整個房間都空蕩蕩的……與我房間差不多的格局。

正當我仰頭要往上看天花板那秒差點沒跟著尖叫出來。

天花板有個和我廁所內一模一樣的詭異人偶拿著吊燈啦！

這什麼靈異的房間！幸好當初我明智地選擇學長隔壁，不然現在我不就不能用客廳了？

「這位老大，我只是路過借個地方用用……請不要害我……」我吞了吞口水，倒退兩步貼著牆壁。

不知道是不是我的錯覺，我總覺得移動時那個人偶的眼睛好像跟著我轉。

神啊佛啊……隨便一個有空的請保佑我……小人的心臟一點都不強，眞的。

就在我很害怕地抖抖抖想叫出米納斯陪我的同時，我又聽見那個奇怪的聲音。

這次很近，非常近，好像就在天花板上面而已。

有時候人很倒楣，就連最不可能的事情都會被碰到，尤其是像這種一感覺就知道不是好事的時候我就特別容易會碰到。

眞的，我強烈地這樣覺得。

我決定了，我要破門逃出這個詭異的地方！

「與我簽訂契約之物，請讓固門者見識妳的力量。」我受不了了！我不要待在這個鬼房間！尤其是上面那個人偶！我要一槍轟爆它的頭！

小槍一出現，我立刻朝門口開了一槍。

轟地一聲，門沒破。連一點屑屑都沒有掉下來。

神啊，拜託不要這樣對待我。

拿起小槍，就在我想要擊出第二發時，我聽見了……巨大的轟地一聲。有個沉重的東西從房間裡的方向傳出，整個地板都震動了一下。

那個……我剛剛應該是打門沒錯吧？

「發生什麼事情！」莉莉亞直接從外面衝進來，一秒就往睡房跑去，非常豪爽地一腳把門踹開。

門開之後，我無言了。

誰來告訴我……

爲什麼開槍打客廳門，房間的天花板會掉下來啊！

見鬼了！

※

我必須深呼吸。

吸氣，然後吐氣。

接下來我要做的事情就是回房間睡覺，把現實的一切都忘光光，醒來之後世界就會變得很美好、什麼痛苦都沒有了。

「褚冥漾，你居然找到了。」仰頭看著破洞的天花板，莉莉亞愣愣地說著。

我跟著她抬頭。

天花板上出現了一個大洞，不是那種施工不良破碎的凹洞，而是奇異深掘上去的圓洞，好像有人刻意挖出來的一樣。

不太正常的是洞裡有個像是往上的繩梯。那條通路很狹窄，幾乎就只有一個人能通過的大小，簡單講還挺像煙囪那種感覺，上面全都是黑暗的，完全不知道繩梯通往哪邊。

「上去看看。」莉莉亞蹬了腳，唰地一聲直接往上翻，一手抓了繩梯像是貓一樣無聲地就往上溜去。

……那我要怎麼辦？

「喂！我爬不上去啊。」我不可能用跳的就跳上去吧！

「跳上來啊！」上面傳來理所當然的答話。

如果跳得上去我還用喊妳嗎！

「這個借你。」旁邊遞來一張高腳椅子。

「喔，謝謝。」我接過那張很高的椅子，感動地要往上爬。

等等……剛剛是誰遞椅子給我？

一轉過頭，我看見剛剛在天花板的人偶拿著電燈，站在我旁邊。

……錯覺……一切都是錯覺。

人偶不可能從天花板下來的我知道，它絕對沒有自己行動的能力，要不然我把廁所那隻鎖在裡面是鎖爽的嗎？

所以出現在我眼前的一切都是錯覺，只要我重新再看一次它絕對就不會在那個地方。

我用力閉眼，然後睜眼，果然那個人偶已經不在我旁邊了。

它現在嵌在房門上，手上拿著吊燈。

……它一開始應該是在那邊嗎？

我立即放好椅子爬上去搆了天花板往上爬，「莉莉亞，等我！」我打死也不想和人偶獨處在同一個地方！

學長是不是忘記告訴我房間的人偶會移動啊？

那廁所的那個人偶……我不敢繼續往下想，越想只會讓我越害怕而已。

繩梯的長度很短，沒多久就爬完了，上面是個黑色的空間，莉莉亞就停在間斷處。「你在吵什麼啊？」她瞪了我一眼，彈指，四周微微亮了起來。

又是一個光影村愛好者。

出現在我們眼前的是一座收起的樓梯，看起來應該是機關梯，可能是剛剛那個房間有機關一按就會放下去的，八成因爲被我們強行突破，所以機關梯是收起來的，層層的梯板擋住接下來的路，只剩下一點點微妙的空隙。

我很想告訴她既然都沒路了那就到此爲止吧……

「看來要爬過去了。」行動力很強的莉莉亞說做就做，手上羅盤一收，就往樓梯細縫爬去。

我吞了吞口水，只好跟著爬。

是說，我一直有種非常不妙的感覺，好像會到不該到的地方……我眞的有某種強烈的預感，那上面絕對有東西。

收起的機關梯其實不太好爬，因爲空間間隔很小，有好幾次我們都差點卡住還是勾破衣服，不過幸好它的縫到最後大小還勉強能讓一人通過、沒像傳說中那種會越變越小，不然要是爬到一半卡在裡面就好笑了，我們絕對會變成黑館中第一個被卡在天花板的笑話。

爬過樓梯之後，出現在我們面前的又是往上的道路，像剛剛一樣的煙囪管，附上繩梯一條。四周都是灰塵，爬完後我們兩個身上也都灰灰髒髒的，可見這個地方眞的已經很久沒使用了，完全沒有人上來過。

看著莉莉亞繼續往上爬，我也只好跟在她身後。

煙囪管路到處都是灰塵和不知道是不是蜘蛛網的東西，我突然很慶幸還好我是第二個爬，前面那個人一定會比我還慘，髒東西都先被她擦乾淨了。

幾分鐘之後，莉莉亞停下，上面傳來敲響的叩叩聲。「看來已經到了。」她說，用手敲了上面好幾次，「這是門。」

說完，她立即用力往上一頂，轟地聲響猛地傳來，整個上隔板被她翻開、灰塵往我頭上掉，然後莉莉亞往上一跳，就站在上頭。

我也跟著爬上去，然後在看見眼前景色之後停下。

那是一間很大的閣樓。就如同樓下的空間一般，閣樓所佔坪數不小。出現在我們兩人面前的就是一個寬廣的荒廢空間，四周都是柱子和隔間，可是不知道之前發生過什麼事，隔間上的粉刷已掉落且有大半都已傾圮，柱子也破損得很厲害，與樓下布置完全不同，是個荒涼的景色。

地上到處都是灰塵和隔間塌落的石頭碎屑。

學長他們真的不知道有這樣一個地方嗎？還是他們只是在唬爛我說不知道，其實所有人都心知肚明。

不曉得爲什麼，那一瞬間這個疑問竄上心頭。我總覺得好像哪裡怪怪的，可是又說不出來，這地方似乎……

「奇怪了，這裡怎麼會有這種東西？」莉莉亞的聲音把我喚回魂來。

仔細一看，她大小姐不知道什麼時候已經走到閣樓的盡頭，現在正盯著盡頭的牆面猛看。

「什麼東西？」我看了一下來時的路，黑暗得有點毛骨悚然。現在叫我自己往下爬我也不敢了，只好也跟過去看看有什麼奇怪的東西。

盡頭的牆面上有著一層厚厚的灰塵，被莉莉亞擦去一大半，露出一個古舊的法陣。

就在看見那個法陣同時，我突然愣了一下。

我認得這東西。

※

那一瞬間，有很多東西如潮水般灌進我的腦袋，不知名的東西無視我的意願蠻橫地腦入侵，根本無法拒絕。

轟轟的聲響馬上隔絕了外頭的安靜。

「這是我們的天下。」

有一個男人這樣說著，背著光，中間是黑色的影、旁邊畫出了輪廓，怎樣都看不清楚他眞正的樣子。「時族、精靈族、妖精族、海王族、獸王族……不管哪一個族群都不是我們的對手。」

那個男人在笑，聲音銳利得像是切割著神經，讓我整個腦袋都痛起來，像是要炸開一樣。

「這是吾所設下的通道，讓吾族能夠來去自如，讓他們散播到世界各個角落，直到沒有種族能夠閃躲。我們要殺、用血洗開我們……族的大地……」

不要說了、不要再說了！

我的頭好痛，痛到想尖叫。那個男人的聲音像刀子一樣不停劃著、刻著，我的頭痛得彷彿快要裂開，整個都是空白的，只看見了那些人的影子。

意識幾乎模糊的同時，我看見有人在我面前蹲下，影子像是個女人，金紅色的眼勾起冰冷的笑意，「宣戰的時間到了，你怎麼說？」

她似乎在對我說話。可是我很清楚，她不是在對我說話，她是在對著這個奇怪記憶的主人說話，金紅色的眼睛透過了我、看著的是別人。

「我們要借用的是你的力量，你與我們一般被放逐到永恆的黑暗，你怎麼說？」她伸出手，尖銳的甲畫過我的臉龐，冰冷得讓我瑟縮了一下。「冰牙族的三王子是你的友，大戰之後碰上他，你怎麼說？」

「我詛咒他。」

一個聲音響起，從我身上，但不是我開口，「大戰無友……若阻擋我們的去路，我詛咒他，以意爲靈，讓他消失在我們之前，用他的血洗開我們的大地。所以我詛咒他，如果他要阻礙我們的話。」

女人笑了，「很好……哈哈哈哈……很好，那你就好好地看著這場戰爭吧。」

然後那女人的臉整個扭曲，四周猛地玄黑一片，所有人都消失不見了。

只是眨眼時間，另外一個聲音又傳來。

這次在我的頭頂上，柔和得不像剛才那樣子銳利，低低的、像是吟唱歌謠。

我看不見那是誰。

黑暗中有一隻手輕輕地覆在我的額頭上，冰涼的，但卻是讓人安心。

「睡吧，安心地睡吧，這裡不會有人來驚擾你們。不管是邪惡的靈魂、善良的靈魂，都會回到主神的身邊，然後你們能夠放心地睡，不用再擔心一切的變化。」

一點點冰涼劃過我的面頰，像是上方滴下的水珠。

誰在哭？

「我所愛的朋友，願你樂意接受精靈的祝禱文陪你回歸神靈。」

我緩緩地睜開眼，看見銀色的髮飄落在我的臉上，銀色的眼高高地望著我，四周微微發著光卻又黯淡得令人悲慘，我看見那張臉……

他是……

「褚冥漾！」

銳利的聲音猛地劃破所有景色。

我猛然回過神，只看見莉莉亞的臉出現在我面前，剛剛所有聲音和畫面都已不見了，連腦袋也都不會痛了。「欸、欸？發生什麼事了？」愣愣地看著眼前的莉莉亞，我反射性地問了一句，一時無法理解現在狀況。

「你剛剛站著睡著了！」莉莉亞指著我，用一種不可置信的聲音說，「你居然站著睡著，我叫你好幾次，你現在才醒來！」

「我站著睡著？」

見鬼了，我沒事站著睡著幹嘛？

莉莉亞瞇起眼，湊在我面前左看右看，讓我反射地倒退一步，「妳、妳幹嘛？」

她站回身，環起手哼了一聲，「沒事，第一次看見有人站著睡覺覺得很好笑。」

我一點都不覺得好笑。

剛剛那些片段的畫面是什麼東西？

還有最後看見那個人，銀色的髮、銀色的眼，還有他的臉……

……

他長什麼樣子？

明明剛剛看得那麼清楚，可是現在我突然想不起來了。

那個人、長什麼樣子？

※

「這個是什麼的法陣？」

莉莉亞的聲音再一次讓我回過神，她站在牆壁前看著幾乎整面牆大的法陣端詳著，片刻皺起眉頭，「奇怪了，我怎麼看不懂這是什麼陣法？」

隨著她的疑問，我也跟著看向那個法陣，這次沒有再有奇怪的畫面了。出現在我眼前的古老陣法整個都是赤紅的，因為年代久遠顏色稍微有點暗沉了，可是整個陣法幾乎都完整地保存了下來，一點都沒有缺少。

不知道為什麼，我覺得我應該認識這個東西。

我看過它。

陌生，可是又很熟悉。

為什麼？

那個記憶應該不是我該有的記憶，是誰的？

我總覺得進入這間學校之後那些奇怪的記憶好像變多了，有時候是怪夢、有時候是怪記憶，但卻都說不出個所以然來。

「九門盾甲。」莉莉亞手上出現了她的羅盤，看來她剛剛應該只是暫時收起不是變回幻武大豆，因為連召喚的程序都省了。「探查元素組成之陣法。」她將羅盤貼在法陣上，那個有點奇怪的羅盤發出微光，然後快速轉動著。

盯著她的動作，我突然懷疑莉莉亞可能不是那種像學長他們一樣專門戰鬥的袍級，她的幻武兵器實在不像武器，反而像是一個輔助工具，看來袍級的細分類比我想像的還要多。

十幾秒之後，羅盤停止，莉莉亞將東西收回來看著上面的指示。「……這是什麼啊？」她叫了出來。

「怎麼了？」我連忙湊過去看，羅盤上全都是天書文字，有看沒有懂。

「這個陣法不是用元素組成的。」莉莉亞收起羅盤，我這才看見她的手掌上出現了一道很像燙傷的黑色傷痕，「這是詛咒的門。」她對著傷口呼氣，像是很痛的感覺。

看著那個赤紅色的法陣圖，我越看越覺得不安。

一定會發生什麼事。

我心中有種非常不對勁的聲音這樣喊著，喊到我自己都頭皮發麻。「我們不要看了，快下去吧，不然學長他們知道可能會不高興。」連忙拉著莉莉亞的手，我覺得最好不要繼續待在這裡，這裡真的很奇怪。

大概也真的感覺到不對勁了，莉莉亞點點頭，罕見地完全不反抗，被我拉著走。

就在我踏出一步的同時，閣樓的地板突然整個震動起來，所有地上的砂石灰塵都在跳動，然後越來越劇烈。

莉莉亞和我同時回過頭，那個赤紅色的古舊法陣居然開始微微發光。

那是啓動陣法的前兆。

不對，真的不對。

要出事了！

「褚冥漾！快跑！」莉莉亞推了我一把，反手喚出羅盤，「九門盾甲，封魔大術！」她咬破手指，一滴血紅落在羅盤上，半秒，羅盤突然發出強烈的光線投射到牆壁上的法陣前方，強光畫出另一個法陣。

我該跑嗎？

莉莉亞的背影看起來這麼嬌小。

發光的法陣只存在了十幾秒，就在赤紅色的法陣開始轉動同時，那個光陣就像是玻璃一般發出了虛弱的哀號，整個碎裂成上百片。

赤紅的法陣中睜開了一雙灰白的眼。

我認得那雙眼睛，曾經我毫無抵抗之力，直到今天我仍然對此有所忌憚。

「與我簽訂契約之物，讓襲擊者見識妳的猛勇。」水滴的聲響落在地面，我緊握住米納斯一點猶豫都沒有地直接朝赤紅色的法陣中央開了一槍。

第一個竄出來的灰白眼惡鬼被那槍打破了腦袋，青白的漿水四處飛濺，一股噁心的詭異臭味立即傳來。「莉莉亞，快跑！」我拉住莉莉亞的手，直接邁開腳步往通道處跑去。

地面的震動越來越大，好多石頭碎屑都彈到我們腳上、膝蓋上，慌忙中被砸了好幾次傳來微微的刺痛。

身後傳來更多拖著腳的步伐聲。

莉莉亞似乎被後面景物嚇住，整個臉色青白，「不可能、不可能……爲什麼會有惡鬼……」

「先逃再說！」一到通道入口，我踢開不知道什麼時候被關上的蓋子，想要先回四樓再說。封口一開，我們兩個人都愣住了。

那條狹小的通道四周開始長出奇怪的白色物體，像是海綿一樣緩緩地要把通道給阻塞起來。

我轉過頭，看見那些灰白色的惡鬼開始增加著往這邊靠過來。

怎麼辦？這個時候要怎麼辦？

「火攻！」羅盤朝下，莉莉亞喊了聲，一抹火焰立即從羅盤裡面竄出來直直往通道下噴去，沿途燒去了許多白綿，勉強清開道路，「快點！又再長了！」她尖叫著。

我看見通道裡又開始緩緩出現那個奇怪的白色物體，也不管莉莉亞會不會抗議，我直接就把她往通道一推，「快下去！」我對著要圍過來的惡鬼群又開了好幾槍，打得他們後退好一些距離，在通道被堵住之前馬上鑽下去。

通道口在我往下爬不到幾秒之後就整個被阻塞住。

我看見一隻僵白浮腫的手穿透白綿中間，灰白的指甲差點打到我的眼睛讓我嚇了很大一跳，那隻手摸索了一下就收回去了，然後整個通道又被塞起來。

「下面也有！」莉莉亞驚恐的聲音傳來，不只是通道口，整條通道一直出現那種白色的軟綿，往下的道路開始變得困難行進。

「快點往下跑！不要管了！」我很緊張，我眞的很緊張，我怕那些惡鬼也跟著爬下來。學長他們都還在休息，如果被攻擊了怎麼辦！

我後悔跟著莉莉亞去找那個該死的往上通道。

到了中層，那個機關樓梯四周也都塞滿了白綿，靠著莉莉亞的羅盤我們好不容易又爬過機關梯，同樣地清理完通道之後往下。然後我們兩個從天花板掉下來，摔在四樓的房間裡。

「那到底是什麼東西！」看著天花板的通道被白綿塞滿，莉莉亞仍然驚魂未定地看著我。

「我不知道，也不想知道！」她嚇得比我還要厲害，像是觸碰到某種可怕的禁忌，整個人不斷顫抖臉色發白。「快點，不要待在這裡！」不曉得是不是和學長他們出任務時恐怖東西看太多了，我反而沒有她那樣害怕，整個腦袋只想到要趕快封閉這個地方。

就在我把她拉起來要退出房間時，整個天花板上充滿了巨大的詭異聲響，到處都有東西在移動的聲音。

然後，有什麼東西艱困往下的聲音。

我和莉莉亞對看了一眼，心中一冷，我們都知道有什麼東西跟下來了。

第五話　黑館的封印

地點：Atlantis

時間：上午十點二十七分

第一張被擠破的臉出現在天花板的通道裡是幾十秒之後的事情。

白綿仍然不停生長著，從上面跟著硬是爬擠下來的惡鬼被擠破了腦袋頭骨，一半的腦漿滴滴答答地滴下來，掉在髒亂的地板上。

那雙灰白的眼睛充滿笑意。

我聽見莉莉亞倒抽了一口氣。

然後，那個頭骨旁邊竄出兩隻右手——下來的不只一隻惡鬼！

「莉、莉莉亞，妳快點去求救！」我用力吞了吞口水。沒什麼，這個眞的沒什麼，我一點都不怕，惡鬼再怎麼可怕都不會比學長和變臉人可怕，眞的沒什麼，我不會怕！

心理催眠、心理催眠，現在我需要趕快心理催眠，這樣眞的就不可怕了。

「好、好……你不要出事，我馬上回來！」顯然驚嚇很大的莉莉亞用力讓自己鎮定，然後點頭把羅盤放在我手上。「九門盾甲會保護你，你一定不要出事。」

羅盤發出銀色的光芒，在地上立即出現了陣法。

「放心，我、我不會怕。」用力把莉莉亞推出房間，我立刻把房間關起來反鎖。

我和雅多約定好了，絕對不會再逃。

朝天花板開了兩槍，那個頭骨和手都掉下來，四周立刻滿滿都是臭味，讓我有點暈眩起來。

莉莉亞的羅盤不停發光，頭骨在掉下要接觸地面的同時被光陣一接，立即化成灰屑。

白綿猛地暴漲出來，貌似有什麼東西不停在裡面推擠。

我聽見天花板上的聲音越來越大，整個都在騷動，幾乎要將天花板給擠破一樣。

米納斯在顫動。

看著銀槍，我發現其實是我在發抖。

我很怕，我眞的很害怕。

不用幾秒，另一個腦袋從白綿裡擠出來，緩緩轉過來，灰白的眼睛看著我，他咧出笑：「找到你了！」

有一瞬間，我還以爲我的呼吸會停止。

白綿裡，那顆頭顱的身體緩緩鑽出來，然後落在光陣外，對著我笑。

我聽見天花板快被震裂的聲響。

就在同時，面對著我的房間落地窗猛地發出巨大聲響，整面玻璃化成粉碎。

一隻像是獸爪的手疾速抓住惡鬼頭顱，連讓他回頭的機會都沒有，獸爪猛地收緊，惡鬼連哀號都沒發出，腦袋就在我面前硬生生地被捏碎，像是西瓜一般腦漿四處噴灑，然後掉落地面。

站在我面前的不是五色雞頭，而是另一個——

「尼羅！」

「後退！」

尼羅甩去手上的髒漬，往我前面一站，雙手皆化成狼般的獸爪，仰頭，一雙耳朵從他的金髮上冒出來，原本蒼白的臉快速扭曲，轉化成整張詭異的獸類面孔。

這個樣子很眼熟、非常地眼熟，讓我非常直接想到了四個字——

他是狼人。

我突然想起學長告訴過我的話。

天花板上的騷動打斷我的思考，一隻惡鬼又從上方跳下來，聲音比剛剛都還要大，我仰頭，看見天花板居然已經開始出現裂痕。

怎麼辦？

半獸化之後，尼羅的動作明顯快上許多，就看見金色的影子在我眼前一閃，下秒那個掉下來的鬼族已經踏上他同伴剛剛的道路，被打碎的腦袋全部掉落在地上，然後化為灰燼。

「狀況陷入最高警戒，發現疑似鬼門被開啓的痕跡，請護衛黑館的人馬上到現場。」尼羅在說話，可是不是在對我說，我看見他按在尖尖耳朵的爪子上有著一枚小小像是對講器的東西，然後他轉過頭，「褚先生，請儘速離開這個房間。」

「我……」聽著他們這樣說話，我也知道情況很危急，可是尼羅一個人應付得來嗎？我想，至少我多少應該可以幫得上忙。

就在躊躇猶豫之間，猛地正上方傳來劇烈的崩裂聲，還來不及反應，我瞠大眼睛看見了上面的天花板硬生生整個崩裂開來，一面破碎的天板就直接往我頭上砸來。

反射性地閉上眼睛護住頭，幾秒之後疼痛異常地沒有傳來，我偷偷睜開了眼，看見尼羅已經站在我前面，那塊天花板被他打得整個粉碎掉落在四周……是說這樣不會被扣錢嗎？

「褚先生，請趕快撤離此處。」他說，藍色的眼睛看著我，「不好意思，得罪了。」

「什……」還來不及問話，我突然覺得領子被人用力一抓，差點直接被活生生勒死。像是火燒屁股一樣，還沒聽完我說話就動作的尼羅一把抓住我的衣領把我往外拖。

最後離開房間的那瞬間，我看見天花板一塊一塊地崩落下來，整個上方充滿了白色的綿體還有夾塞在其中的惡靈不停移動。

一把將我拖出，尼羅迅速踢上房門，砰地聲發出極大聲響，「聽從我的命令，封門無赦。」狼爪用力蓋在門板上，奇異的金光從他的掌下畫出一個小小的法陣，不用半秒陣法立即像是被門板吸收般消失無蹤。

門的對面又傳來巨響，整個房間騷動了起來，門板傳來咚咚不停拍打的聲音。

「這只能短暫封鎖一點時間。」拉著我快速退出大廳，尼羅關上了最後一扇房間門，同樣地在上面下了封印。一瞬間，所有吵雜聲響全部消失了。

我知道那不是鬼消失，是因爲宿舍本身的隔音不錯，那群灰白眼的殭屍現在絕對正在用力破門，可能很快就會跑出來。

門被封上的同時，我們兩人的背後同時傳來腳步聲。

「眞是的，每次宿舍結界重塑都會發生事情，眞該好好建議學院一下改個方式。」叩地聲響，高跟鞋的聲音停止在走廊上，「兩位可愛的小朋友，換手了。」

我轉過頭，看見一頭大波浪鬈的紅髮，走過來的是黑袍惡魔奴勒麗。

「裡面那個……」我不知道應該怎樣具體告訴她裡面發生的所有事情。

「噓，你不用這麼緊張，我聽得見你害怕的聲音。」她勾起惑人的笑容，紅色的指甲畫過我的臉頰，「惡魔最愛的就是你害怕的聲音。」

我立刻往尼羅後面躲。

「五樓有鬼門，不知道爲什麼被打開了。」非常鎭定的尼羅低聲地說著：「裡面連結到鬼眾領域去，現在出現了惡靈，等等不知道還有什麼會過來。」

「好，明白了。」奴勒麗爽快一笑，笑得好像根本不是遇到什麼大困難，頂多就是每天挑指甲油顏色的那種困擾程度，「眞是麻煩的事情，回頭我要去叫會計部加薪。」

就在兩人談話之間，門裡猛地傳來撞擊的聲響。

同時，四樓的走廊以及樓梯也傳來匆匆的細微聲音。

「現在情況怎樣了？」第一個到達的學長看了一下房間的門板，問著。

「看起來不是很好。」奴勒麗搖搖頭，轉頭看著陸續到達的其他黑袍，還有找來賽塔的莉莉亞等人，「你們與宿舍的封印鑰匙同步得如何？」

「只到達一半，可能沒有辦法臨時將結界重建。」發言的是戴洛，與其他三人一樣，他的臉色看起來也不是很好，甚至還有些蒼白，「不過可以由外面布下隔絕陣法。」

學長轉過頭，紅色的眼睛看著我和站在旁邊的莉莉亞，有點嚴肅、也有點凌厲，「爲什麼五樓的鬼門會開啓？」

他這樣一問，我馬上就知道了……學長他們一定早就知道五樓有什麼東西存在。

「我們也不曉得。」莉莉亞頭低低的，她發出很小的聲音，「我只是想探查那個陣法的元素組成，它就突然自行啓動了。」

「現在問他們也來不及了，先想辦法將鬼門重鎖再說。」按著學長的肩膀，蘭德爾開口，也是少見的嚴肅表情，「如果讓鬼門那邊的東西出了黑館，後果會不堪設想。」

「嗯。」學長點點頭，沒有繼續說話。

就在所有人都安靜下來的同時，房門猛然砰地一聲響，一隻手掌穿透了木製門面出現在我們眼前。

「惡靈穿破的速度很快，看來裡面應該混有高等級的惡鬼。」看著那隻手掌退後，門上的洞口出現了一隻灰白色的眼睛，瞧著外面。立刻從口袋中取出一枚白水晶，賽塔讓水晶飄浮在掌心上，「我拖延封印時間，請各位立即到外面布下隔絕結界，至少讓惡靈出不了黑館範圍。」

水晶猛然碎成粉屑，一點一點地覆上了整個房門，四周又開始安靜下來。

就在同時，原本站在附近的幾個黑袍同時消失，連影子都沒有看見。

「褚冥漾，我們快點出去。」拉著我的手臂，莉莉亞直接迅速把我拖下樓。

出了黑館的大門之後，已經到達外頭的學長等人早已站好在黑館大門前形成了四個對角，奴勒麗站在黑館的階梯上，她的腳下出現了金色的法陣。

「莉莉亞，護衛的人要兩名，站到我旁邊。」奴勒麗看了她一眼，說道，莉莉亞也不敢耽誤時間，立刻就站到階梯的另一端，腳下同樣出現了金色的法陣。

「褚，退到我後面。」隨著學長一喚，我馬上跑開很長一段距離。

站在四角的黑袍同時伸出手，從他們的手掌浮出了稍早之前從黑館中拿出的圓亮東西。

「封隔結界。」

❀

我看見整個黑館下面出現了巨大的陣法，悠悠轉動著。

學長等人手上的物體發出耀眼的光，上面畫出了奇異的圖騰紋路，連結起整個人型法陣。

「褚，你現在聽我說。」站在我前面的背影發出聲音，我連忙靠近了兩步，「我們必須在這邊布下隔絕結界不能離開，現在需要有人進去關閉鬼門。」

關閉鬼門？

我想到了那個大型的古老法陣，令我眼熟的陌生陣法。

「對，那個就是鬼門。當初鬼王要發兵時曾經在各地設下相通的鬼門，黑館中有一個，長年都被關閉封印，現在不知道什麼原因打開了，所以必須將它重新關閉。」維持著大型陣法的動作，學長沒有轉過頭，「不然時間拖久，開啓的鬼門會吸引更高等級的惡靈鬼眾，到時候事態就會不可收拾，你明白我的意思嗎？」

「我、我知道。」用力地點點頭，我看著眼前的黑館，裡面逐漸傳來更多騷動的聲音。

就在同時，黑館門口退出一個人，是稍早之前留下來的賽塔。

他匆匆往這邊走來，「我關閉了所有房間以及廳門入口，現在走廊上已經湧出來低階惡靈，可能很快就會往大門這邊來了。」

這麼快？

我看著黑館，裡面傳來更多聲響。

「褚，再多的話不說了，現在我要你進去關閉鬼門。」

轉過頭，那雙紅眼看著我，完全沒有一絲開玩笑的成分，「我們等不到其他援助的人來，現在馬上就有人必須進去關閉鬼門，否則會造成學院嚴重的損害。」

我倒退一步。

我連鬼門怎麼開怎麼關都不知道，我不會！

「冰炎，這樣太勉強了。」賽塔的表情相當凝重，擺明了不同意。

「他做得到的事情，爲什麼叫作勉強。」口氣也相當強硬，學長就直直地看著我，「褚，你只要說一句話，你敢不敢去？」

看著學長，我滿腦子轟地都是空白。

「我……我……」

「只要你認爲鬼門能關閉，它就一定會被你關閉，那麼、你怎麼說？」

猛然一愣，我怎麼覺得這句話好像在哪邊聽過？

「出來了！」隨著奴勒麗一喊，所有人的注意力都被拉過去。

黑館的門口砰地聲響被不知名的強大力量一震，整個黑色的玻璃都被撞得粉碎，劇烈的破裂聲響傳遍四周，第一個灰白眼的惡鬼從裡面走出來，身上插滿了黑色的玻璃碎片。

「與我簽訂契約之物，讓來襲者見識你的沉重。」奴勒麗勾起艷麗的笑容，伸出手，一絲黑紅色的光在她手上畫出線，「來吧，陪我們玩玩。」

咚地沉重聲響落地，在她腿側兩方出現了兩個看起來應該是普通人拿不動的重槌，幾乎等人高，黑色的身發出暗紅色的光。

「奴勒麗，不要破壞黑館。」一看到她取出幻武兵器，賽塔立刻很緊張地說著。

「哪，看我心情囉。」拋來一記飛吻，奴勒麗單手就拿起那支巨槌，瞬間就往走出的惡鬼腦袋上敲去。

兵器離開，只看見一灘發著惡臭的血肉。

我有種突然反胃的感覺。

「褚，你還沒回答我的話。」學長的聲音讓我回過神。

看著逐漸出現在黑館的惡鬼群聚，我本能性地往後倒退了一步。

莉莉亞與奴勒麗都已經開始了戰鬥的動作，黑袍們將四周隔離。

然後，我做得到關閉鬼門這件事情嗎？

「沒什麼事情是不可能做不到的，只要你認爲可以，那就可以。」

看著學長還有其他人，於是，我緩緩地點頭，「請讓我試看看，雖然……我不知道自己會不會做得很好。」只要我認爲可以，那、我想我應該可以。

「褚冥漾，你不用太緊張。」站在另一端的黑色仙人掌衝著這邊喊話，「反正掛了我也會幫你復活，現在在學院裡面嘛。不過如果你想當我的收藏品我也不介意就是了。」

「我才不想當收藏品。」不用一秒我馬上反駁。

開玩笑，誰都知道他老大最愛的收藏品叫作屍體。

「褚同學，加油喔。」戴洛對著我一笑，「放心，很簡單的。」

其實我覺得可能不會很簡單。

「那、我應該怎麼做？」我看著前面的學長，用了很大的勇氣才開口詢問。

學長轉過頭看了我一眼，「找到鬼門，封上它，就這樣。」

這不是廢話嗎！

※

我覺得四周的氣溫好像開始下降了。

「好像有大的出來了。」站在門前的奴勒麗看著門裡，她的腳下全部都是一團一團肉餅堆積，到處散滿了血漿皮肉，暫時阻隔了惡鬼的持續擁出。

大……大的什麼！

我有種很想拔腿往後逃的感覺。

「褚，沒時間了，你趕快進去。找到鬼門之後看你要毀要怎樣，總之想辦法讓鬼門停止運作就行了。」學長催促的聲音響起。

說得很簡單，我就是不知道要怎樣動作啊！

就在一片混亂之際，學長伸出手一把拍在我肩膀上，差點嚇了我一大跳，「精靈之神、護衛之使，以覆蓋保護、遮蔽敵人之眼，眞實者披上僞甲，以此混亂敵人之目。」他唸了長長一大串之後才收回手，「這樣要是鬼門出現比較高階的東西就比較不會注意你，你可以放心地進去，米納斯有足夠的力量擊退普通的鬼族。」

咦？是這樣嗎？

我左看右看，實在是看不出我有什麼不同的地方。

「尼羅，你保護他上樓。」另端的蘭德爾朝著已經化回原形的金髮管家說著，「不管遇到什麼，一定要讓他走到最後。」

尼羅點點頭，眨眼就已經站在我身邊。

「去吧。」我猛然被學長推了一把，整個人往前踉蹌了好幾步，進到結界的範圍裡。

一進去結界，四周的空氣更冷了，而且還有一種會讓人窒息的感覺。重點是，我在進去的瞬間，整個空間全部都暗下來了，與外頭差距非常大。

「啊！我不管了！」

去他的封印方法！反正破壞方法到了那邊就知道了對吧！每次都這樣！

我開始自暴自棄地往前衝。

尼羅就跟在我側邊，不快也不慢，就是同樣速度保持移動。

「小朋友們，加油囉！」站在前方的奴勒麗伸出手，掌心中出現了紅色的光球，轟然聲穿透了整個黑館大廳，將裡面的惡鬼一次全部轟乾淨，「要安全回來喔。」

樓梯上又有聲音蠢蠢欲動。

踏入黑館的大廳範圍，原本可以看見的房間全部消失不見，連廚房那些地方也通通變成牆面，只有往上延伸的樓梯以及走道。

這就是賽塔說的通口關閉嗎？

看到房門全部封鎖之後我稍微鬆了口氣，因爲我房間裡還放很多東西，要是被破門而入打壞了我會哭給他們看的。

阻礙在我們爬上二樓樓梯同時出現了。

活像是蟑螂一樣拚命再生的惡鬼從各個通道冒出，灰白的眼到處都是，讓人看了極度反感。

「請繼續往前走。」

抛下了這樣一句話，尼羅跨步往前，動作優雅地雙掌交疊，一擊就將迎面而來的第一個惡鬼給震得退後。

「喔、好。」看著被清出來的道路，我深深覺得蘭德爾學長眞是個好人，沒想到他借出的專屬管家這麼強。

因爲主要是得回去鬼門，所以一路上我們也沒有多加滯留，尼羅將鬼打退之後就一直貼近我身邊跑，後面就追了長長一條。

大約十幾分鐘之後，我們兩人終於千辛萬苦地回到了四樓的範圍。

房門全都消失，只有那間不斷擁出鬼眾的門口還被留在長長走道的盡頭。

四周的空氣更加沉重了。

我嗅到一種像是泥沼的味道。

撞開了擋路的惡鬼群，尼羅拉著我直接衝進房間裡。休息的臥室中有著黑色的光芒，以及一種奇異、不像惡鬼的聲響。

然後，所有惡鬼都停下了動作。

我聽見一個呼吸的聲音。

一下一下、沉重無比。

在臥室中，惡鬼紛紛讓開，然後灰白眼睛動作一致地轉過頭來看著我們，一點動作也沒有。

在房間的盡頭有個小小的背影，騷動安靜下來的同時緩緩轉回過頭。

尼羅停下腳步，原本平靜的表情出現了一絲訝然。

出現在我們面前的是一個人，一個約是國小左右年紀的小女孩，穿著漂亮的黑色洋裝，灰色的眼蒼白的臉讓她看起來像是個人偶，落在她臉龐的是褐色的大鬈髮，用漂亮的帶子綁了樣式。

有那麼一瞬間，我恍神了，感覺四周好像沒有什麼東西存在。

「褚先生！」猛地，我被人一把抓住手臂，突然驚醒，抬頭看見尼羅的藍色眼睛，「不要被幻覺迷惑。」

幻覺？

我眨眼，看見四周仍是那些惡鬼。

女孩就站在他們之間。如果不是那些惡鬼，我還眞的會以爲她是一個最平凡不過的小女孩。

「她是誰？」我看著那個女孩，突然有種毛骨悚然的感覺。

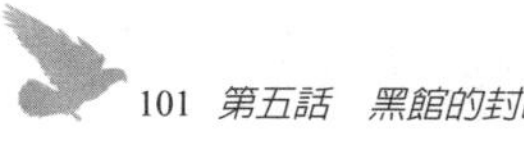

尼羅看著我，久久，才緩緩地張開嘴……

「比申惡鬼王所屬的七大邪鬼貴族、也是鬼王七大高手，凱瑟琳。」

※

比申惡鬼王的七大高手。

我想起來，我曾見過其中一個，深水貴族的瀨琳，後來被學長強制送返了。

那個女孩笑了，細細小小的聲音，卻讓四周的惡鬼急忙逃竄出房間，連撞到我們好幾下也都沒有回過頭。

很快地，整個房間被淨空。

「嘻嘻……姊姊們說這裡不好下手……看來也不是這樣……」她的聲音很小，卻足以讓我聽得清楚，即使她說的不是中文，我也奇異地聽懂了。

尼羅擋在我前面，「褚先生。」他聲音很低，只讓我聽見，「接下來，您要自己先往上走。」

「你怎麼辦？」我知道他打算自己擋住眼前的女孩，因爲過去也有很多人這樣做過。

「沒關係，在學院中不會有死亡，即使是鬼王所屬的高手也是相同，所以請不用介意這個問題。」看著眼前逐漸走近的女孩，尼羅張開手，瞬間整個人轉化爲半獸狼人的模樣，「找到鬼門之後，只要破壞了陣法上面其中一部分讓陣法不再完整，它就會停止運轉了。」

原來這麼簡單嗎？

對了，我想起來之前在大賽中的確曾看過類似的方法，難怪學長沒有告訴我怎樣封閉它。

學長，有時候多講一點話不會死、眞的！

「狼人、人類，哪一個是我王要的人呢？」女孩在幾步遠之處停下了腳步，笑吟吟地看著我們兩個，「人類看起來很弱……一點力量都沒有……」

對不起我就是很弱。

「這裡不是鬼族該來的地方，請立刻離開。」

看著女孩，尼羅如臨大敵般綳緊戒備著，「否則，將強制送返。」

「哈啊！一個小小的狼人也敢對我說這種話！」驀然瞪大了眼睛，女孩的聲音逐漸尖銳起來，讓人感覺到某種刮過聽覺神經的痛楚。「我爲闇火貴族，你以爲我能隨你說要怎樣就怎樣嗎！」她重重喊了一聲之後，手掌上立即出現一隻黑色的蝴蝶。

房間四周立即出現了黑色的飄浮火焰，像是鬼火般在四周畫出了一個圓。

仔細一看，那些倒也不是眞的火，就是同樣的黑色蝴蝶，一張一闔著翅膀，詭異地停在空中不飛也不走。

我倒退了一步。

黑色的蝴蝶在四周飛著，讓人有種不太好的詭異感。

「你們要小心喔，碰到我的這些朋友們，可是會死無全屍。」勾起笑容，女孩一彈手指，其中一隻蝴蝶忽然往牆壁飛去，在碰上牆壁的瞬間發出轟然聲響。

在我們眼前，那面牆被炸出一個空曠的大洞。

看著整房間的蝴蝶，我突然恐懼了起來。

被這些東西碰到的話，我們很可能會連渣都不剩了，這樣子還要怎樣復活？

「哪，你們誰是我王要找的人呢？」她還是笑著，讓人發寒的笑容，「乖乖地說，不然我就讓這些孩子好好陪你們一會兒。」

我看見蝴蝶緩緩朝著我們靠近。

就在第一隻蝴蝶即將碰上我的同時，我看見女孩背面方向、已被尼羅打破的大落地窗外出現了一個疾速撞來的黑影。

「閃開閃開！全部給本大爺閃開！」

伴隨著叫囂的聲音，黑影砰地聲轟轟烈烈直接從來不及反應的女孩身後用力撞下去，當場兩人摔成一團發出很痛的叩咚響，四周黑色蝴蝶也在同一秒消失。

「嘖嘖，都說過要閃開了，撞死算妳倒楣。」無視於自己是撞翻人家的凶手，黑影哈了聲，然後從地上俐落翻起身，對著目瞪口呆的我和尼羅一揚手，「哈囉，漾~還有吸血鬼的管家。」

「西瑞？你爲什麼會在這裡！」

大白天的，我撞鬼了。

※

看著眼前的人，突然覺得自己可能眼抽筋。

他不應該在這邊吧？

稍早之前他還說要去找千冬歲玩，難不成千冬歲在學校嗎！

迷路也沒迷路得這麼誇張好不好！

「漾～你眞是太不夠意思了，這裡這麼好玩居然不告訴本大爺！」眼抽筋產生的幻覺非常眞實地站在我眼前，還一臉我不是朋友的表情。「還好大爺我太聰明了，讓我想到偷渡過來的辦法，哈～不然眞的去找那個書呆可能會無聊死。」

「偷、偷渡？」我愣愣地傻眼給他看。

五色雞頭抬起手，他的手掌上有個不深的傷痕，還有點紅紅的痕跡像是剛剛才止住血，「移動陣遇血沒有指定地點的話，就會傳到最近的血緣關係人範圍。」

啊，對喔，上次我和千冬歲誤闖紫館也是因爲這樣。可是這種方法可以這樣應用嗎！

根本是犯規吧！

「一進來就看到你們在用有趣的東西，本大爺就從外面爬進來了。」五色雞頭非常得意地說著，「哪，我夠聰明了吧！」

就某方面來講，我個人覺得你是選擇性聰明……

正在五色雞頭極度得意的同時，一陣聲響從地面上傳來。

完全被忽略的女孩慢慢爬起身，無數蝴蝶在她的身邊飛展出現，「你們居然敢對我做這種事情……」冰冷且憤怒的語氣，馬上讓我們知道大事不妙。

五色雞頭甩開他的獸爪，「這傢伙看來挺有趣的，有話等等再說，你們兩個上去吧，這邊讓內行的來。」

「……拜託你了。」我看著五色雞頭，吞了吞口水、點頭。

一道紅色的光畫過我的眼前，落在我手上。「對了，差點忘記這玩意，這是冰炎殿下讓我帶來的東西，交給你囉。」

我看著手上，有顆紅色的小晶球，不曉得作用是什麼。

「褚先生，得罪了。」尼羅的獸爪抓住我的肩膀，然後他抬頭，上面滿滿都是白綿，把道路全部塞起。然後，另一隻獸爪的掌心朝上緩緩張開，「爆火。」

就在同一瞬間，他手上猛然竄出金紅色的烈焰火柱，直接貫穿了整個天花板。

白綿立即被燒除大半，露出先前我看見的機關梯。把握時間，尼羅拉著我直接往上跳去，也不爬過機關梯，一掌就是破壞整座機關梯。

鐵片木屑紛紛往地上掉去，下頭立即傳來抗議聲，「你們是要壓死本大爺是不是！」

五色雞頭的聲音到此爲止，立即傳來的是轟然的爆炸聲響，下方不用數秒鐘，立即開戰。

不曉得是不是因爲凱瑟琳的關係，我們直到了五樓都沒有碰上任何一隻惡鬼，順利得讓人覺得好像是騙人的。

空曠的區域與剛剛所看見的相同，只是因爲被鬼眾破壞，敗壞得更加厲害。

我們很快就找到剛剛那個大型的古老法陣。

「只要破壞一點點就可以了嗎？」看著依舊在運轉的陣法，我看著一旁的尼羅，有點不太確定。

剛剛明明事態緊急，可是現在卻又讓人覺得很輕鬆，感覺上好像隨便都可以完成的任務。

尼羅點點頭。

我上下左右看了一會兒，伸出手，「與我簽訂契約之物，讓固守者見識妳的破壞。」米納斯不用多久立即出現在我手上。

只要破壞一點點所有的事情都會結束。

於是，我朝那個大陣法開了一槍，水珠在我眼前散開。

詭異地，那個原本應該被打壞一角的大陣法一點損壞的樣子都沒有，反而吸收了子彈之後又擴大了一些。

我聽見陣法後又傳來奇異的聲響。

空氣，在一瞬間冰冷。

「請後退，有東西來了。」尼羅輕輕把我往後推開，警戒地瞪著眼前散出黑色光芒的陣法。

同一秒，氣壓整個降低，我差點就站不穩腳步，整個人有種被擠壓的噁心感。

地面又開始震動起來，小石不斷跳動著，連旁邊斷裂的柱面都紛紛落下沙石，震得我開始覺得極度不妙。

有一個影子緩緩出現在陣法當中。一個，最熟悉不過的人。

「呵……我還在想許久不用的鬼門怎麼自己突然開了，好奇跟來一看，沒想到連結到不錯的地方。」我倒退了一步，駭然看著現在在大陣前的熟人，一個我完全不想再和他碰面的人。

尼羅明顯也愣了，不過還是擋在我之前，整個人瞬間緊繃了起來。

完全無視我們兩人的緊張，站在陣法前的鬼王第一高手環著雙臂，用一種悠閒的目光看著我們，「這應該說是有緣，或是你自投羅網呢……」

出現在我們眼前的，是鬼王第一高手。

安地爾。

第六話　黑館前的對決

地點：Atlantis
時間：上午十一點十分

「放心，不用緊張。」
悠悠哉哉地站在原地，似乎沒有出手意思的安地爾勾起一貫令人膽怯的冰冷笑容，「我現在懶得跟你們交手，目前我沒接到要抓你回去的命令。」他說著，然後掃了我一眼，用一種讓人很難形容的態度告訴我：「現在呢，我正在休假。」
我第一個想法是，鬼族也有寒假嗎……
他的視線轉回去，落在尼羅身上，「挺無趣的，就算交手也沒什麼樂子。」
……意思是如果現在站在這裡的是學長你就會直接和他開打嗎？
「鬼族不應該出現在這個地方，請立即回到你們的世界。」尼羅就沒有對方那麼輕鬆，一手擋在我面前，做好了隨時可以對戰的準備。
安地爾看著他，勾了冰冷的笑容，「我對你沒興趣，不要想挑釁我。」
只是瞬間一動，我看見安地爾猛地消失在原地，眨眼後，他已經站在我面前。我立刻往後倒退了好幾步，看見他身後的尼羅倒下，連他什麼時候出手都不知道。

安地爾往前走了幾步，就停在我面前，「咦？你的感覺不太一樣。」他瞇起眼睛左右打量著我，猛然露出瞭然一笑，「原來如此，難怪沒有鬼追你。」

什麼叫作沒有鬼追我！

我被鬼追是很正常嗎？被追了才不正常吧！

「哪，你想破壞鬼門是嗎？」他低下頭，視線與我相對。

「我、我當然要破壞鬼門！」用力地吸了一口氣，我大聲說出來。

「那好吧，請。」

安地爾的乾脆讓我當場愣住。

然後，他又笑起來，「怎麼，不相信我是嗎？」銳利的眼睛直視著我，帶著某種我覺得很像貓捉老鼠的笑意感，「你以為我們會在乎一個小小的鬼門嗎？那種東西就算你破壞再多，我們也不痛不癢。」

我知道你不痛不癢……可是對我來講有很大的關係。

鬼門是因為我打開的，所以我必須負責把它關上。我想，學長應該也是這個意思。否則每次都是由別人替我善後，總有一天我必定會犯下更多更大的錯誤。

「來吧，拿出你口袋裡的紅色子彈，直接朝鬼門開一槍，它就會被破壞了。」騰出一手，安地爾彈了聲響指，原本被我放在口袋裡的紅色珠子立刻出現在他掌心上飄浮著，「這小東西不就是因爲這樣幫你準備的嗎？」

看著那顆飄浮的紅色珠子，那是一顆子彈？

我以爲米納斯不用塡裝其他子彈，原來是可以用別種東西加強的嗎？

「你到底想做什麼？」我不相信變臉人會這麼和藹可親，他總是讓我有種全身冰冷的感覺，尤其是他的眼睛，很恐怖。

安地爾低下頭，笑了，「我想做什麼……你很快就會知道了。」他拉過我的手，把冰冷的珠子放在我的手上。然後，他後退了幾步，走近一面牆，「對了，我還是很想請你喝茶聊聊天，有空的話可以來找我。」

他面對著我，緩緩地倒退沒入牆壁之中。

「還有，小心樓下那個邪鬼貴族，她可不像我這麼有禮貌。」

語畢，他就這樣消失在牆面上。

他到底想做什麼？我完全摸不著頭緒，一點都不知道。

爲什麼要小心凱瑟琳？

這樣五色雞頭會不會有危險？她看起來並沒有上次那個那樣強勢才對？

變臉人離去之後，原本倒在地上的尼羅動彈了一下，我立即跑過去蹲在他身側，「你有沒有怎樣？」我很怕安地爾會像上次對付伊多一樣對付他。

尼羅半坐起身，搖搖頭，然後從頸側抽出一根銳利的長針，「只是全身麻痺了一下，沒受傷。」他有點驚訝，大概也以爲自己必死無疑。

看來變臉人剛剛說的應該都是眞的，他現在暫時對我們沒有興趣，那他到底還有什麼目的？

地面又傳來的震動讓我知道不能再拖拖拉拉下去，我立即把紅色珠子塡充到米納斯的彈匣中，對著正在轉動的法陣開了一槍。

硝煙過後，猛地炸裂聲從法陣圖形上爆開。然後，它停下、不再發光。

等到爆炸的煙霧消去，我看見大型法陣的右邊角落已經被打壞了。

就這樣結束了？

我看著四周，全部都安靜下來，突然有種不眞實的感覺。

「先下去幫忙西瑞先生。」尼羅沒有像我一樣思考很久，他撐起身就往通口走，我也立即跟了上去。

路口的白綿已經不再出現。

這讓我懷疑它究竟是呼應法陣的產物，還是宿舍本身的保衛機制？

因爲下面的機關差不多都已經被炸乾淨了，所以下樓非常快，走過繩梯之後我們就看見了下方房間裡所有景色。

五色雞頭站在房間中央。

※

「喂喂，不是每個鬼王高手程度都和妳一樣吧？」

無視於正在冒血的獸爪，五色雞頭咧起囂張的笑，看著眼前同樣沒討到什麼便宜、傷痕累累的小女孩，完全沒有因爲她的外表而手下留情，「一點挑戰性都沒有，讓本大爺失望了，扔不完的炸彈我老哥也會，下次要不要安排你們這些炸彈客去比誰的炸彈多單挑。」

他還眞是喜歡隨處挑釁別人。我終於知道羅耶伊亞一族的名聲爲什麼會這麼壞了，原來就是有這種老鼠屎專門在敗壞門楣。

「你這個該死的獸族！」被挑釁成功的女孩瞪大了眼睛，四周黑色蝴蝶群更多了一些，「給我去死吧！」就在命令一下，整群蝴蝶馬上朝五色雞頭撲去。

「不去。」簡單回對方兩個字，五色雞頭後翻一圈蹬了牆壁一下往旁跳開。來不及轉向的蝴蝶群大半撞上牆壁，砰地巨大聲響轟轟烈烈地炸開臥室的一面牆壁，瞬間整個透風了起來。

外頭奇異的風壓颳進房間，將整間房的砂石吹得四處掀起亂飛，臥室馬上灰濛濛一片影響視覺。「西瑞先生，鬼門已經關閉了。」在我旁邊的尼羅抓住我的肩膀讓我沒跟著風壓往下掉，大聲說著。

「收到。」五色雞頭勾起一笑，轉過視線看著怒火熊熊的女孩，「本大爺改變主意了，觸犯聖駕者殺無赦！今天就判妳立即死刑讓妳下地獄後悔！」

我很想告訴他這種時候就別玩了。

「你這……」女孩的聲音突然停止了。

四周的蝴蝶開始一隻隻急速消失，讓站在前面的五色雞頭也看得莫名其妙。

「打不過要哭著求饒也是沒用的。」警戒地看著眼前慢慢低下頭的女孩，五色雞頭皺起眉，不曉得她要玩什麼把戲。

對方緩緩抬起頭，猛地發出了極爲猙獰的一笑。

「不對勁。」站在我旁邊的尼羅把我往後推了一點，「西瑞先生，請立刻離開那個地方！」

愣了一下，五色雞頭立即往上跳過來。

就在他往上跳來的同時，整個底下房間突然冒出強烈的黑色刺眼光線，接著是極爲強烈的震動以及爆炸聲響。捲起的颶風差點將我們往下拉去，整個房間掀起了大片的粉塵碎石。

久久，才緩緩平息。

有那麼一瞬間我整個人都在耳鳴，眼前有點昏黑，等到爆炸的餘勁過去之後我慢慢睜開眼，看見尼羅擋在我前面，身上覆蓋了一層灰土。

「渾蛋，搞什麼鬼！」不遠的五色雞頭咳了咳兩聲，全身也都是灰灰土土的看起來很狼狽。

「兩位沒有受傷吧？」拍去身上的灰塵，尼羅率先詢問。

「安啦，這種程度沒什麼。」五色雞頭揚揚手，說道。

「嗯。」

在所有騷動逐漸歸爲平靜後，我們才注意到下面。整個房間的牆壁被轟得差不多全都沒了，

只剩下柱子還淒涼地存在著。

「那個小鬼在搞什麼鬼啊？」跳到只剩天花板柱子和地板的房間當中，五色雞頭疑惑地四處張望。

尼羅扶著我的手，一起把我帶到地面上。

四周晃了一圈之後，五色雞頭突然在其中一個邊緣處站住了。

「西瑞先生，不要站那麼旁邊，會被風壓颳下去。」尼羅看見他就站在房子邊緣，連忙好心出聲警告。

「放心啦，又不是沒摔過。」五色雞頭沒回頭，只朝我們招手，「快過來看，下面出事了。」

下面？我的眼皮突然跳了跳，有種非常不好的預感。

走了幾步，四周風壓立即增大，有瞬間好像會被颳走的感覺。

尼羅從後面跑過來，拉著我站到五色雞頭旁邊，伸出了手掌，「靜風。」說也奇怪，四周的風立即慢慢減緩了下來，感覺沒有那麼難站了。

「看那個。」順著五色雞頭的手指往下看，我們同時看見了剛剛那個小女孩已經站在一樓黑館外的空地。底下所有人全都訝異地瞪著她。

站在地面上的女孩震動了一下，突然整張臉向上仰，視線不是對著我們，而是呆滯渙散沒有聚焦。

一隻手霍然穿透了她的額頭，緩緩從握拳張開，五指的尖長指甲慢慢伸長，沾上了一點一點四散的黑色血花。

反應最快的是奴勒麗，只見她一點猶豫的神色也沒有，抄起大槌直接往女孩的腦上落下。就在所有人都以爲女孩應該會和前面的惡鬼一般被搥成爛餅同時，奴勒麗的動作突然停止了。

女孩的額頭裂縫如同有異物擠出般突然撕得更大，瞬間竄出的第二隻手掌輕鬆擋住了奴勒麗的兵器。然後，軀體一點一點地從中間被撐裂成兩半，黑色的血水下起小雨般不停落在地面。承受了血水的地面像被腐蝕了般，立即溶出了許多凹陷的圓塊。

我感覺到一種快把自己壓扁的力量。

那時候，在大賽時我也有過一模一樣的感覺。

就在那瞬間，女孩的身體終於被擠撐到達臨界點，突然爆裂四散，各種內臟什麼的全部散開，散在整個宿舍的大陣法上，然後往下侵蝕。

有一個女人站在結界陣法之上。

鑲著金紅顏色的頭紗隨著風擴展開來，在風中波浪一般不停地翻騰著，底下跟著散出了血一般暗沉的紅髮。

我看見她擋著兵器的手一轉，奴勒麗被某種巨大力量震開往後甩去，跟著脫手的幻武兵器猛地沉重落在地上，槌面出現了深刻的掌印。

那是一個和學長他們差不多年紀的女人，血紅的髮血紅的眼，卻有著一張美麗的清秀面孔。

我高高地往下看，她沒注意到我，卻將視線投往學長。

然後，笑了。

※

我的腦袋突然又傳來那種奇異的劇痛。

眼前出現了另外一個女人的身影，重疊在下面那個女人身上。

她在說話，可是她沒有說話。

那個幻象中的女人像是對著我在說話，但是我卻明白她不是在跟我說話。

她開口，傳來聲音：「你的好友已經進攻了，你怎麼說？」

尖銳的聲音迴盪在我的腦袋中，割出刀子劃過般的痛。

「漾！你沒事吧？」五色雞頭的聲音猛然打斷我腦中的聲音，瞬間四周又清明了起來，那個女人的身影已經不見，只是樓下那女人還存在著。

我突然有種莫名其妙的恐懼。

「西瑞！快找人來幫忙！」我不知道爲什麼，全身冰冷顫抖，彷彿馬上會發生大事一般。

「已經有人趕過來了。」五色雞頭大約也感覺到四周的氣氛，衝著我一點頭，「這下可有趣了……學院居然會被入侵。」

女人就直直地站在原地，所有人都高度警戒地看著她。

她的眼睛筆直地看著正對面的學長，一點也不轉移，暗沉的血紅眼眸中閃過詭異的金色流光，連我遠遠看都有種高度壓迫的感覺。

然後，學長開口了，「我知道妳會來找我。」照理來說在五樓之下，我應該聽不見他們的聲音，可是不曉得為何卻再清晰不過，一字一句絲毫不漏進到我耳中，「只是，沒想到這麼快。」

女人突然笑了，整張臉立即扭曲起來，「也差不多該是時候了。」她環起手，整個人微微飄浮離開了地面一段距離。「傳承時間與記憶之子們，這是給你們一點開始的小小招呼。」就在她話語一落，整個地面立即轟然一震。

四個黑袍維持的結界居然像脆弱的玻璃般當場碎開，原本在他們手上的光圓球同時一炸，發出清脆的聲響，所有人同時被震開了好幾步，跪倒地面。

「主人！」站在我旁邊的尼羅喊了一聲，立即就從五樓往下跳，眨眼之後已經出現在蘭德爾身邊將他扶住。

四周很冷、很冷，冷得我不停顫抖。

我認識這個人，我曾看過她。

「很快地，鬼族就會開始重生。」女人走到學長前面，冰冷地笑著，「你認為你能夠像那人一樣再來阻擋我們嗎？」

學長站起身，同樣冰冷地回看著她，紅色的眼睛完全沒有任何溫度。「我不能，還有別人能，就算別人不能，將會有更多人能。時代正在往前邁進，新一代的後輩不停崛起，這個世界不會永遠停在你們以爲能夠君臨天下的那時。」

女人又開始狂妄地笑起來，聲音刺耳得像是在神經上來回刮動。

「那麼你們就來試看看吧！」

「我會的，等著瞧吧妳。」學長立即張開手掌，黑色的光在兩人之間轉開，我所見過的黑槍立即貫穿了女人的身體。

「比申惡鬼王！」

※

一個巨響，接著地面突然炸開，四處馬上掀起了大片的煙塵翻滾。

「我要下去。」看著下面，我猛然有種不祥的預感。

那種感覺……很奇怪，說不上來，好像是下面發生的事曾在哪邊看過一樣。

「現在你不能下去。」一反往常，五色雞頭突然抓住我的肩膀讓我無法移動，「會死。」我抬頭，看見他滿臉都是冷汗。

可是，在學院中死了不是還會復活嗎？

我低頭向下看，下方的學長同時抬起頭，紅色的眼與我剛好視線相交，我立即愣了一下。

學長在瞪我？

爲什麼？

然後，他微微地搖頭。

不能下去嗎？

收回了視線，學長不再看我，也沒有再對我做出別的示意動作。可是隱隱約約，我覺得他好像不想讓我下去被看到。

地面上的沙塵慢慢平息，被黑槍穿透的比申鬼王只退後了幾步的距離，偏著頭，胸口以及左肩被炸開一個大洞。紅色的髮散亂在她的臉上，什麼表情也看不出來。

死了嗎？

四周的壓力仍舊很大，讓我實在很難抱持這麼樂觀的想法。我想，她應該是沒死。

就在空氣幾乎靜默的同時，站在原地的鬼王緩緩地轉正了頭，紅色的髮絲一點一點從肩膀、臉上滑落下來，「這就是你繼承的力量嗎……燄之谷的……」

「住口！」

揮出手，學長冷哼了一聲，「反叛的人沒有資格提起過去的事情。」他張開手，上面出現了銀色的光，「與我簽訂契約之物……」

「襲擊之刃。」比學長動作更快，比申鬼王轉動著完好的那手，黑色的光束猛然自她的手上竄出，直接撲向學長與其他人身上。

動作飛快的賽塔、奴勒麗與尼羅立即擋在另外三名黑袍前面將黑色的光給打落。

而直接站在對面的學長揮開一手，那個黑色的光就在他眼前整個爆開，接著散成一點一點的小光落到地上、消失。「……妳以爲這種小把戲有用嗎。」看著落在地上消逝的光點，學長冷冷地說著，然後緩慢舉起手張開了手掌，上頭立即轉出了光球，「棲息我身的戰火之鑰，爲抵禦侵襲而生成之型……」

就在學長似乎要動用什麼法術時，猛地一個人霍然擋在他面前，打斷了光球的生成。「你不要動手。」停下他動作的人是臨時趕到的夏碎學長，紫色的大衣長襬緩緩在空氣中飄下，「以保護黑館的鑰匙爲第一優先。」

學長收回手，視線仍然看著眼前的鬼王。

被轟開的皮肉一點一點地攀延生長，爆炸傷害明顯對她沒有任何意義的比申惡鬼王勾出了奇異的笑容，「幾個小輩還輪不上我動手。」尖長的爪甲勾開了最後一縷掛在頸上的髮甩到身後，她瞇起眼睛看著學長以及後來支援的夏碎學長和另外兩名我沒有見過的黑袍，「凱瑟琳。」

「馬上把地上的屍體送返鬼族！」夏碎學長的動作慢了一步，就在喊出聲音的同時，空氣四周突然出現了許多稍早之前我們才看過的黑色蝴蝶。不給後援的袍級一點機會，千百隻黑蝴蝶立即像是被打散一般四散噴出。像是被一點火光擦亮的火藥，當場蝴蝶群連鎖爆炸開來，環繞出一整圈的黑紅色火焰，整個下方空地轟隆震響，連在五樓的我們也都感覺到驚人的震動。

我幾乎是下意識閉上眼睛和捂住耳朵，轟隆隆的巨響讓人害怕。

爆炸的炙熱空氣猛然上升，有那麼幾秒我甚至感覺到整個腳邊都是熱烘烘的感覺，直到數秒之後才緩緩停了下來。

於是我張開眼睛，看見了空氣中正在飛散的粉塵。

火光過後，地面上同時出現了幾個守護法陣，與對手相同，有一定程度的袍級幾乎毫髮未傷，像是火焰奈何不了他們。

原本被撕裂成兩半的女孩軀體動彈了一下，發出細小的詭異笑聲，「好痛喔……好痛喔。」倒在兩邊的肉體猛地伸出了手掌拍上地面，血肉飛濺得四散都是，「人家的衣服都弄髒了，討厭。」就在說話眨眼間，分成兩半的軀體猛地化爲一灘黑色血水，接著黑色液體緩緩流動匯聚在一起，數秒，一隻手從那些液體中霍然拍出，然後將身體撐上來，黑血一點一點地重新聚集成女孩的身體，連一點擦傷的痕跡都沒有。

「漾～我下去幫忙，你千萬不可以走出結界喔！」站在我旁邊的五色雞頭突然開口，被他這樣一說我才注意到腳下不知道什麼時候已經出現了個小小的藍色法陣。

難怪從剛剛開始我就沒有感覺到五樓的狂風，除了那陣爆炸之外。畢竟那個爆炸眞的不小，沒有被吹跑已經算很不錯了。

「我也……」

「你站在原地！」五色雞頭打斷了未竟的話，相當直接地拒絕掉，「江湖上人稱我行走天涯一把刀，所以老子身邊從來不帶隨從。」

……誰是你家隨從？

就在我還沒來得及反駁，五色雞頭已經一蹬腳，直接往樓下跳去。

下方的畫面一直在變，賽塔和尼羅已經把負傷的蘭德爾學長等人移走避免二度傷害，奴勒麗也快速地將不知道狀況如何的莉莉亞給抱離戰區。

學長與夏碎學長並肩站著。

那瞬間，我好像想到什麼東西。

在很久很久之前，似乎也有過這樣一個畫面。

但是我卻想不起來，畫面總是模糊不清，看著發生事情的人不像是我，像是另外一個人。我透過他的眼睛看著許多事情發生，但是回過神之後卻又不曉得發生過怎樣的事。

一個聲響傳來，五色雞頭順利地落了地面，甩出了獸爪。

「你們這些人很討厭。」凱瑟琳回頭看著環起手似乎沒有打算動作的鬼王，「我王，將他們殺光可以嗎？」

「隨便妳。」比申惡鬼王笑了笑。如果我沒看錯，我覺得她的笑像是針對學長的挑釁。他們兩人到底有什麼關係？

爲什麼鬼王會一直挑上學長？

「立刻向四周布開隔絕陣法！」學長的聲音穿透空氣，兩名黑袍、奴勒麗和受傷似乎比較輕微的戴洛立刻站定了位置，伸手對角布出另一種不太一樣的大陣。

女孩仰高了頭，張大了嘴露出尖銳的牙，「你們全部都只有死路一條！」她的聲音乍變，令人聽了毛骨悚然。

「與我簽訂……」瞇起眼，馬上就有立即反應的夏碎學長伸出了手準備生成兵器。

「等等！」立即打斷夏碎學長，甫到地面的五色雞頭露出極度囂張的笑容，「這是本大爺和那個小鬼剛剛沒打完的架，你們不准出手。」

夏碎學長看了學長一眼，後者點點頭，表示同意。

「你要小心。」

「哈，本大爺行走江湖多年從來不知道那兩個字怎麼寫！」

……那你的語文程度也太差了。

一瞬間我的腦袋浮現以上的想法。

※

「無禮的傢伙，你剛剛受的教訓還不夠嗎。」

盯著走到面前的五色雞頭，女孩用一種詭異的微笑表情看著他，然後把玩著自己的褐色大髮髮，「沒讓你死一次，你不曉得什麼叫作差距。」

「唉唉，沒讓妳回去娘胎一次妳不曉得什麼叫作大欺小的悲哀。」甩動了手，五色雞頭勾起了冰冷的笑容收放獸爪上的尖指，「大爺我今天會送妳一路好走，不用太感謝我。」

基本上，我認爲她應該不會太感謝你、眞的。

一旁的鬼王環著手，很明顯似乎是打算看著他們對決而不出手。

「小小的獸王族也想跟吾等對抗！」語氣整個拉高，女孩猛地攤開了雙手，黑色的蝴蝶立即四散而出、全面包圍了站在中間的敵手。

揮出獸爪，五色雞頭不用眨眼時間打散了眼前大半的蝴蝶，爆裂的聲響不斷傳來，他卻好像一點也不爲所動、像是那些爆炸傷不了他一樣，「打就打、囉唆什麼！」

我遠遠這樣看來，兩隻手對上一堆詭異的炸彈，感覺上兩隻手好像比較划不來。那些炸彈之多且好像可以隨著那個女孩子的意思隨意喚出，這樣根本就是很難打吧？

「去死吧！」如同我想像，那個女孩很快就發現五色雞頭除了手之外什麼也沒用之後馬上召出更多黑蝶，下方整個密密麻麻的，幾乎軍團傾巢而出。

我覺得五色雞頭這下要完蛋了，而那個女孩很顯然也是這樣想。

整群的蝴蝶盡往五色雞頭的身上擁去。

那麼一瞬間，爆炸聲以及尖叫聲隨之響起。

落空的是蝴蝶、尖叫的是那名鬼王手下。

「你這低賤的渾蛋——！」我根本沒注意到發生什麼事，在女孩尖叫之後我把視線移過去，赫然發現五色雞頭不知道什麼時候已經脫離爆炸站在那個女孩身後，尖銳的獸爪從女孩的後頸貫穿下去。

黑色的血液噴出在地上，一點一點地向下腐蝕著地面。

「媽的妳以爲本大爺眞的會乖乖站在那邊給妳打爽的嗎！」無視於對方外表只是個小女孩，下手毫不留情的五色雞頭猛然一收手，獸爪硬是扯出了連著血肉的頸骨。

女孩尖叫得更大聲，「殺了你！我要殺了你！」

整個頭仰起，她憤怒地嘶吼著，後頸幾乎被人扯斷般骨頭外露，雖然站在高處看不到，可是我幾乎可以感覺到連著骨頭的肌肉在抽動，整個人的脖子好像也跟著痛了起來。

整個就是好痛的樣子……下意識摸摸自己的後頸，我吞了吞口水。

幸好每次被五色雞頭打到時都不是這種打法，不然我應該不是站在那邊唉唉叫而是馬上翻白眼倒地身亡。我現在實在是太慶幸之前五色雞頭和別人打架都有手下留情了，尤其是打到我的時候。

「你們就只打算看著嗎？」劃破了尖叫聲，讓女孩瞬間消音的是來自於另外一邊的鬼王，像是已經厭倦了觀看，她勾起笑容然後伸出手掌，「這地方有接收成爲吾族的價値……棲息黑暗的獸、服從於我族，吞噬生命而成長，撕裂地面而破壞寸方。」

「小亭！」夏碎學長立即伸出手，黑色的流光在手臂上劃過，接著是我曾經見過的黑色烏鴉出現在他的手上。

「狂狼。」就在比申惡鬼王聲音落下的同時，地面猛然衝出七、八隻黑色大型猛獸，有著灰白色的眼睛以及咧開的大大嘴巴和尖牙，擁有狼的型態可是身上卻負著黑色的骨型翅膀、尾巴則是毒蛇、整整有半層樓那麼的大。

衝出來的猛獸直接往外撲，不過因爲早先一步來援的黑袍已經布下了陣法，所以在猛獸往外衝去時只發出了砰然聲響，接著看不見有什麼東西的空氣中出現了閃光，幾隻猛獸像是撞上玻璃一樣紛紛闖出失敗。

往後一翻，猛獸就站在結界邊緣發出低低的咆哮聲。

我爲同樣在結界裡面的五色雞頭捏了一把冷汗，不過因爲他們四周全都是黑色的蝴蝶，所以很明顯地那些猛獸類暫時還沒有靠近的意思。

完全不爲所動的五色雞頭抽開了手，我看見一截黑色的東西整個被他拉了出來，而站在前面的女孩往前倒下，半跪在地上身體不停地抽搐抖動，像是忍受了極大痛苦。

「眞是沒意思，原來只有這樣而已喔。」五色雞頭冷眼看著倒在地上的女孩，然後甩開手上的東西蹲在她旁邊，「鬼王高手也沒啥看頭。」

就在女孩倒地的那秒，四周的黑色蝴蝶彷彿被蒸發一樣整片猛然消失。

一看見目標出現，出不了結界的猛獸突然就往五色雞頭那邊撲過去。

很快地，第一隻往前跑的猛獸還沒碰上五色雞頭就先發出巨吼，不曉得什麼時候竄進結界裡的黑色烏鴉一腳拽住狼頭，尖尖的喙子直接就往眼睛處插下去。

無視那邊的野獸與烏鴉戰爭，比申鬼王看著結界外的所有人然後勾起了奇異的笑容，「這點東西想困住我們嗎？」她用著一種很像是在談天說笑的語氣，接著指向結界處，「裂門。」

應了她的聲音，地面上的結界圖猛然震動了一下，我看見在空氣中出現了紅色很像線的東西在空中畫出裂痕，然後形成一個圓形。那些狼獸一看到出現了一個圓，馬上放棄與烏鴉對峙，氣勢洶洶地竄過了那個圓形踏到結界圖外來。

「與我簽訂契約之物，讓侵略者見識你的殘忍。」

反應動作很快的夏碎學長同時甩出了黑鞭，第一隻前腳落地的狼獸頸子立即遭受猛烈的攻擊被甩開到另一頭，倒地之後整個頸子裂開了一半，黑色的血液馬上噴灑出來。

不過像是沒有痛覺般，撕裂了一半頸部的狼獸居然還是搖搖晃晃地站起身瞪著其他人。

「這玩意要打得牠再也爬不起來牠才肯放棄攻擊。」慢步踱回的奴勒麗勾起了艷麗的笑容，然後站到最前看著隨後全都竄出的其餘野獸，「小意思，像是打地鼠一樣的簡單游戲。」她甩動了手上的大槌，愉快地說著。

還維持著結界的另外兩個黑袍很明顯做了臨時修補動作，因爲半空上的紅色大約在數秒鐘之後就消失不見。

站在結界內的鬼王猛然抬起頭。

有那麼一瞬間，我覺得我的視線好像和她對上了。

我整個人倒吸了一口氣。

※

「樓上還有一個人。」

迅速轉移視線的鬼王在我鬆口氣之後，馬上又說出這句差點讓我心臟停止的話。

聽了那句話之後，原本與夏碎學長他們對峙的狼獸突然衝出了一隻，猛地翻身撲上黑館的牆面往上快速奔跑。

狼在牆壁上跑根本是犯規吧！

我倒退了兩步，馬上想起米納斯還在手上，反正都被鬼王看見了，開他個一槍也不算什麼了吧我想！

何況重點是：我個人生命安全很重要！

就在狼獸整個衝上來即將越過三樓處的時候，有個黑色的東西突然打破不知道是誰房間的窗戶玻璃整個射飛出來，直接從狼獸的正中央砍過去。

連哀號聲也來不及發出，被截斷成兩半的狼獸整隻摔回地面。

那個黑黑的東西射飛之後在半空中迴旋了一圈又射回原本的窗戶裡。在回來的那一秒，我非常、非常清楚地看見那是個非常熟悉的東西——

尖叫女鬼的畫像！

那個東西也可以拿來當凶器嗎！還有它到底是怎麼射出來的啊？

我偷偷往下看去，鬼王似乎對於被砍了一隻狼獸沒有什麼特別的感覺，而且也對我沒有什麼興趣，視線就這樣轉過去看著外面的其他狼獸以及學長等人。

顯然狼獸並不是很難對付的東西，只是短短的轉眼間大部分都已經被奴勒麗給捶扁在地上，不然就是被夏碎學長給抽得破碎倒地。

原本在結界裡的烏鴉不知道什麼時候飛出結界外，就停在夏碎學長的肩膀上，呸地一聲吐掉了還啣在嘴裡的眼珠子。

我看見鬼王勾起了笑容，好像整個場面對她來說不過就是一場小小的遊戲那樣輕鬆，被銷毀的狼獸、被打敗的手下她全都不放在眼裡。可是，她卻又不出手。

有時候我真的不知道這些鬼族到底在想什麼，鬼王、安地爾都是。

就在我疑惑的時候，五色雞頭那邊傳來了聲音——

「殺了你……我要殺了你……」倒在地面的小小身軀顫抖了起來，大大鬈髮下的蒼白面孔緩緩抬起，「你居然敢羞辱我……我一定要讓你死無葬身之地……」

這樣慢慢地說著，女孩的身體開始奇異地扭曲，似乎可以看見骨頭正在皮下移動著的身體慢慢地脹大，像是氣球被吹了氣體進去一般一點一點地膨脹了起來。

「打不過人要玩自爆這種老把戲是吧。」五色雞頭往後跳開了幾步，雖然冷笑著但神情也稍微嚴肅了起來，「小炸彈之後是大炸彈，真沒趣。」

沒有再和他多說一句話，女孩整個身體被撐大了起來，原本還算是可愛的臉漲出了青筋然後血管也浮上了皮下，交錯著的組織將她的臉刻畫得恐怖起來。

然後她越來越大，皮膚開始變得粗糙出現了堅硬的紋路，原本白皙的膚色變成了黑褐色，大鬈的髮整個脫落、眼睛突出，嘴也咧得很大，裡面蹦出了一根一根的利牙。

這個畫面整個很熟悉、非常熟悉。

比申鬼王踱開了腳步往旁邊走，很有興致地看著她的屬下靈異變化。

很快地，五色雞頭發現了眼前的敵人並不是要變身成爲一粒核爆型大炸彈，而是某種開始具有型體的東西。「渾蛋，居然敢騙我！」語畢，他完全沒有電視上等人變身完才動手的那種美德，雞爪一甩整個就往正在往二樓高度進攻的球體揍過去。

獸爪還未碰上那個詭異的形體，一抹黑色的東西先卡進去空出的位置。

五色雞頭眉頭也不皺手也不縮地就直接毆打上去。

瞬間，爆炸聲響在兩人之間響起，打裂黑色蝴蝶的獸爪一點也不留情地揍在還沒成型的東西上面。可是只發出了細微的聲響，那層黑褐色的皮膚明顯很厚、一點也沒有因此受傷。

翻身落地，五色雞頭看了一眼血淋淋的手臂然後轉回視線瞪著那個四周環繞滿黑色蝴蝶且開始展露出手腳的形體。

就在那麼瞬間，蝴蝶猛然爆炸。

颾起的烈風將五色雞頭整個給搧到結界邊，差點給摔了出去。

粉塵淹沒了結界中的空間。

過了十來秒左右，我看見那些飛塵慢慢往下降，視線也跟著清晰了起來。

灰土落定之後，出現在最後的不是剛剛那女孩樣子的邪鬼貴族，而是另外一種像是大型野獸的東西。如同恐龍般的外體有著極厚的皮膚、間接還帶上了些皮毛，骨架組成的黑色蝙蝠翅膀半揚兩側，灰色的眼出現了兩條尖細的瞳孔，咧嘴，是森白的尖牙。

簡單來說，應該是酷斯拉長毛長翅膀的變形版。

出現的妖獸幾乎快有四、五層樓高，我站在邊緣看見了牠的身體很貼近。

我倒退兩步，很怕恐龍一時想不開一巴掌從這邊揮過來。

似乎對於她的變形不太驚訝，底下的袍級們表情沒變，仍然維持了結界運作。

我有點擔心五色雞頭，畢竟那什麼屠龍者都是電視、電影在說，眞的要打這種東西幾乎是很困難的事情。

站在這裡的我什麼都不能做，我只希望他們全都會贏，然後毫髮無傷。

「妳以爲變大隻我就怕妳嗎？」無視於威脅在眼前的中型恐龍，五色雞頭瞄了旁邊的學長一眼，勾起笑容，那種幾乎快要是絕對勝利的笑容。

「變大隻是我們獸王族的專利，渾蛋！」

第七話　丟失的骸骨

地點：Atlantis

時間：下午一點零三分

我想起了一件事情。

那時候在大競技賽時學長曾告誡過五色雞頭不能將全力都施放的事情。所以整個競技賽期間我都只看見他用獸爪、頂多兩隻獸爪。

但是在獸爪之前我還看過其他東西，像是腳爪、翅膀……要是大會期間根本沒用上的話，那麼五色雞頭眞正的實力究竟是什麼東西？

這讓我注意到，其實實力不明的根本就不是只有千冬歲一人。

變形版的酷斯拉對著五色雞頭咧開大嘴發出憤怒的咆哮。

絲毫沒有出現任何懼怕的表情，我看見五色雞頭冷冷地勾起笑容，他的獸爪逐漸往身體方向產生了更多的獸化，像是被傳染一樣，獸化的部分開始急速往身體侵蝕，先前見過的翅膀猛然從他的肩後展開，將他整個人都給包裹了起來。他整個人都在抽高，翅膀逐漸變大。

該不會等等我會看見天使獸吧……

好冷，我自己冷到了。

同樣沒有什麼等人變形完才攻擊美德的酷斯拉變形版猛然衝過去，張開口就凶狠地往一面翅膀直直咬下去。

就在即將被咬上的那瞬間，巨大的翅膀猛然彈開，將撲上來的酷斯拉變形版給撞飛一小段距離。

看清楚翅膀裡面是什麼的時候，我瞬間有種從格鬥片立即變成恐龍戰鬥片的詭異感覺。

五色雞頭的變化大概出乎凱瑟琳意料之外得快，所有人都還來不及反應，一頭像是鷹也像是獅的巨大化野獸直接竄出張口咬住恐龍的頸子。

連接著巨大身體的獸爪揮開，直接陷入恐龍的背脊。

被突然攻擊的妖獸發出憤怒的吼聲。整個地面立即被震得破碎，原本站在上面的人紛紛往後跳開，破壞的範圍只到達陣法之內，沒有超過陣法之外，看來應該就是隔絕的效果。

巨化的五色雞頭動作比對方更快，眨眼之間已經一口將對方的頸子整塊拽下來，黑色的血液大量往外噴灑，好像下起了黑色的雨。

沒有電影效果那樣看起來震撼精采，在我的視線中看見的就是暴露皮內的血肉咬碎模糊成一團，抽動的肉塊讓我一秒湧起想吐的感覺。

妖獸發出咆哮的聲音，顫抖著，急速減小。不到幾分鐘的怪獸戰爭在五色雞頭像是餓瘋一般啃掉對方幾塊肉之後宣告結束，完全沒有實際破壞到什麼，只有陣法內的地板無辜受災而已。

咚一聲，在妖獸消失之後，女孩的身體重重摔在地面上，大半的頸胸已經被撕裂消失，露出了骨頭與肉正在不斷地抽出血花。

五色雞頭在幾秒之後也恢復了原本大小的人體尺寸。他冷眼看著倒在地上的女孩，一腳踩住她的腦袋，「原來七大高手程度也不過就是這樣，之前被幹掉的大概都是笨蛋吧。」語畢，抬腳就猛然往底下的頭顱踹去。

我閉上眼睛沒看那幅畫面，睜眼之後，五色雞頭的腳下已經一片模糊了。

表情連變都沒有變，五色雞頭彎下腰，獸爪在一片碎片糊肉中拿出了一個暗紅色、水晶類的東西。就在那個東西被抽走後，底下的屍體猛然化成一灘沙，接著冒出黑煙消失無蹤。

「夏碎，拿去。」將手上的東西拋過去給一旁的夏碎學長，五色雞頭朝他豎起拇指，「給你家的蛇加菜。」

夏碎學長接住了東西，攤開手靠近了肩上的烏鴉。

很快地，那個像是水晶的東西立即就被烏鴉一口給吞下肚。不過意外地卻沒有任何動漫電影會出現的那種實力增進的大變化。

烏鴉只是打了個嗝，這樣而已。

就在女孩消失之後，原本一直在旁邊觀看的鬼王緩緩地踏出步伐，「你叫什麼名字。」她看著五色雞頭，金紅色的眼睛平靜無波，看不出她現在的情緒。

「西瑞．羅耶伊亞。」也不怕會不會被詛咒，五色雞頭很直接報上自己的名字。

「殺手一族。」

「哈，感謝妳知道我的名字，這樣就不用給妳名片了。」五色雞頭往後退了一步，「現在換妳要打了是嗎？」

比申鬼王冷笑了一聲，「你贏不了。」

五色雞頭聳聳肩，「那就算了。」於是就這樣很率性地走出法陣之外。

四周被波及的地面開始一點一點地拼回原樣，過了幾十秒後，被震毀了地磚已經全數恢復完畢，看不出來剛剛有經過一場對決。

環視著外面的其他人，比申鬼王勾起了笑，「你們以爲這樣就了事了嗎？」

聽著她的話，我突然有點毛骨悚然起來。

※

「慢。」

打斷鬼王動作是走出來的賽塔，「妳確定眼下眞的要一個人對上我們學院？」他的話很冷，冷得像是冰一樣和平常給人的感覺不同。

我覺得，現在的賽塔令人難以接近。

「幾名黑袍，算得了什麼。」鬼王發出不屑的嗤聲，挑起眉看著眼前的人，「精靈也好、獸

王族也罷，你以為本王會怕你們這幾個小小的次級種族嗎！」

踏入陣法，直接與鬼王交涉的賽塔一點驚懼的神色都沒有，雙眼直視著眼前的鬼族，「可惜的是，四大鬼王中為首的耶呂鬼王不就曾經敗在我們手下嗎？」

「哼，骯髒的手段、卑鄙的低下種族，你們沒有資格提起。」

「若要說到骯髒，恐怕沒有任何一個種族的手段會比得上你們。」很難得說話一點也不客氣的賽塔立即就將罵語給頂回去，銳利而直接，與平常和我們講話時的態度完全不同，「我不是求妳離開、而是命令妳離開，妳身在的是我們的學院，學院中有大型精靈結界，妳應該已經感覺到了力量逐漸消失對吧。」

像是被說中了一樣，比申鬼王有那麼一瞬間神情冰冷起來，「你以為這些結界可以奈何得了我多少！」

「很多、非常多，要不然妳為何到現在都不出手。」不將鬼王的挑釁放在眼中，賽塔一字一句清楚地說著，「雖然無法立即抵銷妳的力量，但是妳自己應該知道我們的結界正在啃噬妳所有的能力，若非如此、妳早就應該出手攻擊。」

「……」

「沒錯，幾名黑袍的確奈何不了妳，甚至有可能敵不過妳。」見著對方一句話也沒說，賽塔冰冷地繼續告訴她，「但是現在這個是我們的學院，就算其他人不出手，只要妳繼續待在學院當中，我就可以單憑自己打敗妳，妳、信不信。」

他只是在陳述一個事實，一個很有可能其他人早就都知道只有我不知道的事實。

我倒眞的不曉得原來我們學校的結界有這麼好用，難怪之前一直聽見人家說可以防止外敵入侵什麼什麼的，原來還有這樣子的防禦法。

難怪從剛剛開始鬼王什麼也不做。

「比申惡鬼王，妳怎麼說。」賽塔依舊看著前面的人，問著。

站在他眼前的鬼王似乎猶豫了。

「精靈，報上你的名字！」半晌，她猛然開口。

「賽塔蘿林，光神貓侍之眼。」

「你們最好祈禱學院的結界不會崩毀。」

鬼王發出張狂的笑聲，然後惡狠狠地瞪著站在她面前的賽塔，「否則，鬼族第一個就是消滅你們、尤其是你，我會親手毀了光神的侍眼；當你的眼珠塞進玻璃瓶漂浮在水中時，想必會是送給光神最好的擺飾禮物。」

一封相當大的戰帖，而且整個就是衝著賽塔而來。

「如果辦得到就來吧，我們並不像鬼族那般容易擊垮。」微微動怒的賽塔也回以相當嗆的答案。

「等著瞧吧。」只留下了最後一句話後，比申惡鬼王的形體緩緩變淡，像是被風吹散一般很快就消失不見了。

這樣就結束了？

是不是太容易了一點？

我看見賽塔呼了口氣，甩頭走出結界。幾乎也在同時，維持著結界的黑袍們將結界給撤除。

這樣應該算是危機解除了嗎？

底下一恢復平靜之後，我立刻拔腿就往樓下跑。

※

出了黑館大門之後，負傷的幾個人身邊已經出現了第二批來援的醫療班，正在不一地接受各種治療；附近還有情報班正在針對剛剛的狀況開始收集資料。

我左右看了一下，來援的輔助袍級中幾乎沒有認識的人，而且數量也不多。

這就表示其實剛剛的狀況還不到最高警戒的地步嗎？

「漾～」五色雞頭一看見我下來，立刻很興奮地跑過來，「看到沒有看到沒有！本大爺的鷹獅樣子夠帥吧！」他用血淋淋的手一把拍在我的肩膀上，留下某種好像命案現場死者身邊都會出現的那種血手印。

原來那個東西叫鷹獅。我有一秒直接腦袋自動連線到電玩裡的另一種東西，看起來不是很像，反而比較像是另外一種東西。「喔，很帥。」四處搜索著，沒看見學長和夏碎學長兩人。

剛剛不是還在樓下嗎？

我邁開腳步想往四周找一下，蘭德爾學長、剛認識的戴洛他們都還在接受治療，但是就是沒有看見學長他們，就連小亭也不在。

「喂喂，你講得非常沒有誠意，重新講一次。」五色雞頭搭在我背後，直接拖住我的腳步。

「你先去治傷啦，等等再說。」不曉得爲什麼，我總覺得剛剛那些幻覺最好是先告訴學長他們。

直覺就是如此，他們絕對有一定的關聯。

「你如果要找學長他們的話，剛剛大爺有看見他們好像用移送陣去醫療班總部的樣子。」五色雞頭還趴在我肩上，完全無視於把手上的髒血什麼弄在我身上的這個事實，懶洋洋地說，「我看見有人跑過來和他們說一下話，隨後就離開了。」

「醫療班的總部？」先浮現在我腦袋中的是那間保健室。不對，那個地方怎麼看都不太像是總部，因爲太小了不像是會有很多醫療班聚集的地方。「你知道在哪邊嗎？」我的眼皮突然跳了跳，感覺上不太對勁。

「知道啊，要去嗎？」五色雞頭蹦到我面前來，很樂地說，「老三每天都在那邊出入，當然本大爺也知道要怎麼去。」他瞄了一下正在幫忙醫療班的九瀾，笑得非常不懷好意。

「我找學長有事。」直覺就是很急，總覺得不趕快講一講，等等除了那個人的臉之外其他的也會全部忘光光。

「有什麼事情我可不可以先知道？你要曉得拜託人需要付出代價的，尤其是當你眞的很著急時更要好好全盤托出。」突然出現一臉奸商模樣的五色雞頭很快地斤斤計較了起來。

就在我很想一巴掌往他腦袋敲叫他不要玩時，頸後突然出現陰森森的涼風，「我也要過去……」

「哇！」我嚇了一大跳，馬上回頭往後退好幾步。

不知道什麼時候摸到我身後而且顯然還偷聽了好一會兒對話的黑色眼鏡仙人掌環著手，陰森地笑了兩聲，「我要回醫療班所屬的分析部，那裡出事了。」

出事？

我愣了愣，不曉得他指的是什麼。出事的應該是黑館吧？

「剛剛接到傳訊，鬼王第一高手安地爾闖進分析部，搶走了裡面保存的石棺。」若有似無地看了我一眼，九瀾這樣說著，「湖之鎭那時候發現的石棺，你們應該都記得吧。」

湖之鎭？

對了，我想起來了，在湖之鎭最後那時的確起出一具棺材，但是因爲後來伊多的事情讓我震驚到，我就遺忘了有那東西的存在。

話說回來，原來那具棺材被醫療班收走了是嗎？我還以爲是情報班搬走。

等等……所以安地爾搶走的湖之鎭石棺不就是……

我抬頭看了九瀾，他點了點頭。

這就是安地爾的目的嗎？

「醫療班不在學院內，現在我要轉移過去，你們兩位請好好站著不要亂動。」不多說其他廢話，九瀾彈動了手指，我們腳下馬上出現了深藍色的光陣。

四周的景色慢慢模糊起來。

※

「漾～你覺得現在的我比較帥還是鷹獅比較帥？」

「都帥啦。」

在轉移之前，我和五色雞頭無意義的對話就這樣告一段落。

接著，立即出現在我們面前的是一座塔，一座通體雪白的高塔，塔邊有著幾處玻璃窗裝飾，不知道爲什麼下面還種了椰子樹和鋪了白色砂礫地面，有一瞬間讓我聽見了某南方小島的海潮聲。白塔上有一個大型圖騰，與學長黑袍上的徽章圖騰一樣，都是隸屬公會的記號。

「門口在這邊。」領路的黑色仙人掌招招手，帶我們靠近白塔。塔前有扇大型的玻璃圓弧大門，他走近之後停在門口，玻璃神奇地自動往下降讓出了路。

與外面不同，一進到白塔之後，我們看見一座高頂的大廳。

眼前，大廳像是被攻擊過一般四周都有破損，幾個穿著藍袍的人快速來去，忙碌著整頓一片狼藉。「九瀾先生。」一名抱著破了一半花瓶碎片的藍袍一見到黑色仙人掌進門就連忙走過來打招呼，「提爾先生在分析部門等您。」

「知道了。」黑色仙人掌的步伐變快，我只好小跑步跟在他後面，五色雞毛則是在大後方悠哉悠哉地慢慢逛，幾秒鐘之後被一個藍袍看見滿身傷後拖走，就這樣消失不見了。

走到塔內最深處之後，出現在我們面前的是一個石板，黑色仙人掌踏上八角形的石板，朝我招手，我立即也跟著跳上去，腳一站穩之後石板就自動緩緩往上升去。

「醫療班的分析部你應該聽過其他人提起，主要是分析各式各樣的東西，包括重建等等。就你們那個世界來講，還夾雜了科學等部分。」環著手，黑色仙人掌這樣告訴我，「這個部分與情報班來往相當密切，與醫療部門有點不同。」

我大概知道他的意思，反正就有點像是科學還是鑑識那方面的部門就是了？

石板在一處通道前停下來。

一停下，九瀾又是快步往前走，不過這次很快就到達目的地。出現在我們前方的是個與剛剛大門相同的玻璃門，也是一樣自動往下收去讓開道路。

一通過玻璃門之後，四周的空間猛然拓展開來。

空氣中飄浮著透明的圓球，大約手掌大，像氣泡一樣到處飄浮著。

「九瀾，這邊。」已經在室內的夏碎學長朝我們兩人招手，他所站之處同樣有被破壞過的痕跡，到處都有摔碎的玻璃與一些我看不出來是什麼東西的東西。「褚？你也跟來了？」他看見我的那一秒似乎有些訝異，不過很快就掩飾掉。

「呃……我找學長。」

不用兩秒，我馬上就找到我要找的人，因爲他就站在夏碎學長的後面。「有什麼事？」走上前，學長瞇著眼睛看了我一會兒。

「就……你們先處理你們的事情吧。」我看見還有輔長和一些不認識的人也在，不好意思直接在這邊講幻覺的事情，等等被人家說我在浪費時間就糗了，還是等他們先討論完比較好。

學長又看了我一眼，沒說什麼，「你等一下，很快就好。」

似乎是等九瀾到達，幾個人馬上無視於我的存在，開始用另一種語言討論。片刻放空的我四周看了一下，也沒有什麼地方好逛的，除了一大片空間之外就是那堆用意不明的透明飄浮球，什麼可以打發時間的景點都沒有。

差不多五分鐘之後，輔長與那幾個不認識的藍袍又匆匆走掉了，感覺上好像是發生什麼不得了的事情一般。

我記得來之前他們曾說過在湖之鎭發現的石棺被偷了，難不成那個東西其實很重要嗎？

「褚，你剛剛要找我講什麼幻覺的事情？」討論的人走掉之後，室內一下子就只剩下我們幾個人，學長轉過頭劈頭就問。

呃……現在突然問我我也不知道從何講起……

「挑簡單的講。」沒好氣地瞪了我一眼，學長哼了一聲。

「就是剛剛在五樓的時候……」我把剛剛那些奇怪的片段大概描述了一遍，其實除了銀髮的那個人忘記面孔之外，其餘的倒是都記得很清楚。

講完片刻後，九瀾、夏碎和學長相互看了一會兒，三人的表情都像是有某種結論的樣子。

「你說一個男人和一個女人是嗎？」紅色的眼睛看著我，十分凝重。

「嗯，對啊。」就算我看錯，那時聽見的聲音應該也不會聽錯才對。

戴著眼鏡的黑色仙人掌伸出手，旁邊立即飄來一粒氣泡球在他手上，「褚冥漾，你拿著這玩意再把你的幻覺重新想一次。」

「耶？」我愣愣地伸出手，那顆飄浮氣泡馬上飄過來浮在我掌心上。

這個東西要握住嗎？

「握下去你會看見它直接碎掉，這樣就可以了。」學長站在旁邊，冷眼看著我。

我又沒用過這東西……看著飄浮在掌心上的球，我閉上眼睛，學習電視上看過的片段開始在黑暗中冥想。

「眼睛不用閉起來，你要確定畫面對不對。」啪地聲，學長直接在我腦後甩巴掌，馬上就把我的眼睛給打開。

有那麼一秒眼前出現黑光，我甩甩頭，「什麼畫面……」才剛想問的時候，就看見所有人都微微抬頭直視前方。我跟著看過去，看見了手上的球發出微弱的光線，在牆面上倒映出像是畫面般的東西，有點模糊，可是確實出現了我曾在幻覺中看見的那個男人不清晰的身影。

原來這東西是腦袋投影機！

眞神！

畫面動得很快，也出現了那個女人模糊的影子，聲音銳利得讓我的腦袋又開始發痛起來，畫面最後是那個銀髮的人，可能是因爲我忘記的關係，畫面上那人的臉也是一片模糊，怎樣都看不出五官。

投影的畫面很快，不到一分鐘就結束了。

停止之後，我低頭，看見飄浮的球出現了一絲奇異的藍色，接著緩緩飄回了戴著眼鏡的黑色仙人掌張開的手上。

所有人都看著我。

下意識地，我倒退了一步。

※

我不明白這個幻覺代表什麼意思，但是其他人的表情給我的訊息是好像不是什麼好東西。

四周的空氣整個凝結，有點可怕。靜悄悄的，完全沒有人發話。

這讓我開始有點害怕了，該不會這個幻覺眞的很有問題吧？

早知道就不問了……

「褚，難道……你不覺得這個男人的聲音很耳熟嗎？」

沉默了許久，先開口的是學長，他像是想了很多東西，表情有點複雜地問我。

「被你這樣一說，好像……」我好像真的曾在哪邊聽過這麼壓迫的聲音，只是沒有看到臉，我真的想不起來他是誰。

學長張開手，收來一顆飄浮的球，牆面上瞬間就投射出另一種畫面，一種我怎樣都忘不了的畫面。

恐怖得讓人不想回想。

那天，在鬼王塚中，耶呂鬼王自水中活起的畫面。

畫面上的聲音銳利且壓迫，與我剛剛那個幻覺中的幾乎相同，只是鬼王塚的耶呂鬼王聲音沙啞了一些，但是仍然可以比對得出來幾乎就是同一人，「你幻覺中的男人，應該是已經被殺除許多時間的耶呂惡鬼王。」站在旁邊的夏碎學長輕輕地說著。

「女人應該是比申鬼王，聲音聽起來也是一樣。」學長皺起眉，把球拋開，「你的幻覺顯現的，應該是一千多年前大戰之時……也有可能是更久以前，耶呂鬼王以及比申鬼王的形體。」

我倒退了一步，又退一步，不可置信地看著學長，又看了夏碎學長，最後看了戴著眼鏡的黑色仙人掌。

所有人都向我點頭。

不會吧……騙人的吧？

我終於被腦入侵了嗎！

「入侵你個頭！」啪一聲熟悉的直毆巴上我的後腦。

對喔……我忘記我早就被入侵很久了……

「我想大概是你們接觸鬼門時，當初設下鬼門那人餘留的記憶恰好竄入你的腦中，所以不用想太多。」學長冷哼了一聲，非常不想和我解釋腦入侵會不會死，「就算被入侵了，你也死不了，放心吧！」後面這段加重語氣，讓我再往後退一步。

旁邊的黑色仙人掌環起手，支著下頷，「這也太巧了，正好在石棺被搶走之際有這段幻覺，是代表了什麼嗎？」

這有關聯嗎？

「那具石棺是什麼？」在我意識到時，這句話已經脫口而出，讓我自己也驚訝了一下。

「就是裝屍體用的棺材。」學長很快地回答我一句廢話。

我當然知道是裝屍體……難道古代人會心情好拿棺材來裝滿水果嗎。會讓安地爾來搶的屍體，應該也不是普通的屍體吧？該不會又是個什麼什麼鬼王還是什麼什麼被埋葬的第一高手之類的東西吧？

「你很好奇嗎？」意外地，回答我的是黑色仙人掌，「那具石棺的歷史約有一千多年，根據我們的分析結果，很有可能是屬於當年大戰的遺留物之一。」

大戰的遺留物？

「不過根據歷史情報，當年大戰時並沒有擴及到湖之鎮，所以也很有可能只是單純的地方種

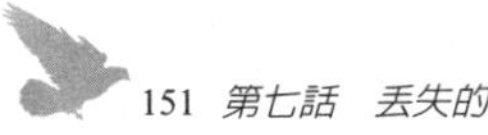

族埋下的東西。」他聳聳肩，給了相當模稜兩可的答案，「我們分析完石棺，正針對屍體分析不到一半時就被搶走了，所以剩下的就幾乎無可奉告。」

不曉得爲什麼，我總覺得他沒有告訴我實話。

他們在隱瞞什麼？

「該知道的事情你自然就會知道，有些時候、有些事情，你還是不要知道太多會比較好。」偏著頭，學長這樣告訴我，算是直接承認了我內心的想法，「那具石棺是個機密，現在被搶走了之後有很多分析都被打斷無法證實，所以九瀾沒辦法告訴你更多，也因爲醫療班的規定，在未經過證實之下他也不能告訴你更多事情。」

我點點頭，算是明白。

「看在你這麼有興趣的份上，倒是可以讓你看看這個。」黑色仙人掌一彈手，四周的飄浮球立即聚集過來，接著朝相同的地方一投影，當場重新顯現出立體的石棺畫面。「在被搶走之前我們有做出影像記錄，幸好這個還沒破壞掉，不過屍體的就沒這麼好運了，那個什麼什麼第一高手闖進來時砸了不少分析資料。」

他在說這段話的時候，我有種他很心痛又咬牙切齒的感覺。

丟失屍體你比較難過是吧？

轉過頭看著石棺的立體投影，我這才注意到，清除了沙石之後的石棺是整顆白色的石頭雕成的，外面刻滿了像是圖騰的文字，那些我曾經看過的古代精靈文字。

「這是精靈的祝禱文，棺蓋上這一段是首歌謠句子。」學長開了口，輕聲地說著：

給我親愛的朋友，願主神能庇佑你。
在痛苦劫難之後那些黑暗深淵已經隨之消失不見。
香甜的果實芬芳的氣味，故鄉的風會陪伴在你身邊。
曾經忘卻的往事中希望你還能記得最初開始的那一切。
鏡山的冰雪、凋零的枯葉、金色的夕丘、鋪沙的皓月，還有我們曾經走過的深邃湖邊。
蒂娜彈奏豎琴的聲音還猶然迴盪耳邊，那溫柔會伴你深深入睡。
握著我們深愛的主神之手，你會忘卻痛苦一切。
入睡、長眠。
在你夢中不再有黑暗揹負，只有甘甜美麗的氣味。
給我親愛的朋友，祝禱你能擁有主神所賜予的溫柔世界。
延續到，再次睜眼。

聲音停頓之後，四周立刻安靜了下來。

那是一首像是歌一般的吟誦，學長停止之後我才發現鼻子有點酸酸的，感覺有點難過。

是誰寫給誰的祝禱文？

是誰收到了誰的祝禱？

我看著石棺，卻什麼也不知道。

「傳說中蒂娜是海上人魚們聚集之地，那裡的人魚擅長輕豎琴的音樂，看來石棺裡的人與他的精靈朋友應該都到蒂娜聆聽過人魚們的聲音。」打破了一片靜默，學長看著投影的立體石棺，沒有繼續往下翻譯其他文字，「刻在石棺上的其他文字也大多是類似這樣的祝禱文，相信裡面那位應該也已經順利地安息吧。」

「如果順利找回來石棺與屍體，冰炎殿下就得勞煩你繼續把剩下的翻譯出來。」黑色仙人掌陰森森地笑了幾聲，然後將投影給收了，「畢竟現在懂得古代精靈語的人可不多，肯幫我們翻譯的精靈就更少了，就連賽塔先生也是，你要知道活太久的精靈都很少到處和別的種族打交道也不喜歡透露出自己語言的。」

學長聳聳肩，「翻譯費照樣會和你們申請。」他很簡短地直接這樣說著。

戴著眼鏡的黑色仙人掌笑得更陰森了。

就在事情都辦得差不多的時候，門口突然傳來很大的奔跑聲響。

「漾~你放我鴿子！」

對喔，我都忘記五色雞頭的存在了。

※

闖進來的五色雞頭身上的傷全部不見了，很顯然已經被醫療班好好地「照顧」過，不過表情看起來就不怎麼好。

「你這個負心漢，放我在陌生的世界淒慘等待，枉費本大爺為你辛辛苦苦這麼久。」一進來馬上對我提出不實指控，五色雞頭一臉受創的表情說道。

話說，我記得這個地方好像你比我還熟耶，聽說剛剛有人自稱他常常在這邊走動的喔。還有，為什麼你在醫療班的形容叫作淒慘哀號啊？

「西瑞小弟，接下來你是不是要繼續哀你苦守醫療班十八年啊。」站在旁邊的黑色仙人掌突然開口，打斷了五色雞頭正要開始的發癲。

「哼哼，本大爺如果做事都會被你猜到的話就不是本大爺了。」一臉鄙視地看著他哥，五色雞頭冷笑了聲。

「好、好，沒人猜得到。」聳聳肩，不太想搭理他的九瀾轉回過頭，看著旁邊的學長和夏碎學長，「黑館的結界鑰匙還在我們身上，所以不能離開太久，難保剛剛的事情不會重來一遍。」

「我知道。」學長點了頭，很快地回應。

「對了，夏碎學長不是紫館的鑰匙……嗎？」他們一提到回館的事情之後，我馬上想起來這件事情，剛剛看夏碎學長臨時趕到時精力旺盛，完全不像當鑰匙的樣子。

勾起淡淡的微笑，夏碎學長搖搖頭，「我是紫館的護衛，今年紫館的鑰匙移給新的紫袍們去辦，剩下的人就擔任護衛，人數比黑館來說多了許多，所以我就比較輕鬆。」頓了一下，他看著我，「褚，你有興趣要應徵護衛嗎？可以幫你介紹過去一般宿舍。」

「呃、不用了。」不是護衛在黑館走動都會衰到遇到不該遇的東西，我真誠地認爲我最好還是乖乖地什麼也不要做世界會比較美好。

「做護衛可以盡情地毆打來襲的東西。」五色雞頭搭住我的肩膀，開始做不實廣告，「例如惡鬼、妖獸或者是你看不順眼的東西，尤其是看不順眼的還可以趁混亂打、往死裡打、從心裡發出地打，打到死都沒有關係，要是萬一不小心眞的打死了醫療班還會幫你再生，多麼好用的工作啊！」

……你確定這眞的是護衛嗎？

爲什麼我覺得五色雞頭講得好像是另外一種東西。

「那你要不要去應徵看看？」旁邊的黑色仙人掌很直接在最後接上這句話。

「哼，本大爺習慣一人走江湖，過多的……喂！你幹嘛！」正要打算說出他是江湖一把刀的五色雞頭才講到一半，就直接被他老哥從旁邊往腦袋戳下去。

「打斷你講廢話。」黑色仙人掌非常理所當然地這樣回答他。

意外地，五色雞頭居然還眞的乖乖閉嘴了。

見鬼！難道這就是傳說中的一山還有一山高，五彩雞還有黑雞壓的道理嗎？

「我也差不多應該回紫館了，這三天還是得好好戒備，尤其剛剛才發生過那些事情。」勾畫出淡淡的微笑，夏碎學長翻出掌心朝下，下方立即出現了大型的移送陣。

對喔，還有三天。

再三天我就可以擺脫那個女鬼的威脅了。

剛剛被鬼王一鬧，我差點徹底忘記這件事，現在想起來，我立即轉頭眨巴著眼睛看著學長。

拜託拜託，那個不解決，我會被全家人砍死的。

紅眼狠狠地瞪過來。

「給我去等三天！」

……好凶。

「我們也差不多該走了，這邊等等醫療班的人還要過來善後。」整個人很像某種東西飄過來的黑色仙人掌陰沉沉地說著。

是說，他們現在氣色看起來好像好很多了，這是那個什麼的鑰匙已經變得比較不傷身了嗎？

「造成不適的時間已經差不多了，不過還是得回去休息，因爲剛剛動用了力量且其他人也被打傷，所以暫時不能做太多活動。」學長瞥了我一眼，這樣說著。

原來如此。

當腳下的移送陣閃過之後，出現在我們面前的依舊是黑館。

與剛剛不同的是黑館前已經沒有什麼人了，只剩賽塔還站在門口，看起來有點像是在等我們回來的樣子。因爲當我們出現在黑館前時，他很快就走下台階迎了上來。

「我已經將黑館恢復成鬼族進來前的樣子，你們可以放心地回房間休息。」他頓了頓，露出了熟悉的溫和笑容，「關於五樓通道的房間我已經將它暫時封閉住了，在詢問過上層得到答覆之前不會開放。」

學長點點頭，「明白了。」

我抬頭往上看了一下，原本被炸開的樓層眞的已經完好到沒有任何痕跡，要是說這裡曾經有大爆炸應該不會有人相信。

好神，太神了！

不過這種技能會被建築行業恨死吧。

「漾漾。」賽塔走過來，很溫和很溫和地微笑望著我，然後微微傾下身與我的視線平齊，「麻煩隨意逛的時候，請不要再逛到奇怪的地方去囉。」

那一秒，我好像感覺到可怕的殺氣。

我吞吞口水往後倒退一步，「對、對不起，下次不會了。」我完全知道我錯了。

賽塔站直身，依舊是微笑著，「莉莉亞已經送往醫療班，因爲有受點傷，等她傷好之後應該會直接返回白館。」

「嗯……」我點點頭，放下了心中的擔心。

「那麼就暫時這樣，我還得去處理其他宿舍的事宜，明日見了。」

於是，賽塔這樣向我們道別。

※

那天晚上我是在學長房間過夜的。

因為九瀾說他不是住在黑館所以要向我借房間使用，接著那個自己跑進來但是暫時不能離開學校的五色雞頭也說他在學校沒有房間，所以只好勉為其難地和他哥共用一間。

然後我就硬著頭皮去和學長借宿了。

可能是鬼族入侵時整個人因為腎上腺素增加處於高度興奮狀態，所以在跑回黑館時沒有什麼感覺，可一進到房間之後整個人鬆懈下來，還沒和學長聊到什麼我整個人就昏昏睡過去了。

睡著之前，我好像還看到學長坐在陽台邊看書。

再度醒來時是被砰砰砰的沒禮貌大力敲門聲給吵醒的。

我整個人迷迷糊糊爬起來，空空的房間裡一個人也沒有，陽台旁邊的桌子上擺著一本書。

「誰啊？」一邊打著哈欠，我半瞇著眼睛拖著腳步往房門口走去，打開門之後出現了某個完全沒有劇烈運動隔日疲勞症狀的某個笨蛋。

「漾~你還在睡喔！都已經中午了耶！」五色雞頭用一種「你這個懶鬼」的口氣講話。

「全身痠痛……很累咩……」我搥搥腳，昨天又跑又被拉著跳拖著爬還沒感覺，現在一起床才發現腳整個很痠，「等等！你說現在幾點？」

「中午啊。」五色雞頭拿出一支金光閃閃而且還有大頭貼的手機看了一下，「快一點了，本大爺來叫你下去吃午餐，老三說你再少一餐沒吃會對身體不好。」

「那不就剛剛已經做完放鑰匙的動作了？」我整個人清醒過來，接著非常扼腕。明明昨晚睡時還有調手機鬧鈴想說今天要趕起來看他們怎麼弄的說！

那支手機又給我在該叫的時候不叫！

「對啊，早上就做完了，本大爺還在旁邊看。」五色雞頭點點頭，這樣說著。

「那你幹嘛不叫我！」抱著頭，我有種想去撞牆的衝動。既然都是吃飯要叫，你可以吃早飯時候順便叫我起床嘛！

五色雞頭瞄了一下房間裡，好像對學長的房間很有興趣的樣子，「早上的時候大概六點多在樓下遇到你家學長，他說你好像睡死了不用叫你。」他聳聳肩，表示自己曾經有動過要叫醒我的念頭，「不然你以爲本大爺會讓你睡到現在嗎，嘿嘿嘿嘿……」

麻煩你後面那句會讓我毛骨悚然的話就不用再加了。

我還爲了睡過頭沒看見而深深懊悔著。

「快點去洗臉喔，不然等等就沒東西好吃了。」五色雞頭把我推進房間去。

「喔……我現在去……等等！」我猛地轉過頭，站在後面的五色雞頭好像被我嚇了一跳，「你們早上是怎麼洗臉刷牙！」

五色雞頭愣了一下，「就用你房間的浴室洗啊。」他瞇起眼左右打量了我一下，「怎樣怎樣，你的浴室天花板該不會藏著黃色書刊不給人家看吧？」

「才、才沒有！」我馬上反駁回去，「你們進浴室時沒看到奇怪的東西嗎？」一般人至少會對浴室裡的人偶有微言吧？

「啥東西？」五色雞頭偏頭，不太像在整我。

「一個人偶。」我比畫了一下大小。

意外地，五色雞頭搖頭，「沒有喔，不過你放心啦，擋在浴室外面的雜物我們幫你移回去了，你也不用擔心藏A片還是藏私房錢被看到。」他拍拍我的肩膀，用一種我一切都瞭解的語氣這樣說著，「就這樣啦，你先去洗臉然後趕快出來吃飯。」

我被五色雞頭給推進去房間。

很好，現在我已經不敢想像那個人偶到底還在不在浴室了。

要是浴室沒有，它到底去哪裡了啊！

這個問題一直到我梳洗完之後都沒有解答。

踏出學長房間後，我的確感覺到黑館那種到處都有聲音的熟悉感又回來了。昨天卸掉結界之後整個安靜到讓人發毛，現在就比較好一點。

發現五樓通道的那個房間已經不見了，空房間的門只剩下一扇，另一扇變成牆壁。我想應該是賽塔不想讓人再進去，所以將它給消除掉了。

快速跑下樓梯之後，果然在一樓樓梯中段處就已經看到大廳沙發坐了好幾個人，桌上擺滿了

應該是黑館廚房出品的餐點，大部分都是排餐，中間則擺滿了共用的麵包和一些小點心，看起來就很像是某種大型的聚餐現場。

「漾漾，早啊。」黑袍的戴洛老兄精神很好地和我招手。

「早……早啊。」其實現在應該是午安了吧。

「漾~坐這邊！」已經盤據在沙發一角的五色雞頭拍拍他旁邊的空位。

我左右看了一下，學長與蘭德爾學長他們都是坐在單人沙發，很難得尼羅也會也落坐……我想大概是蘭德爾學長逼的。另外的沙發也坐滿了，我只好硬著頭皮去坐五色雞頭旁邊的空位。

「昨晚睡得好嗎？」就坐在我對面的戴洛老兄很熱心地詢問著。

「呃、很好，謝謝。」我打開了放在旁邊的乾淨餐具，裡面是刀叉組，亮得連我的臉都映在上面看得清清楚楚。

「再來這兩天就很輕鬆了，可以自由活動，等到鑰匙一貼合宿舍你們就可以先離開去辦事情了。」斜角邊的奴勒麗笑笑地捲著盤子裡的麵條，很愉快地說著。

現在的氣氛輕鬆得好像昨天發生的事情都是假的一樣。

這讓我深深地覺得，這些人的適應力還真強，我還是有點怕昨天的事情……

「反正有的是辦法對付，想那麼多幹什麼。」冰冷的語氣從旁邊砸過來，讓我整個人冷了一下，一抬頭剛好看見學長瞥了我一眼才低頭吃他盤子裡的東西。

我是普通人會想是很正常的好不好……

「對了，你們接下來應該是要回原世界處理女鬼的事件了吧？」搖晃著酒杯，坐在管家對面的蘭德爾學長勾起了一貫優雅的笑容。

「唔，對啊。」我偷偷瞄了一眼學長，很怕又被他唸上幾句。

畢竟在場的黑袍沒人知道是因爲我把護身符忘在家才會被纏身啊！

紅眼在我想完的一瞬間馬上凶惡地瞪了我一眼。

對、對不起。

「算算時間，也差不多是新年了，處理完結界之後大家再來應該各自回家過年了。」戴洛老兄笑笑地說著，「在這邊先祝各位有個愉快的新年了。」

幾個人放下刀叉拿起酒杯，我連忙也跟著動作。

「那就，新年快樂。」清脆的聲響紛紛響起迴盪在室內，難得的氣氛讓我也慢慢放鬆下來。

對於再過兩天之後要重新見面的女鬼，我突然覺得好像沒有那麼可怕了。

畢竟比起比申惡鬼王，一般死不瞑目的女鬼眞的友善親切了很多。

其實，我的未來也不全都是黑暗的嘛。

……啊，我居然變樂觀了。

眞神奇。

第八話　女鬼事件

地點：Atlantis

時間：下午一點四十五分

「漾～你準備好了沒？」

在宿舍待滿了三天後的第三日下午，我將宿舍裡要補拿回家的東西重新打理好，包括手機，我這次還特別翻看三次，確定所有東西都帶齊了。

房門傳來不耐煩的敲門聲。

「好了啦，門又沒鎖你幹嘛不自己進來。」提起背包，我一把拉開至少被敲了快五分鐘的房門看著站在外面不知道又在發啥神經的五色雞頭。

「你以爲我是一個你說進來就自己乖乖進來的人嗎？」五色雞頭發出一點建設性都沒有的回話！

「那你幹嘛要一直敲……」我發現我好像已經快跟不上他的思考邏輯了……不，應該是從來沒有跟上過才對。

「敲一敲比較快。」等我關上房門之後，五色雞頭很愉快地走下樓梯而我跟在他後面。

下樓之後，可以看見學長和一些人在大廳的座位處不曉得在聊些什麼，感覺上還滿愉快的，和三天前我進來那時候的氣氛不太一樣。

大廳裡除了學長之外，還有蘭德爾和戴洛老兄。

「褚，你準備好了沒有？」一看見我下來，幾個人中斷了對話，學長先開了口。

「呃……都好了。」應該是。

「不要給我用不肯定句。」紅眼整個瞪過來。

「好、好了啦！」手機也帶了、護符也帶了，剩下的東西前兩天都已經拿回家了，我想應該沒有其他東西漏掉吧。

五色雞頭從我旁邊的台階上跳下來，「奇怪？我家老三咧？」

順著他的話我左右看了一下，果然沒有看見黑色仙人掌的存在。

「九瀾去醫療班了，應該這兩天不會過來了吧。」戴洛老兄這樣告訴他，「剛剛才走的，你有事情要找他嗎？」

「誰要找他！」五色雞頭用一種很嫌惡的表情說道。

那你問他幹嘛？

「好，那我們準備完就可以過去原世界了。」完全無視剛剛對話的學長站起身，拎起放在旁邊的背包，「這段時間先麻煩你們了。」他用另一種我聽不懂的語言和蘭德爾不知道說了一些什麼，對方點了好幾次頭之後他才轉過身走過來。

我想，這次應該眞的可以順利回家了。

「等等！」就在我們即將出發的時候，彩色的程咬金……不是，五色雞頭擋在我們前面，「漾～我也要去。」他的口氣好像不是在詢問而是自己已經排好行程了。

我可以拒絕嗎！

那一秒我突然感覺到心臟抽動了兩下，好像有種他過去會世界毀滅的預感。

「你對世界毀滅感到很心動是吧！」啪一聲學長直接朝我的後腦揮下去。

抱著頭，我很悲傷地看著五色雞頭，「你要跟來幹嘛啊？」那裡又沒什麼好給你玩的東西。

「哼哼，大爺我生平就是浪跡江湖，有泥土的地方就有我的足跡。」五色雞頭環著手撐著下巴，一腳踏上黑館中看起來很昂貴的那組公用沙發。

「那邊柏油路比較多。」有啦，還是有泥土，因爲有種行道樹。

「柏油也是土。」五色雞頭發出會教導小朋友錯誤認知的話，「反正寒假也沒什麼事情，本大爺順便跟你去玩玩，你要心存感激啊。」

對不起，基本上我是不會心生感激的，你不要自己隨便決定要跟過來啊！

「太好了褚，有人可以幫你解決事情了，路上小心。」站在旁邊的學長發出疑似落井下石的話語，我還看見他臉上某種閃亮的微笑。

你是說假的吧！我覺得五色雞頭根本沒辦法幫我解決事情啊！

「學長，我眞的很需要你。」我看見五色雞頭的頭頂上寫著通往地獄之途的字樣。

紅眼瞥了我一眼，「那就不要浪費時間了。」說著，學長從背包裡拿出帽子戴在頭上，下一秒我看見他的銀白長髮整個變成黑色，轉過身連眼睛也都轉色了。「那邊那個，如果你要跟去的話麻煩把你的腦袋顏色弄正常一點。」

「咦！這樣很正常啊！」五色雞頭發出抗議。

基本上，我覺得一點都不正常啊，我們那世界很少人頭是這樣的，大家比較喜歡單純顏色。

「不然就不要去。」完全不想被當成怪人同伴的學長發出最後通牒。

「嘖，有夠麻煩的耶。」左右看了一下，五色雞頭哼了哼，「要弄回來很麻煩耶……」我看見他抽出一張白色的符紙放在腦袋前面，詭異的是整顆彩色的頭突然開始轉色。

不用幾秒，一頂還是很閃亮的金毛出現在所有人面前。

「你……」

「先說！這是本大爺的極限了！」半秒打斷學長正要說的話，五色雞頭……現在應該是金色雞頭搶先撂下這句話，非常有如果要他弄黑毛他會抓人去死的氣勢。

你真的很有種，我很少看見有人這樣和學長對槓的。

「換件衣服。」學長視線往下，盯著對方的花襯衫和夾腳拖鞋。

「不換！」非常堅持的五色雞頭護衛著他最後的衣著權。

我看了下手錶，開始在想該不會等到他們把儀容都整理完剛好是第二天清晨下來吃早餐吧？

「你們這樣繼續吵下去會來不及喔。」好心的戴洛老兄發話了。

突然終止了對話，可能也覺得這樣吵太麻煩的學長轉身就往宿舍外面走去。

「本大爺死都不換衣服！」五色雞頭很快地追了上去，還在碎碎唸個不停，「這是大爺最得意的衣服幹嘛要換……」

看著那兩人一前一後離開黑館大門，我突然有種好像前途充滿了黑暗扭曲的感覺。

「漾漾。」戴洛老兄從沙發上跳起來，拍了一下我的肩膀，「這個給你吧，祝你寒假期間玩得愉快。」

我看著他遞過來的東西，是一個盒子，感覺上好像是點心盒那種東西，因為上面還印著一堆不認識的字和點心屋這三個中文。

「新年快樂。」

※

在那之後，我們大概用不到幾秒鐘的時間就回到了原來的世界。

看著街上熟悉的人潮與車輛，我很感動地抱著手上的點心盒順便自動省略那些不應該出現在這邊的東西。

「同學，要不要來條吃了會死人的口香糖？」完全不正常的東西再次出現在我們面前了！

這次我還沒有任何反應，站在比較前面的學長就已經先冷冷地瞪過去，不是紅色可是也充滿

凶惡的視線加上了一句話送給對方：「不要擋路。」

「對、對不起，打擾了。」賣口香糖的小紅帽倉皇逃逸了。

果然學長很厲害啊，就連小紅帽也知道惹到他會死掉。

站在一邊的五色雞頭搔著他的金毛左右看了一下，「原來漾你就是住在這種地方啊，感覺有點雜耶，跟我們家差很多。」他指著市區的人潮發出感想。

「我家不在這裡啦。」黃金地段我哪住得起，「我家在另外一邊，離這邊有點路程。」我往旁邊站了一點，讓道給長著翅膀的兔子飛過去。

「本大爺上次到這種地方已經有一段時間了，那種高樓很上面有個很有錢的人。」指著某棟豪華大廈的五色雞頭這樣告訴我，然後用一種很天眞無邪的表情說出下一句話，「有人請我們去把他分屍，剛好是本大爺的任務。」

我不想知道你在豪華大廈分屍的事情啊！

「學、學長，現在要先去看女鬼那個地方嗎？」一秒轉過頭轉移話題，我看著那個站在旁邊投飲料的人。

「不然呢？」學長給了我反問句。

那好吧，我知道了，就是現在去看就對了。

五色雞頭靠過來搭著我的肩膀，「漾~那個鬼是什麼樣子啊？」

什麼樣子？鬼不是差不多都是那個樣子嗎？

他這樣一問我反而不知道應該怎麼形容，「呃……就是個女生，頭髮有點長長的臉爛了一半，大致上就是鬼的樣子。」我已經快不知道我在講什麼了，「說是被男朋友殺掉的，一直想報仇，硬要我幫忙她，可是我又不懂這個所以只好找學長了。」

聽我大概描述了一下，五色雞頭偏著頭想了半晌，然後整個看過來說道：「漾～你如果太常管這種事情，會很倒楣喔。」

對不起我也知道很倒楣，可是問題是她自己過來的啊！

「人的氣會渙散，碰到時間扭曲會被吸收或者破壞，運勢就會跟著變很差。」突然搖身一變變成命理學家的五色雞頭居然用很認眞的口氣這樣告訴我。

其實你根本不是五色雞頭吧！

那傢伙怎麼可能會說出這種話？

你到底是誰僞裝來的！

「這是基本理論學。」悠閒地走在旁邊的學長冷不防丟過來這樣一句話。

「嘿嘿，前一陣子聽到的。」很得意的五色雞頭張揚地說著。

這是哪一科的理論學啊，我怎麼聽也沒聽過？

「靈修科目。」看了我一眼，學長搖晃著手上已經空了的飲料瓶，然後在經過下一個回收筒時候隨手丟進去，「一年級的選修科目之一，你沒選到。」

啊，對了，我眞的有印象有這門課；因爲那時候看到的第一秒以爲這是什麼詭異的課程所以就沒有選了，原來五色雞頭跑去學這種莫名其妙的東西。

等等！學長，為什麼你會對我的課表這麼熟悉？我記得我壓根沒給你備份吧？

學長挑起眉，用一種「因為我是黑袍」的表情看著我。

好吧，我知道了，反正也問不出來，我死心了。

「咦，鬼算是時間扭曲嗎？」我突然注意到剛剛五色雞頭話裡的那些東西。

「喔，算啊，因為它應該已經前往冥府了，可是還在這邊就是破壞時間規則，算是一種扭曲。」五色雞頭難得很正經地這樣告訴我。

「不是安息之地嗎？」我怎麼記得之前學長他們說往生不是往安息之地就是什麼什麼的？

「人類是往冥府啊。」五色雞頭用一種我怎麼會問這種問題的語氣告訴我，「你不知道嗎？你該不會連你祖宗會下地獄的事情都不知道吧！」

對不起請不要隨便詛咒我祖宗會下地獄，我還知道他們會上天堂咧！

「那為什麼上次說伊多會去安息之地？」難不成還有等級比較高的天堂區？

「……每個種族最後的世界都不同。」可能已經看不過去我們兩個近乎白痴的討論，學長白了我一眼這樣說著，「精靈將沉睡到時間終止後回歸主神的身邊，天使將奉獻於創世神。妖精、獸王、鱗族、羽族等大地生命之靈將前往安息國度，也就是你問的安息之地。」

「安息之地是個寧靜的國度，在那邊有著永恆的美麗世界將讓所有的靈休歇到下一個輪迴開始，之前卷之獸與七之主春秋也是前往此處。靈體們能夠選擇前往或否，但是一旦選擇了就無

法再回頭，而死亡者會傾聽安息之地的聲而走，他們的記憶會在此地逐漸變得淡薄且不再那麼重要，等到輪迴的時間到了，一切過往的記憶都會消失而再度重回人間，簡單說就等於你們講的投胎那個意思。」

「安息之地也因爲地區和種族的不同有最終之地還是安寧之地的稱呼喔。」五色雞頭很樂地補上這句話。

感覺上好像某種童話回歸的故事。

「咦，那鬼族沒有嗎？」我想到學長好像漏了某個東西。

「鬼族的最後就是無，他們什麼也不會留下。」學長冷哼了一聲，「不該存在這個世界上的東西最終就是虛無。」

這樣講起來好像也滿可悲的。因爲我覺得鬼族是眞的存在過，像是鬼王、貴族以及安地爾他們都是眞的存在過，可是死掉之後就連靈魂也沒有，那活著的時候到底是爲了什麼要做這些爭鬥？

我眞的不懂。

「那是他們的天性，到死也不會改變。」學長只給我冷冷的這樣一句話。

停止這個討論話題之後，一下子我也不曉得應該再多說點什麼，只好走快一點帶路。

很快地，越來越靠近我家附近、也快接近遇到女鬼的地方了。

「漾~等我們一下。」五色雞頭突然停下腳步。

「怎麼了？」該不會你現在不想去了吧？

「那個東西的力量很小，我們要先收一下自己的才不會讓她逃走。」搔搔頭，五色雞頭聳聳肩這樣告訴我。

力量小……對不起我就是敗在力量小的東西上行不行。

過了兩秒之後，五色雞頭才衝著我咧嘴，「好了。」

奇怪，怎麼之前學長來都不用做這種收力量的動作？難不成眞的是黑袍有差嗎？

我突然對學長的崇拜又更上一層樓了。

走不到幾步，我就看見那個眼熟的白色東西在原來的地方晃蕩了。

「就是那個是嗎？」剛說出口，學長已經緩慢地走過去了，跟在後面的是不知道爲什麼突然整個變得興致勃勃的五色雞頭。

呃……我在想我現在是不是應該爲那個女鬼說一聲麻煩請兩位手下留情了。

在原地只站了不用幾秒的時間，那個白色的東西很快就發現我們的存在，整個頭都轉過來然後出現我看過的那個女人的形體。我也只好硬著頭皮走過去，畢竟我是希望解決事情但不是希望她魂飛魄散啊。

「等我一下！」

※

快速跑過去時女鬼已經整個浮現了。

「你終於回來了。」她用一種我理所當然要回來找她報到的語氣，然後完全忽略站在旁邊的學長與五色雞頭，「我還以為你也像其他男人一樣都該死得不能信任！」

眞對不起我原本不太想回來的，「依照約定，我把可以幫忙的人找來了。」我偷偷推了一下學長。

黑色的眼睛凶狠地瞪了我一下，接著轉頭看向那個女鬼。

「這個人？」女鬼顯然相當懷疑地上下打量著學長。

「沒錯，我是來解決妳的。」在我還沒來得及意識到學長這句話的意思，他已經先伸出手，

「與我簽訂契約……」

「學長！別這樣！」我馬上衝過去捂住學長的嘴巴，下一秒後腦就被一巴打到腦眼昏花。

你打下去她一定會死的啦！一定會連魂渣渣都不剩的，可不可以用比較溫和的方法解決問題啊！

「漾～這個不能直接消滅嗎？」指著女鬼，五色雞頭用一種欠人揍的語氣詢問。

「麻煩請盡量不要。」請記得她也曾經是個人啊，不要因爲人死了就忽視她的人權啊！

還有學長，你之前處理另外一個鬼的方式應該不是這樣子吧？

「那個是任務，要做到雙方得利。」學長瞥了我一眼，說出沒人性的話，「這個不是，可以

隨便處理。」

你該不會昨天沒睡好吧？

「你們在說什麼！」顯然也注意到氣氛不對，女鬼馬上警戒了起來。

「沒什麼，在討論要怎樣幫妳解決事情。」我連忙打混過去，旁邊的學長還冷哼了一聲。

「不用討論什麼，只要照著我說的去做就可以了。」很強勢的女鬼重申了她的條件。

五色雞頭靠了過去，「喂，現在要幫忙的人好像是妳喔，妳憑什麼要求本大爺要照妳的話，該照著話做的是妳啊懂不懂！」比女鬼更強勢的五色雞頭一腳踩在旁邊的石頭上，非常囂張地說著，「不然信不信本大爺就把妳封在裝水溝水的瓶子裡面放生大海，讓妳免費環球旅遊，不用太感謝我！」

我覺得水溝水裝在瓶子的威脅有某種程度的可怕，尤其對女性來講。

女鬼倒退了兩步，「你們這些該死的男人，我會詛咒你們不得安寧！」她的髮全都豎起來了，原本蒼白的臉整個反成青紫色變得非常可怕。

「已經惡化了。」學長看著整個開始扭曲成凶鬼的女鬼這樣說著。

我開始覺得果然讓五色雞頭跟過來是個錯誤。

是你們害的吧！

「冷靜冷靜，這種程度就發飆的話就代表妳的修煉不足。」五色雞頭無視於女鬼整個變形了，還丟了一句名言給她。

女鬼的眼睛整個布滿了紅色的血絲，瞳孔處轉爲灰白的整個突出，一點一點的血水就從她的臉頰邊滑下來相當可怕，「我要詛咒你們！」

「學長，怎麼辦？」我放棄向五色雞頭求援了。

學長冷看了我一眼，「眞麻煩。」他往前走了兩步站在女鬼面前，然後從背包側邊拿出一個小小的透明水晶，「回歸初始的咒語吟唱，先是幼兒而成人，隨水而淨化。」

就在應該是咒文的東西吟唸完畢之後，我看見女鬼的腳下出現了銀色的小小陣法，上頭微微開始發著光，與水晶剛好相互照映。

「西瑞，退下。」制止了還想說話的五色雞頭，學長將水晶抛到陣法上，那個水晶很快就下沉消失了，而上面的女鬼居然奇異地安靜下來，「妳已經不屬於這個空間，如果不快點離開的話就別怪我們強制將妳送離。」

那個女鬼安靜了下來，泛著血絲的眼睛直直地看著學長，「我要找到那個欺騙我、害死我的人……」她的聲音幽幽的與先前不太一樣，給人有種遙遠飄蕩的感覺，「我要他的命……他害我什麼都沒有了……」

「那妳害死另外一條命，他要找誰討？」學長瞇起眼睛，冷冷地問著。

「咦？」錯愕了一下，女鬼愣愣地看著學長。

「先是幼兒後成人，那是你們的死亡順序，脫軌的扭曲時間不是只有妳一個人。」指著地上陣法，學長這樣說著，同時陣法上慢慢開始浮現另外一個還沒有成型只是一團白白的影子，「只是他還來不及找上妳而已。」

幼兒？

說眞的一開始我還沒想到學長在說什麼，可是那團白白的東西越來越清晰之後，我整個人寒毛也跟著豎起來。

那是個沾滿了血水、略帶透明的……應該是嬰兒的東西，啪答啪答掙扎著出現在法陣上，還未整個完整的小臉糊成一團，嘴巴處出現了黑黑的大洞對著女鬼張張闔闔的。

我倒退了一步，接著想起女鬼自己講過……她將小孩給流掉了的事情。

「妳有什麼資格要找人報仇？」微微彎下身，學長伸出手，那個小小的肉團掙扎著爬上學長的手，然後才站直了身體，「妳看，他也有過生命，在妳肚子中傾聽著外面聲音而期待一切時妳也將他殺了，在找人報仇之前，妳應該先對眼前的血脈做出交代。」

小小的肉團在學長手上不斷地掙動，黑色的眼眶對上了女鬼的，然後冒出了血紅色的眼淚。

「我、我……可是我也是不得已……」女鬼動搖得很厲害，甚至轉開了視線不敢看著那個嬰兒，「他說如果我什麼都爲他做，他會一輩子對我好的。」

「那他怎麼辦？」

「可是……」

我有點嚇到了，不知道爲什麼我覺得現在的學長咄咄逼人，語氣非常銳利且不留情，先前他嘴壞歸嘴壞，可是還沒到這種程度。

他在生氣？因爲嬰兒的事情？

「生命不該抹煞純潔的生命，縱使他將來千罪萬惡。」看著手上的嬰兒，學長用著另一種語言這樣說著，然後他轉過頭看著我，「這就是我不想幫她的理由，褚。」

那個女鬼無語了。

※

氣氛整個變得很冷。

「那、那個，我看妳乾脆就好好地升天吧。」學長的態度完全表明了他的不爽，我也不敢再硬要他幫忙了，可是五色雞頭滿腦子裝的就只有消滅兩個字，我只好努力自立自強地和女鬼打交道了。

「不可能！」女鬼一聽到我講這句話馬上從剛剛的震驚回過神來，「我絕對不可能就這樣放過那個男人！」

「那就送妳下地獄好了。」五色雞頭非常歡樂地走過來。

「拜託你在旁邊等一下。」我馬上阻止這個要殺鬼的人。嗚，學長，難道你不能看在她好歹是孩子的媽的份上幫忙一下嗎？

畢竟她也是被人害死的，被騙才將小孩子流掉，你就稍微體諒她一點吧。

黑眼瞪過來，完全把我剛剛的話全給聽進去了，學長用很冷很冷的聲音哼了聲：「要我幫她？我才不想無條件幫這種東西。」

她好歹生前也是個人不是東西吧……

「不然要怎樣才可以幫助她？」我覺得把這種鬼放在路邊也不好，萬一下次危害到別人怎麼辦，可是我又不想真的讓她下地獄還是被消滅，這樣太可憐了。

學長偏開頭像是在想些什麼……他該不會等等頭轉回來時就直接讓女鬼一擊斃命吧？

大概過了一會兒，學長盯著我半晌才說了話：「可以幫她，但是也不會讓她如願，就算是這樣你也要嗎？」

他講得很認真，我立刻就點頭了，「如果可以幫她的話……」

「那就這樣吧，代價我會再和你清算的。」學長說出讓我很害怕的話，然後他把那個小小的嬰兒放回去法陣上頭，直接看向女鬼，相當不屑地對她講話：「報上妳的名字，我可以成全妳所想，但是時間有限，能不能如願只能看時間給不給妳這個機會。」

女鬼整個看著他，然後緩緩開了口，聲音不大，模糊得其實有點難以辨認：「我的名字……是……蕭婉蓉……對，我的名字就是蕭婉蓉。」

「我給妳一日的時間讓妳離開這裡，找到妳要找的人，可是一天過後不管妳有沒有達成妳想做的事情，我的術法都會強制讓妳下冥府，妳同意嗎？」學長這樣說著，完全沒有讓人商量的餘地，氣勢不容反駁的感覺。

愣愣地看著他，女鬼像是在考慮，考慮了很久很久一段時間都沒有開口。

「好，如果你能保證找到那個人的話。」然後，她堅定地開口。

「可以，但是記住妳只有二十四小時的時間，我不會給妳太多也不會太少，時間一到馬上會送返地府，這是妳的選擇。」語畢，學長往後倒退一步，「從現在開始計算妳的時間，『服從於我的大氣精靈請引導路途，以砂石爲血肉而空氣爲呼吸，僅用一日導正時間。』」

底下的法陣突然變得明亮異常，接著那個嬰兒消失了，而在光後，原本看起來模糊的女鬼居然變得有點眞實，像是活人一樣，只是還是很蒼白外加沒有影子。

她連兩腳都站在地上了。

「謝謝。」緩慢地留下了這句話之後，女鬼猛然就消失在我們面前。

四周安靜了下來，就連法陣也跟著消失，像是剛剛什麼事情都沒有發生一般。

這樣就可以了？

我看著空空如也的地方，有種很不眞實的感覺，「那個……學長你讓她去找那個人，不怕眞的會發生命案嗎？」

「那也是那個人的命，關我啥事。」學長用相當豁達的態度這樣回答我。

明明就是你讓那個鬼去的！如果發生鬼殺人的頭條應該也和你脫不了關係吧！

「女鬼不會殺死那個人的，你放心。」冷哼了一聲，學長轉頭離開原地。

「咦？爲什麼？」看她的樣子擺明就是要殺之而後快不是嗎？

「漾~你眞不懂女人啊，她一定不會殺的，而且只有一天的時間，搞不好也來不及殺掉啊。」五色雞頭一手就搭在我的肩膀上，這樣說著。

還要加上猶豫的時間是嗎？

可是你們這麼自信是怎樣！要是她找到的瞬間馬上把對方給了結掉該怎麼辦啊！

「你以爲殺人的人不會做什麼預防嗎？」瞥了我一眼，學長冷冷地說著。

喔，也是喔，我記得電視上都會演說去找平安符還什麼的，原來那個也可以拖延時間啊？這麼神！

「她應該會乖乖地下地府吧？」跟著學長的腳步，我還是有點不安地回頭看著剛剛那地方。

「就算不下去，咒語中釋放的大氣精靈也會把她拖下去，你不用擔心太多。」

「喔。」

就在我們三個即將到達我家時的前一個轉角，我突然看見個很懷念的攤位，「你們等我一下。」說著，我快步跑向那個用三輪車載著的小攤子。

沒想到過年還可以看到雞蛋糕的攤子啊！

「漾~這是什麼？」跟著從後面來的五色雞頭看著停下來的攤子，好奇地問道。

「雞蛋糕，我家裡的人都喜歡吃。」雖然我老媽自己也會做啦，不過偶爾吃外面買的也很不錯。

停下來的攤位上飄來甜甜的香氣，一種讓人很舒服的味道。

「同學，要買多少？」雞蛋糕攤位的老伯很客氣地詢問著。

我看見上面的塑膠布寫著一份二十元，記得以前小時候才十元，果然物價漲了就是不一樣。

「呃……一百好了。」應該夠吃了吧？

「一千塊。」站在旁邊的學長掏出大鈔，然後看了我一眼，「西瑞一個人就會吃完。」

「那一萬塊可不可以？」五色雞頭聞到香味之後整個人露出很歡樂的光芒。

雞蛋糕老伯會嚇死的！誰會花一萬塊買雞蛋糕啊你告訴我！

「一千塊就可以了。」很有禮貌地把錢遞給明顯嚇到的老伯，學長這樣說著。

「喔、喔好，一千塊要等一下喔，阿伯要馬上現做。」收了錢之後，雞蛋糕老伯動作很快速地點火燒熱爐子，熟練的動作開始將粉漿倒上橢圓的鐵板。

我生平第一次看見有人用一千塊買雞蛋糕，而且那個人還站在我旁邊，更扯的是剛剛還有個傢伙要出一萬！

「這個是什麼味道？」等待期間，學長看著被戳出來的小蛋糕，無聊地開問了句。

「呃……你們之前都沒吃過啊？」我知道學長好像對小吃完全陌生，之前連紅豆餅和大腸包小腸也是完全不清楚，五色雞頭就好多了，至少他吃過的東西多到嚇死人。

「沒有。」學長瞇起眼瞪我。

「沒有咧，好像很好吃。」五色雞頭隔著塑膠布對裡面的東西流口水。

「就是外面脆脆的，裡面是軟的……」一下子我也不知道要怎樣形容這個東西。

一種從小吃到大的東西，突然是要怎樣形容啊！

「來啦，阿伯先請你們吃幾個。」

應該是聽到我們的對話，正在翻爐的雞蛋糕阿伯用竹叉串了幾個剛出爐的雞蛋糕遞過來，「阿伯這家味道有獨家配方，保證別的地方都吃不到。」

我立即接過熱騰騰的蛋糕串，先跟阿伯道謝之後遞給學長。

四周都是冷空氣，有個熱的東西就是會莫名地吸引人。

學長拿走了一個雞蛋糕，旁邊的五色雞頭拿了剩下的整串。

「這個很香。」看了小蛋糕半晌，學長下了這樣的結論，然後才咬了一口。

他的表情實在是看不出來這個東西算好吃還是難吃，但是起碼有整個吃完。

「漾~一千塊會不會不夠吃啊？」老早就把整串都下肚的五色雞頭對於雞蛋糕更有興趣了。

「應該夠吧，一千塊就有幾百個了耶！」正常人都會吃到吐！

「這種東西幾百個夠吃嗎？」五色雞頭發出不正常的提問。

「很夠了。」

不要拿你的胃跟別人比！

第九話　突如其來的邀請行程

地點：Taiwan

時間：下午兩點三十五分

大約又等了一點時間之後，雞蛋糕阿伯才把全烤完的雞蛋糕熱熱地裝進一大堆小紙袋再用五斤的袋子裝好遞過來給我們，「阿伯再請你們多吃一點，好吃以後多來光顧喔。」

「謝謝。」

打完招呼之後，行動攤位又開始移動了。

抱著那個大袋子，五色雞頭不客氣地開始一個一個吞下肚子。

「麻煩至少留一點給我家。」看著快到的家門，我很害怕五色雞頭用幾十秒的時間就把一千塊的雞蛋糕給全部吃完。

「喔。」五色雞頭看了我一眼，又呑了好幾個下去。

大概不用半分鐘之後，我溫暖的家門出現在我們面前。

因爲再來要過年了，門口很明顯整個被整理過了，而且我還在鞋櫃裡看見了某雙不知道應該說是眼熟還是陌生的皮鞋。

「我爸回來了！」我突然覺得好久沒看到我老爸了。

「沒有其他事，我要先走了。」看了門口一眼，學長微微皺起眉，感覺上好像不太想進去。

「咦？都來到這裡，留下來玩幾天嘛？」不曉得學長爲什麼會突然不想進我家，我有點愣到。他上次不是跟我媽和我姊處得都還算不錯嗎？

「我……」

就在學長想說點什麼的時候，大門突然被人霍然打開，出現在門後的是那個一向鬼得很恐怖的褚冥玥。

「你們一堆人站在門口幹什麼？」她瞥了我們一眼，然後把門整個打開，「進來坐吧，剛好老爸回來了，帶很多土產和點心喔。」

我看了一下學長，然後小心翼翼地推著他的手，「那個……先進去吧，我媽一定也很想看到你。」

學長看了我一眼，什麼也沒說就走過去和冥玥打了招呼，進門了。

五色雞頭抱著只剩一半的雞蛋糕，也跟著進去。

走進玄關後，我注意到家裡變得很乾淨，看來不在的這幾天我老媽一定把房子大掃除過了。

一靠近客廳之後，我就聽見某個很久沒聽到的聲音正在和廚房裡的老媽對話，然後那個人就這樣出現在我視線內同時發現我回來這件事，「漾漾！好久不見，你是不是又長高了！」

對著我說話的是個中年人，高高壯壯的穿著白襯衫打領帶，旁邊放著行李，整個就是剛下飛機到家的模樣。

沒錯，這個就是我老爸。

我起碼已經快半年以上沒看見他了，每次放假回來都錯過他回家的時間，有那麼幾秒我還有點看不出來他是我老爸還是我叔叔。

老爸很高興地迎著我們走過來，「哇，快半年多沒見，你眞的有長高，男生在發育時要多吃點東西知不知道。」他伸出手搓我的頭，完全就是對小孩的方式，「欸？這兩位是你同學？」他注意到學長和五色雞頭的存在。

「呃，一個是我學長，另外一個是我同班同學。」只是我同班同學很像不良少年……不對，他根本就是不良少年！

「喔喔！漾漾很少帶朋友回家，很歡迎你們來我們家，我是漾漾的爸爸褚項，你們之前有來過可能沒見過我，因爲我在外地出差大概一、兩個月才會回來幾天。」我老爸很熱情地拍著學長的肩膀，倒也沒有對五色雞頭有什麼意見。

其實你兒子已經孤僻到只要有人來你都好了是嗎？

一般家長不是應該對五色雞頭這種型的有所質疑嗎！然後要悄悄地說你可別跟同學學壞之類的吧！

「褚伯父好。」學長很有禮貌地打了招呼，「不好意思打擾了。」

「伯父你好，我是漾的好朋友！」完全不是好朋友而化身爲我的好朋友的邪惡雞頭直接搭著我的肩膀這樣自我介紹，「叫我西瑞就可以了！」

我爸還是笑得很高興，完全不覺得有個不良少年朋友有什麼不對勁，「你們好，過來坐啊。剛好我今天回來有帶很多禮物和土產，你們回家時也帶點回去吧，有的東西平常買不太到要逢年過節才有喔。」拉著學長和不良少年，他很樂地招呼著兩人進去客廳。

然後把滿頭黑線的我留在走廊。

眞是對不起，你兒子前半生就是沒幾個朋友可以這樣讓你招呼喔，現在看到學長他們就火力全開了是吧！

你想當同學的好爸爸想了多久了啊你！

別不挑啊！快把對不良少年的嫌惡臉擺出來！

「老爸好像眞的很高興。」靠在旁邊的牆壁，冥玥給了我很可怕的冰冷笑容，「看來你以後最好多帶一點同學回家，不然他會把注意力都放在你學長和那個金毛的同班同學身上喔。」

「爲什麼妳朋友就不會。」看著正在推薦名產的老爸，我很不平地看著那個常常帶著一堆朋友的魔女。

「我朋友幾乎都是女的，你不怕老爸這樣拍來抱去的會被告性騷擾嗎？」挑起眉，冥玥說了一個很像狡辯的事實給我。

明明也有男的，只是都被妳趕跑。

「漾漾回來啦。」廚房的老媽探出頭，終結了我們兩個的對話，「剛好你爸也回來，我做了

點心拿去客廳和大家一起吃喔。」她端出來一大盤的糕點。

「老爸不是才買一堆土產嗎？」老姊接過了那盤糕點，又看了一下客廳。

「欸，快過年了要吃點發粿和年糕比較好啊。」

我看向盤子，果然都是老媽親手做的過年必備食品。過年是會讓人變肥的時間……

端著盤子走進客廳，我和冥玥同時看見我家老爸已經進行到拆了好幾包土產要學長與五色雞頭一個一個試吃的地步了。

「這個是同事從東部買過來的番薯餅，你們兩個以前有吃過嗎？還有玉里的羊羹……另外我在出差的地方也有買很多進口餅乾。」老爸拚命拆著土產放了整個桌上，旁邊完全不知道什麼叫作客氣的五色雞頭跟著拚命吃，更旁邊一點的學長不知道懷著什麼心情接過了番薯餅，默默地慢慢吃下去。

他們這樣每種都混在一起吃不會拉肚子吧？

「漾～這個很好吃耶！」一注意到我進來，五色雞頭馬上揚著手上的黑糖糕這樣說著。

「喔、好，我知道那個好吃。」是說老爸，爲什麼你的名產裡面連澎湖的都有？你們同事是在做過年前的土產大交換嗎？

「老媽有做糕點喔，你們不要吃太多。」把盤子放在桌上，冥玥把幾個還沒拆的袋子往旁邊堆。

加上那包雞蛋糕……該不會這就是我們今天的晚餐吧……

我在學長旁邊的空位坐下來，他桌前已經堆了好一些包裝紙了，全部都是不同的土產包裝。學長……這樣吃會肥的。

「囉唆！」啪一聲某個正在吃羊羹的人直接揍上我的後腦。

我抱著頭很悲哀地往旁邊坐一點，「那個……炸的年糕不趁快吃冷掉就不好吃了，還有雞蛋糕也是。」盤子裡面有炸過的紅豆年糕，外面包裹著的是金黃色的酥皮，我家每年過年絕對會出現的東西。

一轉頭，我看見雞蛋糕的袋子已經空空如也。

凶手現在正在吃黑糖糕！

「西瑞……你肚子會不會痛？」我看著他桌前堆高好像一座山的包裝紙，有點冷汗地問著。

「肚子痛？漾你肚子痛嗎？」完全沒有吃太多感覺的五色雞頭用一種問號的表情看著我，「你胃不好喔？」

「當我沒問過。」你的肚子眞的不是人的肚子。

「漾漾，我有買禮物要給你喔。」因爲同學來整個人變得很歡樂的老爸從旁邊拿出一個大袋子，「入學時沒送你，現在寒假剛好換新衣。」

我接過袋子，裡面放著的是一整套的新衣服，連鞋子、包包什麼的都有。

「謝謝。」我收下了沉重的大紙袋，很感動地覺得終於我家有人對我很好了，只是這個人經常半年沒碰上面有點快被遺忘就是了。

「小玥也有，剛好我出差的地方有好幾家賣女生東西的店，老爸就和同事去逛了幾次。」拿出二號大紙袋遞給冥玥，老爸很開心地說著。

「謝囉。」冥玥接過紙袋看了一下，估計裡面應該是和我差不多的東西。

「另外兩個同學也有，伯父買了很多帽子和一些男孩子用的東西，你們要不要看看有沒有喜歡的。」翻出了更多紙袋，繼土產之後老爸開始展示紀念品了，十幾家不同的紙袋包裝一整個給攤在桌上，活像是路邊的小販正在一包一百的大特價，「不用客氣，每個人至少要挑一件喔！」

這個場面我很習慣，每年過年來拜訪的親戚小孩一定都會有的待遇。

結果現在是提早過年了是吧？

⁂

「喔喔喔！這個好！」

五色雞頭從一個紙袋裡面抓出一件金光閃閃的大花襯衫，上面印著印度風的大象，背後還寫著個勇者納涼的詭異字眼，「這個可以給我嗎？」他對詭異的花襯衫感到非常滿意，很樂地對我爸提出疑問。

你確定你眞的要那件詭異的衣服嗎！

「不、不好意思，那件不是禮物喔。」我老爸整個尷尬起來，然後這樣告訴五色雞頭：「那件伯父有穿過，是上一次出差時和同事去海灘買的……」

「穿過也沒關係，我喜歡這件。」眼睛裡大概只剩下「勇者納涼」的五色雞頭發出一見鍾情的回答。

說眞的，我實在是很難想像我老爸穿這件衣服的樣子。你沒事買這麼奇怪的花襯衫幹嘛啊！你出差時候到底是穿成什麼樣子啊！

「他要就給他吧。」冥玥在旁邊咬著紅豆年糕然後拋過來這句話。

「這個一件才九十九耶……」我老爸有點黑線地說著。

「我喜歡這個。」五色雞頭已經完全無法聽入人類的話語了。

完全無視於五色雞頭與花襯衫的愛，學長逕自看過了一遍紙袋，然後從裡面拿出一個東西：

「這個可以給我嗎？」

我轉過去，看見學長手上有個非常、極度民俗風的線編織手環，感覺上比較像是文化村會賣的那種東西，好幾種顏色的線編在一起。

原本應該是不起眼的東西，可是我卻覺得那條手環好像哪邊怪怪的，也說不太上來，可是是那種會讓我不想碰的東西。

「可以啊，要不要多挑幾個，這邊還有很多。」老爸很高興終於有人挑正常東西了，又拉了好幾個紙袋給學長看。

「我只要這個就可以了。」學長很有禮貌地謝絕了。

我坐在旁邊吃著快冷掉的炸年糕，然後轉開電視機，上面正在播報今年寒流來襲的消息，不偏不倚剛好就在過年的前後幾天。

話說從學校回來之後我就一直覺得很冷，果然是在溫暖的學校待太久了調適不過來。

就在客廳充滿甜點香味與說話聲時，我老媽終於結束了廚房工作然後端著一大盤飲料出現在客廳入口，「小玥、漾漾，你們這兩天要趕快收拾喔，不然船票就訂在過年那星期，不要到時候又要匆匆忙忙整理了。」

對了，我差點忘記還有魔女抽到十日遊這回事了。

「早就收好了，與其問我們行李，另外兩個人找到了嗎？」冥玥接過了飲料，發出意義不明的問句。

另外兩個人？

「還沒耶，沒想到你阿姨他們會臨時取消行程，說是過年要回老家不知道做什麼，所以船票多了兩張。」老媽一臉傷腦筋地這樣說著，「臨時也不知道去哪邊找兩個人。」

「兩個人？」老爸看了老媽一眼。

接著所有人都轉頭看著學長和金毛的不良少年。

我彷彿看見了他們頭上出現了箭頭標示著這裡有兩個人頭的字樣。

「那就這樣決定吧！」老媽突然很高興地一拍掌，然後左右搭著學長和五色雞頭的肩膀，用一種非常、非常和藹可親可是看起來好像人蛇要賣小孩的那種笑容對著他們兩個發出問句——

「你們想不想去海上搭輪船十日遊啊？」

學長和五色雞頭都愣住了。

「欸……我們剛剛沒有聽清楚。」

五色雞頭抓著手上勇者納涼的衣服，愣愣地看著我老媽。

「你們要不要去輪船十日遊啊，剛好阿姨手上還多了兩張票可以一起上去過年喔。」我老媽

笑笑地這樣說著，「啊，如果你們家長同意的話。」

我看向學長和五色雞頭，他們一個是家長不明、另外一個家長是殺手……

「眞的可以去嗎！」出乎意料之外，五色雞頭猛然站起身看著我老媽，整個眼睛變得閃亮亮

的，「這是家族旅行對吧？這就是那個全家都會一起去的家族旅行對吧？」

老媽可能被他的反應弄迷糊了，愣愣地先點了頭：「呃、對啊。」

五色雞頭的反應眞是太奇怪了，難不成他們從來沒有全家一起出去過嗎？

「西瑞，你們家從來不出門嗎？」我看著五色雞頭，問出心中疑問。

「沒有。」很快地這樣回答我，五色雞頭完全沒有多加猶豫地說著：「我家從來沒有全部在

一起過耶，不過倒是偶爾會和其他傢伙一起執行任務去殺……唔……」

我在人字還沒出現瞬間馬上衝過去捂住他的嘴巴。

「學、學長呢？」現在首先要做的事情就是馬上轉移話題。

瞥了我一眼，學長露出幾乎可以算是冰冷的微笑：「我父母已經死很久了。」

眞對不起戳到你的痛處……不對！我不是故意要問你的啊——！對不起對不起！我知道我錯了，請你大人大量絕對不要記恨啊！

五色雞頭把我的手給扳開來，力道大得差點沒折斷我手指。

「欸……原來是這樣啊。」老媽的同情心開始發作了，兩眼圓圓地看著眼前兩個童年不幸的小孩：「不然你們今年就和我們一起過年吧，過年大家一起圍爐也比較有氣氛啊。」

「圍爐是什麼？」五色雞頭眨巴著眼睛看著我老媽。

「喔，就是大家一起吃火鍋啊，而且還有很多過年必備的食物可以吃，不過今年因爲要上船過年，我想船上應該會全部幫我們準備好的。」笑笑地這樣說著，老媽和藹可親地解釋，然後才轉頭徵求老爸的意見，「那麼剩下兩張票就決定是漾漾的學長和同學囉。」

「好啊。」老爸很隨和地點頭，「不過你們兩個要先告知一下家人喔，不然玩回來被報失蹤就慘了。」

基本上，我想不管是學長還是五色雞頭應該都不是會被報失蹤的人吧。

「太好了，那我馬上打電話回去推掉所有工……事情。」五色雞頭很樂地拿著手機跑去打他的電話了。

坐在原位的學長看了一下我老爸、老媽，然後才緩緩開口：「不好意思麻煩您們了，船票額外的支出我和西瑞會自行負責，我們兩個都有打工存款。」

「這個沒關係，褚爸爸也有錢可以用，多兩個小孩開銷不會多到哪邊去啦，學生打工賺錢比較不容易，你們還是好好存著就行了。」自行把自己從伯父升級到褚爸爸的老爸很熱心和藹地這樣告訴學長。

老爸，其實說眞的……搞不好學長和五色雞頭完全不把那點開銷放在眼裡啊，他們是我遇過最有錢的人，你可以完全放心讓他們自己花自己的啊！

「我們可以自己負擔沒關係，而且我們家裡的人也很願意支出。」學長很明顯已經拿出不知名的家人當擋箭牌了。

「對啊，直接記在我老爹帳上就可以了。」剛好掛掉手機轉回來的五色雞頭很樂地這樣附和，「我老爹錢很多，所以我們都可以花自己家的沒關係。」

「可是……」

「老爸！」我馬上打斷我老爸還想說的話：「眞的啦，學長和西瑞他們家都很有錢，所以你讓他們自己花自己的就可以了，不然這樣人家父母家長也會不好意思的。」重點眞的是他們兩個搞不好遠比我們家來得有錢啊！

「對啊，我家很有錢，反正都是買命……」

在五色雞頭把買命錢三個字都說齊之前我馬上二度捂住他的嘴巴。

你們家賺買命錢不是什麼好事情吧！

「我看就這樣吧。」我老媽終於開口說話了，「不過你們兩個別勉強喔，如果要幫忙的話別客氣告訴阿姨和叔叔。」

「我們會的。」學長露出高級敷衍性笑容。

在一旁把話全聽完後，冥玥才放下手中杯子，「從現在到過年還有一星期，我們大概五天後就要出發去搭船了，你們也應該回家去拿個護照、衣服什麼的，有的東西上船之前就要先繳齊喔。」

「咦！我沒有護照耶！」我突然想起我從來沒有出過國，因爲我還不想看到飛機掉下來還是飛出去外太空。

「喔，那個不用擔心，我全都辦好了。」老媽露出非常明亮的笑容。

是說學長和五色雞頭不知道有沒有護照，萬一要是邀請之後才發現他們沒有護照就糗大了。

「我有原世界全地區通行資格。」學長看了我一眼，這樣說道。

對喔，我差點忘記學長是黑袍，聽說黑袍是到處都暢行無阻的神祕階級。

這樣說五色雞頭一定也有，因爲他要到處去殺人嘛……啊哈哈，我也在不知不覺沉淪了啊。

「那我要回去多拿點我最好的衣服過來圍爐。」五色雞頭再度扳開我的手，整個人很樂地這樣說著。

「聽說船上有些地方穿奇裝異服會被擋在外面。」對他的服裝很有意見的學長冷冷地這樣丟出一句。

「放心好了，本大爺的都是精挑細選的上等衣服。」

學長，你忘記這個人的眼光不正常了。

看著已經不想說話的學長，我有很悲哀想上去拍拍他肩膀的感覺。

「那我先回去拿我的衣服了，褚爸爸、褚媽媽改天見！」整個已經歡樂到一個極致點的五色雞頭抱著他的勇者納涼非常快樂地和我老爸、老媽道別，完全不用人家領路自己就衝出玄關消失在日落的那一方。

「你同學的行動力很高耶。」我老爸笑笑地說著。

其實那根本不正常，請不要當作一般笑話看。

「那我也差不多該告辭了。」學長站起身，與五色雞頭完全不同的優雅動作。

「欸？學長你不是已經沒有事情了？」我記得宿舍也不用一直回去啊，「拿衣服不是很快就好了嗎？現在回宿舍很無聊……」

凶狠的目光把我還沒講完的話都瞪回去。

「既然回去也沒事做，要不要住我們家啊？」一反平常，冥玥居然主動開口了，她看了一臉錯愕的老爸，聳聳肩，「漾漾的學長之前有住過啊，如果回去也只是在學校宿舍，不是住我們家比較好一點。反正這兩天要去辦年貨……雖然說今年要上船過年，不過還是要買基本的東西，這樣來說多個男生在家裡不是比較方便嗎？」

請妳不要擅自把學長當成人力運輸的一員好嗎，我已經可以看見學長的頭上出現黑線了。

「這樣說好像也對耶。」我老媽居然認同我姊的話了！

這樣說根本一點也不對吧！

「漾漾的學長，不如留下來一起辦年貨和住幾天吧。」拍著學長的肩，老媽用很和藹可親可是已經有惡魔陰影的笑容說話，「這幾天褚媽媽會大顯身手做很多年菜喔，外邊是吃不到的。」

「對啊對啊，多點人也比較熱鬧，現在回宿舍自己一個實在是太冷清了。」我老爸也加入勸死……不是，勸說的行列：「而且褚爸爸還有很多名產可以吃喔。」

你把學長當成消耗名產的對象嗎！

現在狀況整個已經變成三對一，學長面臨非常明顯落敗的局勢。

然後，學長轉過頭，黑色眼睛像是雷射光一樣瞪著我，「褚，眞是非常謝謝你的多話。」

他的每個字都好像扎了針往我頭上插過來，我感覺自己整個頭皮都在發麻了，「呃……不用客氣。」

我開始懷疑我應該去保個高額度保險了。

⁂

通常，在接近過年前夕，我們這邊市區都會有年貨大街。

長長的一條，雖然沒有北部那麼壯觀，但也已經很夠逛了。各地來的攤販和不同的小吃、用品都會在過年之前紛紛到達這邊，這種狀況會一直持續到除夕夜之前，接著大家購足了貨品之後就會待在家裡一直到初一之後開始拜年。

「學長，你以前過來這邊出任務時都沒逛過年貨大街嗎？」看著正在自動整理客房的學長，我好奇地問著。

學長停下動作看了我一眼，沉默了半晌開口：「應該算是有，有一次出任務追著一群蟲，結果把整條街都給搗毀了。」他用很平靜的表情告訴了我一件很可怕的事情。

整條街被搗毀爲什麼沒有上新聞！

正常發生這種事情一定會變成大頭條吧！

「啊，好像被相關單位用氣爆的理由壓下來了。」勾起了冰冷可怕的笑容，學長告訴了我公會勢力的可怕之處。

你們眞是太恐怖了！

「漾漾。」打斷我們對話的是上樓的老姊，她左右看了我們一下說著：「你們要去逛街嗎？老爸和老媽等等也要出門喔，我和朋友約好要去看電影，他們說如果你們要出門就順便買糖果回來，要拜拜。」

「喔，好啊。」我朝我姊伸出手。

「幹嘛？」

「你們叫我們去買東西，不用給錢嗎？」

我姊挑起眉，「你不是有在打工，現在奉獻你心力的時候到了。」

妳要叫別人花自己的血淚錢嗎。

「開玩笑的。」冥玥遞了兩張大鈔過來，「過幾天要上船，所以不用買太多，意思意思就可以了。」

「好。」我很快樂抽了那兩張大鈔轉向學長，「那我們去逛年貨大街吧，學長。」期待了一整年終於可以再去逛了。

「爲什麼我要和你去逛街。」學長臉上明顯出現「嫌惡」這兩個字。

「欸……當作放鬆心情如何？」不然你每次都這樣把自己關在房間裡，不但很容易出現自閉還會有暴躁和火氣大的症狀。

「靠！」一個腳底直接出現在我眼前把我踹開。

對不起我知道我又想錯話了……

「兩位小弟，出門要記得帶購物袋啊，老媽很討厭一堆塑膠袋的。」冥玥拍拍我的頭，給了以上的話語之後又悠悠閒閒地走開了。

轉過頭，我看到一臉青筋的學長。

對喔，我都忘記學長還比我姊小了。

差不多快傍晚的時間，現在去年貨大街應該會很熱鬧，「那、學長，我們在年貨街吃晚餐吧？」反正我姊我爸我媽他們都要出門，估計也不會有晚餐等我們吃而是各自開動了。

「隨便。」拿起放在桌上的帽子，學長隨手整理了衣著。

「那我們就出門吧。」

實際上年貨大街從近中午的時間就已經開放了。

越是接近過年時間人潮也越多，上課的學生、上班的人在過年前一週也都放下了課業和工作，享受著難得的假期。

從家裡出門之後，我和學長完全沒有交談走過了沉默到會讓人發冷的路段。

一進入市區，人明顯變多。

這幾年因爲開發的關係，人潮大部分都往中港一帶聚集過去，市區的人反而變得更少，也只有過年時段這裡難得熱鬧。

穿過一廣的街道，遠遠就可以看見路段後整條繼光街都亮滿了燈。

與市場的年貨種類不同，雖然也有南北貨，可是大部分攤位都是以糖果爲主，比較後段還可以看見有羊和介紹羊奶的人。還有一些原有的店家把小攤位擺得更出來一點就是爲了招來目光，特價的首飾馬上就讓不同年齡的女性停下腳步。

「這個就是年貨大街？」看著一望無際的糖果區，學長發出疑問。

「喔，對啊，每年都這樣，上次我和我姊來的時候也買了一堆糖果回家。」閃過一對情侶，我跑了兩步跟在學長旁邊。

這邊人比較多，很容易被沖散。

來來往往的熱鬧聲轟轟響著，街道較後段處還有請學校樂團來表演，整個氣氛就是很熱絡。

「同學，要不要買糖果？」站在攤位前推銷著糖果的攤位大姊遞了一塊棉花糖給我們，「可以算你們便宜喔。」

「我們再看看。」推著學長隨著人潮往前移動，我左右找著有沒有可以吃東西的攤位。逛街的人變多，設有座位的攤位大部分都有人沒位子。

糟糕，這樣就要邊走邊吃了。

「褚，那個是什麼？」

就在我煩惱要怎麼向學長開口邊走邊吃的事情時，走在前面的學長突然停下來指著旁邊的攤位問道。

「喔，那個是炸奶油。」去年好像沒有看過這個攤位，最近連小吃攤也跟著多元化起來。

「學長沒吃過嗎？」

學長搖了搖頭。

……難不成學長你眞的是傳說中只吃飯店高級餐不知道民間百姓攤的那種人？

「煩耶！」被我一語說中的人一巴掌直接呼在我腦後。

「那學長你要吃看看嗎？」一邊揉著頭，我一邊掏出硬幣給攤販，大概不用幾秒就換來一包油紙包，「其實說眞的還不錯吃啦……看個人口味不同。」我姊是覺得很難吃就是了。

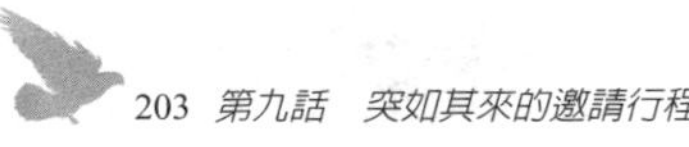

將紙包遞過去給學長，他才剛拿起一個咬了一口就皺起眉：「好噁心的味道。」

糟糕！學長討厭吃炸過的東西啊！

可是之前他不是有吃過漢堡和炸雞嗎？

「欸……學長你如果不想吃就丟掉吧……」每個人的口味不同嘛，我自己是覺得不錯啦。

抱著那個紙包，我將裡面剩下的都吃掉。

「沒關係。」大概是硬著頭皮把甜點吃下去的學長迅速回答我，同時發揮他不浪費的美德。

「呃，那你要吃別的東西嗎？」左右看了一下，附近的攤位大部分都是販賣油炸類的，像是熱狗啊薯條鹹酥雞來著……我想學長應該不會想拿著香腸邊走邊啃吧？

喔喔！我看到有人賣燒賣，救星出現了！

「這個我在以前的工作地點有看過。」順著我的視線看過去，學長也看到那個小小卻擺滿很多不同花樣的燒賣攤位，「那是什麼？」

我看著學長指的東西，「喔，那是燒賣，是另外一種小吃，裡面有包各種不一樣的餡，還滿好吃的。」

「……」學長把頭轉回來。

糟糕，我們今晚不會變成小吃之旅吧！

付帳之後，我和學長一人拿著一盒燒賣繼續淹沒在人潮當中。

說真的，擠在人群裡有點難走，所以我們很快就隨便找了一家糖果攤買了兩大包糖果、瓜子外加附贈的一個滿裝棉花糖的大奶瓶就開始往街後撤去。

街後還有些零散的攤販，不過已經沒有前面人潮那樣多，大部分也還是賣糖果的，偶爾有幾個飲料攤。

我們停下來買了兩杯酸梅汁之後避開了剩下零星的人，站在偏暗的街邊吃掉手上的東西。

「原來原世界的年貨大街是長這樣。」學長在把手上東西解決掉之後，發出如此結論。

欸……其實並不完全正確耶，像建國市場和天津路那邊賣的就比較屬於南北貨的過年用品，這裡比較像觀光夜市。

抬起手，我看了一下手錶，我們兩個出來大概也快兩個小時，「學長，你還要繼續逛嗎……學長？」轉過頭，我看見學長的視線停在電力公司旁邊那塊遮篷上。

他在看什麼？

跟著把視線往上轉移，然後我看見一團黑黑的東西出現在那塊篷的上面……其實我眼花了，真的、我一定眼花了！

世界上不可能會有三頭的黑貓存在還在年貨大街附近晃蕩啊！

啪一聲我的後腦直接被砸了一拳，「你沒有眼花，過來！」

還來不及反應，我的後領被用力揪住，下一秒整個人騰空被往上甩——

學長！不要在人多的地方幹這種不是人會幹的事情啊！

腳著地之後，我很驚悚地發現我已經被學長拽上那個高處，那隻三頭貓就站在我們眼前搖著九條尾巴。

這個眞的是貓嗎？

「菖閣殿下，難得看見您會出現在原世界。」拿下帽子，學長的黑髮整個恢復成原本的銀白模樣，然後無視於這裡應該是禁止爬上的區域就坐了下來。

那隻三頭的九尾貓居然也在學長前面坐下，更可怕的是牠居然張開嘴發出聲音了：「冰炎殿下，也很難得看見您在這裡辦年貨啊。」貓的聲音細細尖尖的，有點像是女孩子的聲音，也有點像是小男孩的聲音，軟軟的不刺耳有點舒服。

「嗯，因爲剛好假期，所以和他來原世界逛逛。」學長抓了我一把，讓我在旁邊也坐下來：「這位是菖閣殿下。」

「呃、您好，我是褚冥漾。」雖然很怪，但是我還是禮貌地和一隻很奇怪的怪貓行了禮。

貓的三顆頭向我微微點了一下，「我聽過你的名字，不過不是在守世界。」

「守世界？」我第一次聽到這個奇怪的名稱。

「就是指學院那邊的世界。」學長看了我一眼這樣解釋：「這邊就叫原世界。」

喔，原來如此。

「我是在醫院聽到的，這個傢伙曾經創下一個星期進去三次的巔峰紀錄，而且每次都是以不同方式進去的喔。」那隻貓用貓爪指著我，三顆頭咧開嘴巴在笑。

眞是對不起，我還用不同方式進去給你看啊！

「因爲很好奇，所以我在那邊觀察了一個月，就這樣知道你的名字。」怪貓這樣告訴學長。

……你沒事觀察我一個月幹嘛！

「莒閣殿下是動物靈體，爲死亡守護使者。」將沒有喝過的酸梅汁打開蓋子放在怪貓的前面，學長露出淡淡的微笑。

我居然被死亡使者觀察一個月！

那瞬間，我有種倒退三步的衝動。

「不是詛咒人死的那種，他是在人即將踏上最後旅程時陪伴在人身邊讓他忘卻一切痛苦的守護使者。」冷瞪了我一眼，學長加上註解。

喔，原來是這樣。

「我輩已經很多人前往安息之地或者守世界了，現在存留在原世界的數量已經不多了，不過我還是覺得原世界的人類比較有趣，就這樣待了下來。」貓頭輪流喝過酸梅汁之後，愉快地說著，那隻礙眼的貓爪還指著我，「偶爾遇到像這種的，就可以觀察很長一段時間，眞是快樂。」

原來我曾經是你的快樂泉源啊……

「莒閣殿下爲什麼會在年貨大街附近？」學長沒意思討論我是不是牠的快樂泉源，話題又回到一開始。

「我聞到甜甜的味道，正在考慮要換個樣子下去買糖果。」終於把爪子收回去的怪貓這樣告訴我們：「可是到這裡我才發現忘記帶錢了，哈哈哈……」

我已經不太想對這隻怪貓做出什麼評價了……等等，牠剛剛說要來買糖果：「我們有多的糖果可以給你。」拿出那個裝滿棉花糖的奶瓶，我放在貓前面。

貓三顆頭上不同顏色的三雙眼睛都亮了起來：「那我就不客氣了。」說著，牠站起身用尾巴把整罐快與牠差不多大小的奶瓶罐給捲起來，「這樣目的就達成了，我要回去醫院避冬了，今天還眞是冷啊。」

學長拉著我的手站起身，「很愉快今晚能見到您，下次見了。」

「我也是，下回兒見了。」怪貓的頭轉過來看著我，然後咧了笑容：「褚冥漾，我只觀察過你可是沒有接近過你，今晚還是頭一遭；你是會長命百歲的人，要好好活過每一天哪。」

說完，怪貓很快就竄走消失在我們眼前。

夜晚的冷風呼呼地吹。

「太好了，菖閣殿下說你會長命百歲。」學長撿起見底的空杯，用一種完全不相干的語氣這樣說著。

好冷啊今晚的風。

我的頭上充滿了黑線和冷汗。

那就是說我會就這樣倒楣到百歲嗎？

我不要啊——————！

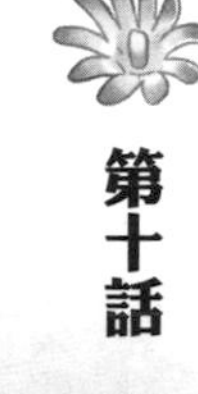

第十話　家族旅行

地點：Taiwan
時間：上午八點十三分

然後，我被那隻怪貓一句會衰百歲的話說得久久難以釋懷。

「萺閣殿下是說你會長命百歲不是衰百歲，要解釋幾次啊！」啪地聲有人無良地一把搥上我的腦袋，讓我當場從走道上縮開。

從那個晚上之後又過了好幾天的時間，很快地就到了我們要上船的當天早上。

「學長你在幹嘛？」我看見一大早學長就拿著一個很像是宅配的大紙箱走過走廊進到他這幾天住的客房裡。

「剛剛賽塔幫我把衣服寄過來，我去收件。」進到房間之後，學長打開紙箱，裡面是幾套便服與正式服裝，「因爲在你家一直都被人叫來叫去的沒時間回學校拿，昨晚請賽塔幫我把必需品給寄過來。」

咦！你居然叫賽塔幫你宅配寄送！

我忽然很難想像一個精靈呼叫宅配的樣子。

「有什麼不行，他是宿舍管理人，本來宿舍有事情的話就要找他，沒什麼好奇怪的。」學長發出疑似狡辯的說辭。

箱子裡的衣服沒有很多，學長只是拿出來之後塞到旁邊的包包裡，而紙箱最底下放著一盒東西，白色的盒子上有著金色的繪線。拿出那個小盒子左右看了一下之後，學長把盒子遞給我：「這是賽塔給的點心。」

喔喔！精靈的點心！

我接過那個盒子並打開，裡面傳來某種甜甜卻說不出是哪種甜的味道，感覺上好像是花草香，可是不是人工香料那種味道，聞起來只覺得清香直上腦門，精神也跟著清爽起來。

盒子被分隔成兩邊，裝著總共十二個很像果凍的透明物體。

「這個不是果凍，是一種精靈糕點，用特殊的草做的。」將背包拉鍊拉上，學長這樣附註。

哪種草可以做這種透明的東西啊，洋菜嗎？

可是這個眞的透徹得完全不像洋菜耶，而且每個凍裡面都有不同的花瓣，有的是粉色的有的是紫色紅色藍色，最特別的是有一個裝著的花瓣居然是透明的，隱約看見了形狀與纖維體。

「精靈住的地方有透明的花喔？」我盯著那個透明花瓣果凍，整個感覺非常奇妙。

「那是某些精靈居住的冰雪之地特有花種，平常很少見。」

喔，原來如此。

「這個要給我嗎？」蓋上盒子，我很疑惑。

「廢話，不然拿給你幹嘛！」學長白了我一眼，然後在床邊坐下，「不過因爲裡面的花瓣都是現採的，所以最好趁新鮮趕快吃掉。」

「喔，這應該沒差啦，反正等等要坐車去搭船地點，所以大家在車上應該很快就會吃完了。」還得坐一陣子的車才會到港區，所以在車上也很有得消磨時間了。

不過是說今天都已經要出發了，某人怎麼還沒出現啊？

就在我有所疑問時，房間的地面上突然展出了某個很眼熟的陣法，接著那個到現在還沒來的人直接蹦出來。

「嘿！漾～眞剛好！」

剛好你的頭，不要隨便在我家使用移動陣！萬一被我姊我爸我媽看到你想怎樣解釋啊你！

突然出現的五色雞頭身後揹著一個大背包，「本大爺回去家裡時順便帶了東西過來。」他咧了大大的笑容，接著神奇地從後面拿出了一個大禮盒：「漾～這個可以馬上吃。」

看著禮盒上面印著熟海鮮冷盤的字樣，我沉默了。

你叫我們在車上吃海鮮冷盤是嗎？

「咦，你同學也到了啊？」

就在我對著冷盤禮盒發呆時，某個聲音無聲無息地突然冒出來，我整個人被無預警出現的冥玥嚇了一大跳，「妳、妳什麼時候來的啊！」嚇死我了。

「剛剛經過。」冥玥看了我一眼，冷哼了聲：「老爸叫你們準備好的話快下樓喔，差不多要出發了，他現在已經在發車了。」

「你們家有車？」意外地，學長居然問了這個問題。

「當然有啊，我老爸之前出差時開出去寄放在別人家保養。」怎麼可能會沒車嘛，好歹我們也算是小康家庭吧，「因爲我們家連我老媽在內都沒有人會開車，所以我老爸出差時車都放在別人那邊，回來才會拿回來用。」

學長點點頭，有種原來如此的表情。

「漾漾，你手上拿那個是啥？」冥玥看著我手上的禮盒。

「呃，西瑞帶來的海鮮冷盤，我看等等要在車上吃掉，不然不能帶上去吧？」幸好冷盤的量看起來好像沒有很多，六個人應該很快就可以解決掉了。

「誰會在車上吃冷盤啊，你以爲我們在做行動請客車嗎。」我姊說出了非常不客氣的話。

「爲什麼不能吃，這個很好吃耶。」五色雞頭發出一種我姊不懂得品嚐美食的口氣，「我在家已經吃掉一打多了。」

……原來這是你吃剩的禮盒嗎？

是說，你們家都買這種禮盒送人啊？我在這邊還眞沒有看過。仔細留意了才注意到整個盒子到現在還是冰冰的，裡面的東西似乎沒有回復常溫的跡象。

自然冷藏大法？

這是啥法術可以應用在上面啊！

「漾漾！你們好了沒，快下來要出發了！」就在我們都沉默之際，我老媽的聲音從下面樓梯口傳來：「記得把上面的電源都關掉，門窗也都要鎖好喔！」

「好——」

應聲之後，我很快地跑回房間去拿我的背包，我老姊就跟在我後面直接下了樓梯。「學長、西瑞，你們在幹嘛？」拿了東西出來之後，我看見學長和西瑞站在已經關門的客房前面，不知道拿著水晶在對門板幹什麼。

「給房子做一點防禦機制。」在旁邊觀看的五色雞頭這樣回答我。

……該不會我們回家時會看到房子變成機器人在附近肆虐吧？

「並不會！」學長直接拿手上的水晶丟我，「這是類似請空氣精靈過來這裡守護房子的陣法，所以只要有不是房子居住者的東西闖入的話，就會被……然後再也不敢碰這房子了。」

學長，請不要自己消音。

還有不要用水晶丟人，很痛、眞的很痛耶！

我撿起掉在地上的白水晶，透徹得一定很貴，可是就算是被很貴的東西丟到我也不會很高興啊！

「漾漾！快點下來！」這次換成我老姊在樓梯口喊了。

「好啦！」

※

出了大門之後，我再度看見我老爸的車出現在我們家門口了。

因爲提倡小孩需要大空間，所以我家的車不是那種小房車，而是大型的箱車，一共可以搭載九個人的那種，車子分了前面中間和後面三排椅子。

「快上去，放假容易塞車，要趕一下路了。」我老媽把背包堆到後面之後將我們一堆小孩都給趕上後座，自己就坐上副手席。

五色雞頭從頭到尾都很興奮，一坐上車後座之後整個人就閃亮地眨眼看著前面的音響：「可以放音樂嗎？」

「可以啊？想聽什麼？」在所有人都坐好之後，我老爸鬆開了離合器，車子緩緩開始往前滑動。

「這個。」從背包裡拿出一片黑色封面的ＣＤ，五色雞頭遞過去前面：「我要聽這個。」打開了盒子，我老爸把ＣＤ放進車上音響。

就在ＣＤ被讀取的那瞬間，某種非常可怕、好像是電子花車才會有的那種很……古早年代的歡樂音樂馬上傳出來。

「關掉！」冥玥發出第一個抗議聲。

「那什麼聲音……」學長捂著耳朵，吐出了絕對嫌棄的話。

「老爸，我求你快關掉它。」我實在是受不了那種可怕的聲音。

完全沒講話的老媽臉上出現了驚愕的空白神情。

不用幾秒，音樂馬上在我老爸的手指之下被中斷，「西、西瑞，我想我們換別片會比較好一點。」首當其衝的老爸滿頭黑線，然後把ＣＤ退出來還給五色雞頭。

「咦，你們不喜歡聽這個嗎？這是人家送我的耶。」五色雞頭用一種無辜神情看著所有人。

「我們完全聽不習慣……」剛剛那個開頭很尖銳的聲音是怎麼回事啊！該不會這片是要出山送行的音樂吧！

「嘖，眞是的，出門遊玩應該就聽這種音樂才對啊！」一邊收起音樂，五色雞頭哼哼說著。

一般出門應該不會聽這種音樂吧！

爲了怕他又拿出第二片，我老媽很快地放了另一片西洋專輯，女歌手高亢的聲音馬上將車子裡剛剛差點發生慘案的氣氛給清洗乾淨。

「啊，對了，要趕快把這些東西給吃掉比較好喔。」我拿出了賽塔送的點心和五色雞頭的海鮮冷盤。

「小玥，後面有小袋子可以給你們放垃圾。」我老媽第一句話就是愛護車上清潔。

冥玥迅速地把垃圾袋給打開了。

「這種點心可以直接用手拿著吃。」學長告訴我們精靈點心的吃法。

「是喔。」我朝果凍一抓，意外地發現其實這個眞的不是果凍，只是長得很像果凍而已，手摸到的觸感比較像是糕點。「老媽、老爸。」我把點心盒往前面遞過去，老媽挑了兩個，騰手餵了老爸一個。

將點心盒遞給其他人，我咬了一口手上那個有紫色花瓣的透明糕點。

一開始吃的時候有點像涼糕，可是不會很甜，一咬上去馬上就化掉了，整個嘴巴裡都是濃烈的甘草氣息。

「這個很好吃耶，漾漾這是哪個同學買的啊？下次老爸出差也可以去找看看。」我爸對精靈點心發出很高的評價。

失禮了老爸，可是我覺得你應該一輩子也沒辦法去那邊出差。

「呃、我也不曉得。」掉下了黑線，我只好含混回答。

「褚，你吃看看這一個。」咬著藍葉子的學長指了指那個透明花瓣的糕點。

透明的味道有比較不同嗎？

看著那個只隱約看到纖維的糕點，我有點懷疑。

「漾～如果你不吃我就吃掉了喔。」五色雞頭一口吞掉一個，然後又伸了爪子過來。

「不用了，我自己吃就可以了。」馬上拿起那個透明花瓣糕點，我把盒子裡剩下的那幾個遞給五色雞頭。

那個糕點近看更有種奇妙的感覺，裡面的花瓣好像是冰凝的一樣隱約可以看見邊緣與一點點疑似冰霜東西。

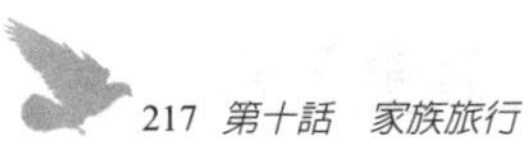

這種罕見的花瓣給我吃可以嗎？根據小說來看，這個不是要給武功高手吃他才會增進一百年的功力嗎？

「很囉唆耶，到底吃不吃！」學長橫瞪了我一眼。

「我、我正要吃啊。」連忙把那個透明的東西往嘴巴裡塞，就在不用半秒之後我馬上感覺到和上一個不一樣的味道，不、應該說是沒味道。

這個糕點幾乎沒有味道，整個就是很清涼，從頭到腳整個跟著冷起來，吞下去一口後才有點不知名的香氣，不是很濃烈、可是維持很久，整個人從頭到腳也跟著舒服清楚起來。

「這個好好吃喔……」與剛剛那個完全不一樣。

「對吧，這一個不一樣。」學長勾起了很淡的笑容。

「不一樣？」五色雞頭馬上靠過來，「漾～你居然都吞下去了！吐出來！」把空盒子拋開，我看見毒爪往我這邊伸過來。

「都吞下去了啦！」被抓到還得了！我馬上捂住自己的嘴巴往後面空間逃開。

「不管，本大爺也要吃看看不一樣的！」抓住我的褲管，完全不能用人話溝通的五色雞頭發出邪惡的宣言。

「你下次去找賽塔要啦。」又不是我放一個的！

完全一副不關己事模樣的學長和冥玥居然在中座自行打開飲料，一點也不管我會不會被殺手毆打到吐出來。

「我和他沒有很好的交情。」五色雞頭很哀傷地說著。

那關我啥事！

「對了，冷盤先拆來吃吧，不然放太久會不新鮮。」我馬上轉移話題，拿起了那個還冷冰冰的禮盒說道。

「咦！」一般冷盤禮盒會送紙盤？

五色雞頭的注意力馬上換到禮盒上了：「對啊，快點吃，這個很好吃，裡面還有送盤子。」

我拆開那個禮盒，接著發現裡面並沒有紙盤，而是半打透明玻璃小盤外加六支銀色小叉。

你告訴我有哪家的禮盒這麼大手筆啊！說啊！

「小心不要沾到車上喔。」老媽回過頭，這樣擔心地說著，「不然放十天車子會臭掉。」

……是這個問題嗎？

禮盒裡面是真空包裝，一共兩大袋，分量六個人吃很足夠。

「一個是蝦肉，一個好像是螃蟹肉。」五色雞頭拆開了包裝，某種清爽的調味料混著沙拉的味道馬上傳出來。

蝦肉？蟹肉？

「呃……是守世界的嗎？」我很含蓄地問著這個問題。

「對啊，不然咧？」五色雞頭用一種非常理所當然的語氣回我。

我有點同情製作禮盒的人，要做這麼多盒一定和那些海產搏命搏很大。

「你們在說什麼守世界？」老媽的問題馬上傳過來。

「呃、是在說禮盒的品牌啦！」趁五色雞頭還沒開口，我先下手爲強捂住他的嘴巴不讓他解釋什麼是守世界和原世界。

「好奇怪，沒聽過有這種牌子。」

「啊哈哈……是新的啦。」我一頭冷汗地蒙混過去。

坐在中座的冥玥拆開另一個袋子，然後接過玻璃盤倒出了裡面的蝦肉，又拿走五色雞頭的蟹肉放在另一半遞到前座。

「唉呀，這個盤子材質不錯耶，等等可以洗一洗放在車上，回程時帶回家。」我媽顯然很喜歡禮盒附贈的小盤。

接過冥玥分來的小盤我也仔細看了一下，盤子眞的透明得很漂亮，感覺不太像便宜貨。

把幾個人的分量都分好之後，冥玥將剩下的兩只袋子遞給五色雞頭：「剩一半應該夠你吃了吧？」

……連我姊也都體會到五色雞頭胃眞的很大啊。

五色雞頭咧了嘴接過袋子，直接用倒的吃袋子裡面的海鮮肉。

盤子上面的蝦肉吃起來很像龍蝦的冷盤料理，蟹肉也差不多，讓我有種錯覺好像現在眞的是在吃行動宴客桌那種感覺。

坐在我姊旁邊的學長吃得很慢，其實應該說是細嚼慢嚥比較適合，他每一口都咬很久才吞下去，感覺有點像是小孩子在吃飯的樣子。

「褚……信不信我會敲你的頭敲到你沒辦法思考。」黑色的眼睛從前面瞪過來，給了我很可怕的警告。

「呃、對不起。」我還沒有想要腦死的打算。

大概因爲今天不是六日，所以快速道路上的車還挺少的，不過往南下的車流量就很大了，還有點塞車的感覺。

對了，往年差不多這種時候像墾丁啊、一些比較有名的渡假勝地都會塞爆人。去年我們家過年時跑去東部玩，結果塞車塞了很久，讓開車的老爸一到旅館整個人就很悲慘地陣亡在床上了。

話說，去年不知道是走了什麼霉運，會塞車塞到死的原因還是因爲最前面連環車禍……今年應該不會有事吧？

我總覺得萬能的天神絕對不會讓我這麼好運，有了十天渡假還讓我免費平安到目的地。

一想到這件事情，我突然整個人發毛起來了。

※

「褚，給我停止。」

一個劇痛直接從額前傳來，有那麼一秒我整個眼睛都花了，連剛剛在想什麼事情都忘光光，無辜地含淚抬頭就看見咬著叉子的凶手在瞪我：「吃個東西就要好好吃。」

對不起，都是我的錯讓你不能好好吃，可是你想安靜吃東西就不要偷聽嘛！

「你們兩個在吵什麼啊？」冥玥看了我們兩個一眼，然後把吃乾淨的盤子往塑膠袋裡放，「再不快點吃完，海鮮會長細菌喔。」

前座的老爸和老媽顯然也吃完東西了，轉了警廣頻道之後開始有一句沒一句地聊起天來。

分了幾口飛快地把蝦肉給吃下去之後，我橫過身體把盤子往塑膠袋裡放：「車子裡面有點悶耶，要不要開一下窗？」剛吃完東西，車子裡面有很多不同的味道，加上因爲天氣冷大家都緊閉著窗戶，現在突然感覺車內空氣有點讓人不舒服。

看了一下中座，我老姊和學長旁邊都是窗，可是我老姊擺明了不想開，然後我轉頭看著學長，他還在吃他的東西。

「那個學長，不好意思借我開一下窗戶。」我沒膽請他放下東西幫我開點窗透氣，只好自己挪了位置探過去拉開旁邊的窗戶。

「等等……」學長的話馬上就中斷了。

然後我看到有史以來最可怕的一幕。

一開窗瞬間外面的風整個狂衝進來，然後又倒抽出去，坐在窗戶旁邊的學長來不及壓他的頭，沒有綁的黑色長髮整個跟著風被往外抽，接著大量的髮絲全都被捲到窗戶下面去。

「好痛！」拉著被窗戶捲到的頭髮，學長低下頭發出悶哼。

「我、我不是故意的！」如果不是在車子裡面，我現在一定會離學長有多遠就多遠，不然我肯定他絕對會掐爆我的腦袋。

「快點把頭髮拉出來，不然會越捲越多！」坐在前座的老媽馬上把學長另一手的盤子給端走，讓他有兩隻手可以解救他自己的頭髮。

「褚，我要敲爆你的頭！」用力拉扯頭髮的學長給了凶狠的宣言。

我眞的不是故意的啦！

「不要這麼用力拉，頭髮會斷掉。」我老姊的話明顯晚了一步，被學長使勁拉的頭髮發出細微的聲音，馬上就看到好幾根斷掉的黑髮隨風飄揚。

呃、眞是好柔好軟，還跟著風像是在跳舞。

「跳你的死人頭！」學長騰出手直接給我一拳。

整個車內陷入一片混亂，我抱著不停發出劇痛的頭含淚縮在後座。

「不要用力拉聽不懂喔。」冥玥啪地一聲拍開學長正在糟蹋自己頭髮的手，然後橫過身去一點一點幫他把頭髮從窗戶底下抽出來：「這種時候要慢慢抽才不會越捲越深還是整個拉斷，這樣不就可以了嗎。」幾個輕巧的動作，她很快地把捲到窗戶下的頭髮全給抽出來，除了斷掉還纏在上面的之外。

「謝謝。」迅速把自己的頭髮給紮起來，學長馬上轉過身用他的手敲我的腦袋復仇。

本來被揍了一拳現在又被補上一拳，我懷疑我頭頂應該已經腫起來了。

氣沖沖的學長轉回過中座，然後把捲在窗戶上的斷髮都給拔走。

「欸，你們有沒有聽到一個很像鞭炮的聲音啊。」完全都在後座看好戲的五色雞頭把手上的空袋子給摺起來，發出以上的話語。

「鞭炮的聲音？」一邊揉著頭，我一邊問著坐在旁邊的人。

「對啊，剛剛砰砰的好幾聲。」五色雞頭很自然地這樣回答。

「大概是過年有人在放鞭炮……」

話還沒說完，在駕駛座上的老爸突然發出驚呼，然後用力踩了煞車。

完全沒有預料到這種狀況，巨大的臨時煞車衝力讓坐在後方的我們全部都往前撞，砰砰砰地東撞西撞不知道撞上什麼，整個跟著被撞到頭眼昏花。

混亂之間我聽到老媽的叫聲和某種玻璃撞到玻璃的聲音。

車子在幾秒之後停了下來，我整個人摔到座位下，還感覺到五色雞頭壓在我上面。

整台車子好像打橫了，因爲我有感覺到車子滑開。

五色雞頭很快就從我身上爬起，我也跟著一邊甩頭一邊從座位底下爬上來。

第一個看見的是中座的學長與冥玥各自摔在一邊，然後前面的安全氣囊整個彈出來，窗戶外面眞的是側橫的景色，旁邊的車子也全都停下來，看起來我們應該沒撞上東西也沒有被追撞，因爲沒感覺到被撞。

第二個看見的是原本在媽手上、那個學長的蝦肉盤整個摔在音響上面，然後前面的玻璃上黏著一大團的蝦肉沙拉。

啊……要洗車了。

這是我的第一個感想。

※

「全部不准動！」

就在我們一車人莫名其妙掙扎著要爬起來時，外面突然傳來這樣的喝聲，「通通下車！」

接著，我看到電視上才會出現的一種很誇張的畫面，在我們車前面有一輛黑色的箱型車，老爸就是爲了閃避這台車才猛然煞車的。

那台車下來三個拿著槍的人對著我們家。

有沒有搞錯！今年這種倒楣方法會不會太誇張了一點？

神啊，你眞的要讓我把所有不可能的倒楣事都經歷過一次才肯讓我百年安然死去嗎？

這會不會太扯了一點啊！

對了，其實這是電影對吧，有人在外面拍電影，只是不小心認錯車組才會打劫錯誤。

「聽不懂嗎！通通給我下車！」其中一個持槍的人突然對空鳴槍，很顯然那個是眞槍不是道具槍，接著他又重新把槍對準我們家：「馬上下車！不然就殺了你們！」

……我們眞的被搶劫了耶。

「不要這麼急嘛，現在下車了啊。」五色雞頭突然很高興地打開了後車門跳下去，「那個是眞的槍嗎？沒想到可以看到有人在用眞槍。」他整個人很感動地貼到歹徒面前去看那把槍。

要不然請問一下啊這位同學，我用的是假槍嗎？

不要鄙視水槍啊渾蛋！

「廢、廢話少說！其他人也給我下車！」那名打劫的人把五色雞頭給推開，然後朝我們威脅地晃了手。

老爸緩緩地解開安全帶，「沒關係，警察應該很快就到了，你們不要刺激到歹徒。」他看起來有點緊張，然後這樣安撫整車的人。

說眞的……搞不好以前的我眞的會緊張然後害怕得要死，可是不曉得爲什麼現在看到歹徒我居然完全不會緊張也不會害怕，再怎麼說他們好歹也是人類嘛，和學院裡那些東西一比，他們還比較親切可愛一點。

我可不想看到有鬼還是怪物來挾持，這樣我一定會哭出來、絕對會。

「先下車。」跟著大人，在後座的我們三個也慢慢下了車。

一下車，馬上聽見很大聲的警笛傳來，明顯是其他也停下車的人報的警，一大堆被堵著的車停在有一段距離之後沒人敢靠近，畢竟對方有槍，大家都很怕被流彈打中。

先到的警車馬上將附近給隔離，然後馬上有人對打劫者喊：「把槍放下不要傷害無辜的人，有事情我們可以好好商量！」

按照電視劇，我想這些人應該不想好好商量。

「我們的車爆胎了，把你們的車讓出來。」完全無視警方的喊話，剛剛那個開槍的人這樣告訴我老爸。

「呃……只要不傷害小孩子，要什麼都自己拿去吧。」我老爸很勇敢地擋在所有人面前這樣說著。

「請馬上釋放人質。」警方再度喊話。

站在我旁邊的學長看了我一眼，然後拿出手機。

「那邊那個！你想幹什麼！放下你的電話！」另一個歹徒馬上注意到學長的舉動然後大喊。

「反正又不是報警，打通電話回去報平安你緊張什麼。」學長非常無視緊張的歹徒，很從容地撥了電話，接著手機不用幾秒馬上接通：「有事情，等等記得派人來善後，地標自己找。」

我很肯定學長一定打電話回另一邊了。

結束短暫的通話，學長掛掉手機然後把手機丟回車裡：「這樣行了吧。」他看了那名歹徒，聳聳肩。

「最好不要再給我耍花樣！」歹徒惡聲地吼著。

基本上，我想他的花樣應該已經耍完了。

「咦？漾～那台車裡面有東西耶。」很興奮地把歹徒參觀完畢之後，五色雞頭蹦回來，然後指著車子裡說。

「你們兩個，過去警察那邊！」歹徒用槍對著我老爸和老媽揮了揮。

「拜託你們把小孩放走，留我們當人質就好了！」老媽很勇敢地這樣和歹徒說道。

「少廢話！再不過去我就開槍打死剩下的！」凶狠地在地上開了一槍，歹徒怒吼著：「人多太礙事了，馬上給我滾！」

老爸和老媽很顯然不想滾。

「老爸，你帶媽先過去吧，這邊警察應該會想辦法。」冥玥推了老爸一把，點了點頭，「我們不會有事。」

「小玥……」

「馬上給我過去！」歹徒用力地將老爸和老媽拽走，丟出車道外。

一看見有人質被釋放，警方立即出來好幾個人將老爸和老媽掩護到防線後方。

三個歹徒馬上走過來，用槍指著我們四個人：「不要耍花樣，快上車。」邊說，其中一人跳上駕駛座發動了車子。

「眞抱歉，我不喜歡別人開的車。」就在學長這樣講話的同時，五色雞頭也同時有了動作。

還來不及反應，兩名在外的歹徒突然重重往外摔出去，一點也沒有看見五色雞頭是怎樣將他們打飛的。

「你們這幾個混帳——」車上的那個怒氣沖沖地拿起槍。

站在車門邊的老姊突然動手打開了車門，歹徒還沒反應過來時已經整個人被揪出來，一記又重又狠的過肩摔把他給摔出了車外。

整個還手不到半分鐘完成，三個持槍歹徒倒了一地。

所以我說，我比較怕的還是非人類的東西……

走過去把地上的槍一支支踢開，學長又補了想爬起來的人一腳，讓對方當場昏過去。

可能沒料到人質自己會這麼快反擊完畢，外圍線的警方整個愣了很久。

「漾的姊姊，妳趕快去警察那邊。」五色雞頭快速地把我姊往車道外推去。

意外配合的冥玥悠悠哉哉地走出了包圍線。

回過神之後，好幾個警察就要擁上來——

「等等！還沒完！」

五色雞頭的話慢了一步，就在所有人要撲上來時，原本停在不遠處的黑色箱型車突然炸出了奇異的深紅色閃光，接著整個爆炸開來。

下意識閉上眼之前，我看到好幾個人被那個衝力給炸開。

劇烈的熱氣襲捲而來。

※

有人護在我前面。

待整個強烈的爆炸過後，我微微睜開眼，看見五色雞頭用他的大獸爪擋在前方：「嘖，原來車上的東西是鬼族。」

鬼族？

馬上站起身，我看見四周整個都是火，像是有生命一樣的火焰拓展開將剛剛警方的防線都給隔開，而我們後面的車道也被黑煙與四散的灰塵、火星什麼的都掩蓋住無法看見外頭的狀況。

然後我看見詭異的事，照理來說應該也一起被炸開的我們家的車子居然完好無事地待在原地，連一點小刮傷都沒有出現。

……它應該不會等等自己變形然後站起來吧？

「風之環、大氣之詩歌，祝禱災厄離去而保護降臨。」伸出手站在五色雞頭旁邊一點，學長吟唱著類似咒文的語言，一股涼涼的風吹散了四周熾熱的空氣環繞在我們附近，「褚，拿出你的兵器。」

咦？我的兵器？

「與我簽訂契約之物，讓襲擊者見識妳的狂傲。」下一秒，米納斯立即出現在我手上，「那輛車子裡有什麼？」

我想，車子應該不會無緣無故自己就炸掉的。

「鬼族，嗅到血腥的味道與貪婪而來。」學長看了我一眼，然後收回手，只剩下風還在四周環繞著：「我想這些人剛剛一定不知道搶了哪個地方，也造成了死亡……或許他們同伴中也有人死了；而沾染這些污穢氣息的屍體就會招來邪惡，於是染上成爲扭曲。」

也就是說應該有第四個歹徒？而他已經死掉了，現在屍體變成鬼族？

「就是那個意思。」學長點點頭，認同了我的話。

很好，既然是鬼族的話那要怎麼辦？

今天也夠刺激的了，還沒搭上船就已經在路上車禍、被搶，現在還像是電影特效一樣爆炸外加有鬼族降臨。

難道這是老天叫我最好不要上船的前兆？

「兆你的頭。」站在旁邊的學長直接朝我頭上一巴，冷哼了聲：「西瑞，你可以應付嗎？」

「沒問題的啦！」五色雞頭張著獸爪咧開笑容，「本大爺乃江湖斃命客，沒有東西可以從本大爺手下逃出生路。」

你這樣講好像你是江湖暴斃客的感覺。

就在講完之後，剛剛爆炸的那台箱型車動了動，接著從滿是熊熊火焰之中出現了一個像是人的形體。

那個東西伸出了手，將捲曲的車左右扳開，然後從裡面走出來。

出現的是一個火燒人。

我想他應該眞的是個人類，但是他全身都著火了，我可以看見正逐漸燒焦的肌肉與已經沒了眼睛的臉上的兩個窟窿。

一種詭異的臭氣隨著那個東西的動作而傳來。

被火燒的人應該不會走吧！

「所以說那個已經是鬼族了。」學長左右看了一下，「鬼族會召喚鬼族，所以一定會有別的冒出來，你要小心。」他說出了讓我非常害怕的話。

等等，那我家的車怎麼辦！

要是被打爛就慘了。

學長看了我一眼，他的眼睛與頭髮都已經恢復成原來的顏色。「夏碎給你的護符你是不是放在車上的背包裡面？」

「喔，對啊。」因爲有點體積沒辦法直接放在口袋，我就先把它塞進行李。

「那就沒問題了，護符會保護車子。」

那人呢！

護符應該要保護人才對吧！

「人可以自己保護自己啦，反正鬼族你也對上很多次了，應該也有經驗了吧！」學長的紅眼瞪了我一下，然後拿出一塊藍色的水晶，「我先將這一帶隔離起來，不然有人誤闖就糟糕了。」

語畢，他手上的水晶突然整個散開，然後藍色的粉末全都散在地上。一瞬間，四周的黑煙什麼的都消失了，外圍變得霧霧的，只剩下那台熊熊燃燒的車以及火焰喪屍。

「這種小東西本大爺才不會看在眼裡。」終於有活動機會的五色雞頭很樂地直接衝上去，完全無視於喪屍上的熊熊烈火，一爪就將整個燒到看見人骨的頭給打飛出去。

那具火焰屍體頓了頓，好像覺得沒有頭也沒關係，馬上就伸出手抓住五色雞頭的獸爪，全身火焰突然變得更旺。

其實他不是火焰喪屍而是汽油喪屍才對吧，不然怎麼可以自己加大火力！

「可惡，敢燒本大爺！」五色雞頭看著燃燒的獸爪，另一手猛然糾結擴展，直接一爪往無頭喪屍中間劈打下去。

雖然是喪屍，但畢竟還是人肉做的喪屍整個從中間被打裂開來，然後像是失去重心一樣鬆了手整個往後倒，然後再也不會動彈了。奇異的是屍體上的火焰似乎沒有停止的跡象，反而一直猛烈燃燒。

那台車也是，像是不會熄滅或變小，反而一直越燒越大，好像車子上有什麼東西可以助長火勢。

就在四周只剩下燃燒的聲音之後，某種奇異聲響從車子裡傳來，喀喀喀地幾個聲音發出，下秒整台車馬上被撕裂成兩半。

然後在撕成兩半的火中站著一個人，一個同樣熊熊燃燒的人。

看見那個東西冒出來後，我突然注意到旁邊的學長好像鬆了口氣，「西瑞，不用攻擊了。」他喊住正要往前衝的五色雞頭。

爲什麼這個不用攻擊？

我疑惑地看著學長，那個不是也是鬼族嗎？

火焰中的人伸出手隨手一甩，他身上的火就立刻全部消失，而在此之後出現在我們面前的是個男人，火焰般的紅髮直直紮在腦後垂至腰際。他的臉看起來有點邪氣，但是屬於很酷的那種不笑類型，身上穿的是黑色的整套皮裝和一些零散的金屬裝飾。

金色的眼睛毫無感情地看向我們這邊。

……他給人的第一印象是非常難以接近，而且我覺得看見這個人第一秒整個背脊都跟著發寒起來，感覺到很怪異。

「火焰貴族、萊斯利亞，你怎麼會出現在這邊？」學長的口氣聽起來沒有敵意，好像他和這個人認識。

學長認識鬼族？

的確不會奇怪，因爲他之前也好像認識安地爾他們，只是我第一次聽見他與鬼族講話很客氣、毫無敵意。

「我……感覺到邪火在竄動。」男人緩緩開口，聲音有點低沉，沒有很大聲，但是剛好全部人都聽見了。

「送來了誰的手下？」學長走過去接近了那個人，問著。

「你們認識的，比申的七大高手之一，深邃的狂火貴族，你們曾經將使用黑暗之火的貴族抹煞，所以他來了。」低語似地說著，男人伸出手輕輕勾了學長的一絲銀髮，「我的主人擔心你們將應付不過接下來連串之事，所以讓我來關閉邪火的道路。」

「嗯……請他可以暫時放心，目前比申的手下除了安地爾之外大多不難應付。」學長沒有揮開對方的手，只是這樣說著：「這邊不是你應該久待的地方，火焰是邪火不是純淨之火，先回去吧、萊斯利亞。」

男人微微點了頭，然後收回手轉向我這邊。

有那麼一瞬間，我對上他的眼睛，不知道爲什麼那雙金色的眼睛讓我覺得異常恐怖，好像有種讓人窒息的感覺。

然後，他往我這邊邁開了步伐。

我嚇了一大跳，馬上往後退，直到撞上了我家的車子之後才停止，猛然抬頭那個人已經出現在我面前，距離近得讓我無法逃離。

他很可怕，非常可怕。

第十一話　起點

地點：Taiwan

時間：上午十點三十一分

四周的空氣變得悶熱。

男人彎下身，金色的眼睛在我眼前放大，我幾乎可以在上面看見自己驚恐的倒影。

「我爲殊那律恩鬼王之直屬護衛，即將帶來災難的人，你已經選擇好你的方向了嗎？」

那個低沉的聲音在我耳邊響起，熱氣幾乎讓我無法呼吸，我感覺到四周好像都是火在燒著，讓我害怕：「我、我不懂你的意思。」

什麼東西將帶來災難？

「閉鎖的空間即將有沉睡的勢力崛起，想沐浴在東方日出的旅者只能被迫前往西方，相同的道路而不同的方向。」他微微轉了語氣，然後看著我：「那麼，你怎麼說？」

這句似曾相識的話讓我整個錯愕了。

我不知道應該回答他什麼，我也不明白他想問什麼。

那、我應該怎麼說？

還沒回答對方，男人已經站直起身體，那種熾熱的感覺也跟著遠離，然後他拿下耳朵上的一個鐵飾遞給我：「邪火只得以火焰制止，你會用上的。」

愣愣地看著對方遞過來的耳飾，我不知道應不應該收下。

「褚，你可以收著。」學長的聲音從旁邊傳來，我這才注意到他不曉得什麼時候已經走到我們旁邊了，「雖然只可以用一次，不過這是預防邪火的東西。」

「喔……謝謝。」戰戰兢兢地伸出手，我接過了那個銀色的小小飾品。那是一個鐵環耳飾，上面刻滿了細小像是螞蟻一樣的不明文字。

是說，這樣收鬼族的東西眞的好嗎？

我有點不太曉得學長的用意。

「漾～我也要看。」五色雞頭蹦過來抓著我的手看著那個耳飾。

抬起頭，我看著那個已經把視線轉移的鬼族，有像山一樣高的疑問完全沒得解答。

「我將關閉邪火，這樣比申的手下就不會前來侵害原世界。」那個鬼族的男人這樣告訴學長，「在此先行告別。」他微微點了點頭，就往熊熊燃燒的車子走過去。

他停在火焰之前，止住腳步的同一瞬間整個正在燃燒的車體突然熄了火，連個火星都沒有了只留下殘餘燒黑的車骸與地上已經連骨頭都成灰的一個人體形狀。

微微點了頭之後，那名火焰貴族瞬間就消失得無影無蹤。

「西瑞，收起爪子。」學長打破了沉靜，我看見他的髮和眼也轉成了黑色，旁邊的五色雞頭

應了聲然後將手給甩回人手。

包圍在外的霧很快就散開，我看見了第一台車子的出現。

對了，米納斯。

飛快地將手上的槍給收回，同時四周的景色也越來越清晰，很快地我們就看見了剛剛的警戒線和很多被堵在快速道路上的車。

「漾漾！」還沒踏出第一步，我先聽到我老媽的喊聲，下一秒就有人衝過來一把抱住我：「嚇死我了，我還以爲你們三個都被捲入爆炸了。」

「欸……沒事啦。」掙扎著探出頭，我看見老爸、冥玥和好幾個警察都走過來。

被丟到旁邊的三個歹徒還來不及逃走，馬上就被制伏了。

「奇怪了，爆炸那麼嚴重怎麼我們家的車子沒有事情？」視線往後移些，老爸用一種滿滿都是問號的口氣自言自語著。

呃……這個你可能要去感謝夏碎學長，是因爲有他的護符才沒有事情。

「糟糕，這下子不會要筆錄又要延遲了吧！」確定人車都平安無事之後，我老媽突然驚覺了這個問題。

對喔，又被挾持又爆炸什麼的，現在地上還有個無解的謎樣燒焦人形，警察應該不會這麼簡單就讓我們離開吧？

「應該可以溝通一下讓我們回來時再去筆錄吧。」冥玥環著手這樣說著。

哪有可能！

你聽過警察過十幾天才在補筆錄的嗎，根本沒那種事情好不好！

「我去溝通吧。」學長拍拍他的帽子戴在頭上，然後很直接就往警察堆中正在發號施令的人走過去。

看著學長的背影，我突然無法想像他會好好坐下來和人喝一杯茶那樣溝通。

「漾漾，你學長是有警察相關背景嗎？」看著學長眞的在和那個高階講話，我老爸很疑惑地問著。

「呃……應該有吧。」就算沒有，他後面那個叫作公會的東西也一定會有。

在我看見學長對那名警官出示了黑袍證明而對方變得畢恭畢敬後，我更加深深如此認爲。

這個世界已經被異世界給腐蝕了！

就好像電影告訴我們在不知不覺之中，外星人其實就在你身邊那道理是一樣的。

不用幾分鐘，學長就走回來了。「溝通完了，他說我們不用做筆錄也沒關係。」他發出傳說中高位壓低位的那種黑幕發言。

「咦，眞的可以這樣嗎？」我老媽相當驚奇。

「可以，我會請別人幫我們去解釋清楚。」學長用一種這不是什麼大不了的口氣講話。

結果你剛剛打的那通電話就是請人家來收尾的是嗎？

我再度體會到公會眞的是種非常神祕的組織。

「所以，趁著記者和好事的人還沒出現時快點逃離現場吧。」

學長發出會教壞小孩的結論。

※

在快速離開現場之後，我們終於在十二點集合之前驚險地安全上壘。

「還有二十分鐘。」一在停車場將車子停妥後，我老媽看了時間，馬上抽出大盒面紙，「可以先把車子擦乾淨了。」

現在是擦車子的問題嗎？

應該是準備下車趕快去集合室吧！

因爲被攔截的關係，我們家連休息站都沒有停直接就狂奔過來，原本要洗的盤子、車上的污漬什麼的也都沒時間清理。

「盤子先用衛生紙擦過回來再處理吧，至少不會發霉就好了。」很堅持要先稍微處理過東西的老媽這樣說著。

「啊，我可以幫忙。」五色雞頭下車之後蹦過去，很樂地幫忙擦盤子。

「漾漾，你先幫忙把行李卸下來，不然等等眞的會來不及。」幫著老媽，老爸直接向我下達命令。

「喔。」我知道啦……反正男生就是拿來當粗工用的。

打開後車箱，裡面還有幾袋比較沉的行李箱，大部分都是衣服之類的必備用品，畢竟是去船上生活十天，所以我老媽塞了很多東西進去。

就在我想搬第一個行李箱時，身旁立即伸出另外一隻手幫忙拿下來，轉頭一看，不曉得什麼時候學長已經站在旁邊幫忙了。

對了，看到學長我才想到另外一件事情：「學長你剛剛唸的那個咒文是什麼？」

「哪個？」

「就是火燒車的時候，有風的那一個。」和之前精靈百句歌不一樣，好像是某種吟謠，那個文字頌唱時聽起來很舒服。

學長看了我一眼，繼續幫著卸下第二件行李，「那是天使的祈禱之詩，剛剛那個是守護篇章之始，全部一共五段。」

五段？那就是很少很容易背的意思嗎？

我眼睛閃亮亮地看著學長，是很簡單很容易學的那種嗎？

「……你的程度已經足夠可以驅使了。」拿下最後一件行李，學長關上了後車門，「天使的頌歌與精靈的詩歌不一樣……」

似乎正打算解說給我聽的學長猛然打住，我愣了一下，注意到冥玥從車前走過來這邊：「你們好了嗎？我們前面清理乾淨了，要趕快去集合了。」

「喔，好了。」

一說完，我老爸馬上出現，「快點快點，時間快到了。」說著，捲走一堆行李箱就開始跑。

根據有人跑大家就會跟著跑的定理，不曉得為什麼我們家就開始往集合地點狂奔過去。

然後不知道為什麼也很樂地跟在後面跑的五色雞頭還抓著學長一起跑。

其實集合地點不會很遠，從停車場過去大概五分鐘的路程。

沒過多久，我們已經到達等候室，裡面老早就擠滿了一堆人，男女老少通通都有，很明顯也全都是要上這班船過年的乘客。

「我先去辦手續。」一邊說著，老媽從皮包裡拿出我們全家的通關資料和一些有的沒有的，「西瑞和漾漾的學長呢？我也一起幫你們辦好了？」

「啊，我們自己過去弄就可以了。」學長很快地回答。

……他們一定用不是正常的管道通關，我敢打賭。

「那好吧。」有點奇怪地看了他們一下，我老媽先往櫃台辦理手續去了。

陸續地，學長和五色雞頭也逕自跟上去，不過我覺得他們走去的地方好像不是辦手續的櫃台，而是更裡面的行政室啊！

我就知道他們絕對不是用正常方法！

等待時間很快就在人擠人之間消失了，在所有人都差不多辦完手續之後出現了帶領員，遊客們排列成隊伍跟上了對方。

部分大型行李交由其他負責人員運上船，所以我們身上只帶著已經通過安全檢查的背包，少了重物輕鬆很多。

走出室內後，我聞到了鹹鹹的海風味。

然後，白色的大船就這樣出現在我們面前。

※

我這輩子還眞的是第一次上船。

郵輪比我想像的大很多很多，遠看只覺得漂亮而已，近看就有種可怕的感覺。

這種船要是沉掉一定很可怕。

「請問你們是褚家的六位嗎？」上通道之後，立即來了一位女接待員，她親切地朝著我們微笑著：「恭喜你們中獎，我先帶大家到房間以及介紹一下房內設施。」

感覺上好像中獎的比較有關照耶，我看著一大群往另一邊走的人，有這種感覺。

「一共是六位三個房間，我們將您們的房間都安排在觀海房，三間房相鄰，位置在六樓。」她領著我們在大船內部走過一些樓梯，「船中設備有專供娛樂、休閒以及護膚美容的地方，在您們手上的介紹表上都有詳細的位置圖，另外當然也有餐廳，本船在除夕夜時會在甲板上爲大家準備盛大的過年派對，屆時請務必要前來參加。」

一邊大致為我們講解過之後，服務人員帶著我們走到一個房間前定位下來，「這三間房都是一樣的雙人房，用的是電子鎖，請大家在出房時務必要上鎖以免貴重物品失竊。」

「咦？三間雙人房。」我媽突然發出疑問，「這樣小玥和漾漾要同一個房間囉？」

咦！

我愣了一下，對喔，雙人房的話也不能叫我姊和學長他們一起住……可是我不想跟暗黑魔女一起睡十天啊！

「漾不能跟我睡同一間嗎？」很顯然也不想跟學長一起睡的五色雞頭用很惋惜的表情看我。說真的，我也不是很想跟你一起睡一間。

「男生三個人擠一間沒辦法嗎？」老爸開了門看了一下房間。房間裡的床其實沒有很大，真的只夠兩個人睡而已，第三個可能要睡椅子上或是地上。

「我是沒問題啦。」冥玥聳聳肩地說著。

妳沒問題我問題很大啊！

「沒辦法換到大點的房間嗎？」很直接地詢問了服務人員，學長微微皺了眉，「大一點的房間就能夠三個人併用了吧。」

「這個可能比較困難點……因為您的獎項是普通的房間，大一點的房間通常都是行政房或是貴賓房，價錢上也不同，無法換房。」服務人員露出困難的表情。

「剛剛我們在辦手續時，你們的主管單位說我可以用這個房間。」也懶得跟她直接說廢話

了，學長遞了一張不曉得什麼卡過去給她。

服務人員看完之後愣了很大一下，「啊，不好意思，那我幫三位男孩子換到大一點的房間，我們七樓的房間比較大，請隨我來。」她一邊說，感覺好像很緊張地把那張卡給收起來就邁開腳步帶路。

我打賭那張卡上面一定寫了「要全力支援擁有這張卡的人」之類的話。

「哼，你什麼時候也變聰明了。」學長瞥了我一眼，居然沒有反駁。

眞的這樣寫啊？我隨便講講而已耶！

好可怕，公會的勢力眞的好可怕！

「漾漾，你學長是不是和船公司的人也很熟啊？」一頭霧水的老爸詢問著，很難相信這樣就可以讓我們換房間了。

「呃……我想應該是吧。」應該是船公司和公會很熟。

服務人員帶我們上了一層樓之後，很快找到了一間房間然後打開。

這個房間比我們剛剛看見的雙人房大很多，感覺上就是不同的價碼和等級，房間裡放了許多優雅的裝飾還有桌椅，重點是它雖然只有一張床鋪，可是床鋪很大、足夠兩、三個人使用外還留有空間。

「這個房間大家滿意嗎？」服務人員露出很親切的微笑。

「這個好！我喜歡這個！」五色雞頭直接蹦進去房間，很樂地亂轉。

「男生們住在這邊應該就很夠用了。」老爸和老媽點點頭，同樣對這個比較高級的房間有不錯的評價，「那多出來的差價……」

「啊，這個不用，因為是持董事的卡，所以不用補差額。」很客氣地說著，服務人員把電子鎖交給我。

學長……你居然動用到別人的董事！

「我只是找主管，是他自己來的。」學長撇開頭。

「這個……」老爸顯然疑惑很大，大概是第一次聽到一般房換貴賓房不用加錢的神話。

「沒關係吧，就當賺到了。」冥玥推了老爸一下，露出謎樣的笑容，「反正過年嘛，就當成新年禮物就好了。」

「對啊對啊，不過這個房間真的很漂亮，真羨慕你們三個小朋友。」老媽很快地幫腔了，然後拍拍我的頭。

「那麼待會我們會在公用餐廳為大家準備下午點心，請大家抱著愉快的心情前往餐廳喔。」服務人員很快地笑笑說完，「有問題也可以按房間中的服務鈴，我們也會為大家服務的。」

大致講完之後，服務人員就離開了。

「我們也要先下去整理行李了，你們三個不要破壞房間的東西喔。」

稍微交代完畢之後，老爸老媽和冥玥就往通道的另外一邊離開了。

「進來吧。」

直接走進房間的學長把背包往旁邊一放，然後坐在椅子上。

五色雞頭很樂地已經翻上床去左右滾了。

生平第一次坐船又坐到貴賓艙的我有種非常不眞實的感覺，我還是覺得一般艙比較適合我這個小老百姓……

「你囉唆什麼啊！」被學長一喝，我馬上衝進房間裡把門關上。

要和學長還有五色雞頭一起住十天耶……

說眞的，我開始有了害怕的感覺。

✽

「我要出去外面看船發動。」

在床上滾了一會兒之後，五色雞頭興致盎然地跳下床說道，「漾～要不要一起去？」明明他應該老早就看過這種畫面可是又表現出剛上船的小鬼模樣，這讓我有點想巴他的頭。

「學長你要去嗎？」轉頭看著另外一個還坐在椅子上的人，我小心翼翼地問著。

「有什麼好看的。」拿了本不曉得什麼書本在翻，學長冷冷丟來這句話：「看過幾百次了。」

……原來學長你搭船的經驗這麼豐富啊，我還以爲你出門都是用移送陣。

「移送陣不一定什麼地方都可以去，部分沒有通行或有結界之地仍然需要使用交通工具。」

翻了第二頁，學長瞥了我一眼這樣說道。

喔，原來如此。

「漾～你要去了嗎？」很興奮的五色雞頭在門口發出第二次召喚。

「喔，好，我來了。」拿起了放在背包裡的外套，我這才注意到五色雞頭身上只穿了一件長袖襯衫，「你穿這樣不冷嗎？」我看起來都覺得很冷耶！

拜託，現在不但是寒冬還是在海上，你就穿這樣出去遲早會直接在船上永眠吧！

「男子漢只要心中有大海，不管再怎樣惡劣的環境都能夠勇猛渡過！」五色雞頭發出完全意義不明的話還一腳踩在旁邊的椅子上，讓我完全放棄讓他理解冬天海上會冷死人的想法。

「好吧，你覺得不會冷就好。」我很黑線地把外套穿好，然後想起另外一件事：「學長，房間卡片你要帶著嗎？」剛剛那個服務人員只給我們一張卡鎖，我們跑出去之後只剩學長，卡被帶走要是他出入不方便就糟糕了。

「我不用卡片也可以開鎖。」

正在看書的那個人說出了菜鳥小偷最羨慕的話。

「這、這樣喔，那卡片我們帶出去了喔。」我小心地把電子鎖放在有拉鍊的口袋裡。

「快點，不然會來不及。」五色雞頭抓著我的手臂就往外面跑去。

船艙裡很大，大概是因為這一帶都是貴賓室，所以在我們出來之後看見的人大部分都是正裝、不然就是一些情侶之類的，讓我們兩個有點格格不入的感覺。

尤其是五色雞頭，他怎麼看都像是穿著花襯衫的不良少年在走廊上奔跑，附近幾個人馬上投來側目。

「西瑞，用走的就可以了啦。」被拉著跑的我試圖讓那隻活像回到山上的野雞停下腳步。

「用跑的比較快啊。」直直把我拉到樓梯邊才停下來，五色雞頭用很理所當然的語氣說著。

「用走的一樣可以到啊，船又不會跑掉。」

「會跑掉！」他突然一把拽住我的肩膀，用非常認眞的語氣說：「漾～船會跑掉！」

……好吧我知道它會跑，那你可不可以先放開我啊！我被抓得好痛！

「所以要快點上去看。」一說完，五色雞頭馬上拽著我的手往樓梯上衝。

算了，我認命了。

因爲我們所在的樓層比較高，所以又跑了幾層樓梯之後很快就到達最上層公用休閒區了。

甲板上的休閒區規劃了不少區塊，有露天的餐飲部、親子小區和小型娛樂區，最顯眼的就是大大的泳池和池畔休閒區。

冬天時因爲沒有人會下去游水，所以游泳池的水被放掉了且被加蓋了透明板面，上面有標明可載重百人，整個一眼望去就是大大的池底圖騰相當漂亮。

「漾～這邊。」拉著我的手臂，五色雞頭往露天甲板的第二層樓梯爬去。

一出樓梯後我很明顯就感覺到外面的氣溫之低，整個海風撲來，冷得讓人更用力拉緊外套。

我突然覺得應該戴帽子和手套出來才對。

看著興致勃勃往上爬的五色雞頭，我整個就是感覺很羨慕。笨蛋果然不怕冷，眞好。

甲板上不曉得什麼時候也出現很多人，大家都在看著正要離港的船和一大片的海洋。

「這邊。」爬上第二層瞭望台之後，五色雞頭直接撲在欄杆上。

我也跟著走過去搭著欄杆，一眼望去外面全都是海，比較靠近我們這邊的是灰色的，接著是有點灰綠、灰藍的顏色，更遠一點好像連在天邊的顏色就比較深藍了一些。

這好像是我第一次出這麼遠的門……另外一個世界不算。

「要啓航時是不是都要放鞭炮啊？」趴在欄杆的五色雞頭突然發出讓我一秒把思緒完全收回來的話。

一轉頭，我驚悚地看見他不知道從哪邊拿出一管和手臂一樣長的砲管。

「拜託你千萬不要！」我馬上撲過去抓住他的砲管。

你是想害我們被當作帶危險物品的人趕下船是吧！

「爲什麼！海上的男兒就是應該放鞭炮來昭告海上男兒即將出航的熱血之心啊！」不知道從哪邊學來奇怪的觀念，五色雞頭一邊推著我一邊要奪回自己的砲管。

那你可以用拉砲慶祝啊！相信我，用拉砲絕對不會妨礙到任何人也不會被趕下船！

「你不用昭告應該大家都知道你有海上男兒之心了啦！」我再度伸出手去搶他的砲管，要知道這個打下去就不是在玩海上男兒遊戲了，而是船長來趕人的遊戲。

「不行！一定要昭告天下才是！」狡辯話題已經偏掉的五色雞頭不停撥開我的手，還一直往旁邊移動。

我現在開始覺得學長是不是因爲不想看到這種場面才不跟出來外面的啊？

幾個已經出現在瞭望台的遊客很奇怪地看著我們。

「西瑞！聽我說！」抓住了砲管的另一端，我很正經地說著：「鞭炮這種東西應該要回程放才對，這樣才可以證明我們經歷一場海遊回來的事蹟！」

對不起各位神明還有我家祖先，我會胡扯騙人也是不得已的，請看在我是爲了這艘船好才說謊。

五色雞頭停下動作，睜大眼睛看著我，「對喔，這樣好像比較好，漾～你果然很有趣。」

他不用一秒就被我說服了！

我好想去找個角落爲自己哭泣。

決定要回程再放鞭炮的五色雞頭哼著歌把他的大鞭炮給收起來了，「好像要啓程了。」搖著我的肩膀，他開開心心地看著港口。

不用幾秒鐘，整艘船發出了令人震撼的巨大聲響，好像連地板都爲之震動一樣，那陣很大的聲音維持了一會兒的時間然後開始轉小。

原本棲息在船上高處的幾隻海鳥被聲音一震，展開翅膀開始到處飛翔。

即使是冬天的天空依舊非常晴朗，午後的陽光出現在天空上。

是個非常晴朗的出航日。

※

「兩位要點飲料嗎？」

就在我和五色雞頭興致勃勃地看著船要離港時，有個聲音從我們身後傳過來；一轉頭，看見的是端著飲料盤的船上侍者衝著我們微笑。

「我要！」五色雞頭很快地向侍者拿了兩杯氣泡飲料，遞了一杯給我。

「待會兒我們的甲板上會有出航秀，請務必要來觀看喔。」侍者微笑著這樣告訴我們然後離開並接近下一對也在瞭望台上面的遊客提供飲料。

出航秀？

看著瞭望台下的甲板上的確有很多人，而且還有一些不太像遊客、拿著彩色箱子的人，看起來應該就是等等要表演的團體。

小心地捧著飲料，我看見我老爸老媽和冥玥也在下面的甲板處觀看。

然後在聲響過後，船開始微微移動了。

好多人同時發出歡呼，接著有好幾個船員在旁邊拉開了彩炮，下方完全就是一片熱鬧。

船體一點一點地慢慢往外移動，然後速度開始微微有點加快，海面起了波浪，在船旁邊不停翻滾著，像是很多生物在竄動一樣……生物？

我有沒有看錯？

用力揉揉眼睛，我重新看了船邊，真的有很多小小圓圓藍藍的東西在翻滾，而且還有小鰭，不是螃蟹也不是水母，那堆東西甚至還在海裡載浮載沉著。

那是什麼未知生物啊！

「西、西瑞。」我拉拉旁邊的五色雞頭，看著很多藍藍的東西吸附在船旁邊試圖往上爬，讓我開始有點緊張這是不是什麼怪東西了。「你有看到黏在船旁邊和海裡那堆藍藍的嗎……」

五色雞頭往我指的方向看過去，然後咧起了嘴：「那個不用管牠啦，那是海裡的球魚，興趣就是跟波浪翻滾和爬高的東西，不過被海浪拍到還是風強一點就會掉下去了。」

……還真是艱辛的物種。

「不過數量好像變少了耶，我記得以前更多，會幫忙清理海裡的髒東西。」

意思就是其實以前整片海都是嗎？

我有點難以想像那種畫面，也幸好這邊的一般人看不見，不然會引起騷動的……等等！我也是一般人啊！

看來在不知不覺當中我已經身心疲倦了，連我自己是一般人這件事情都忘記了。

視線中的港口越來越遠，那方還有人在向我們揮手。

然後我看見有好幾顆彩色氣球上升，像是在為大家預祝有一個愉快的旅程。

甲板上傳來大大的音樂聲音，剛剛那好幾個拿著彩色箱子的人開始歡愉地表演起來，整個下方的人群幫忙拍著手或吹著口哨，熱鬧得好像大家都已經忘記海上很冷這件事情。

「漾~我們下去吧！」拉著我的手臂，五色雞頭高興地說。

「嗯、嗯，好啊。」我點點頭，隨著他拉。不曉得爲什麼，我隱約總覺得今天的霉運好像已經過完了，接下來應該不會再發生任何事情了。

……大概不會吧。

第十二話　船上的聚餐以及賓客

地點：Taiwan
時間：下午兩點三十八分

一看完出航之後，我趁著五色雞頭專注於表演秀時悄悄溜走。

聽說那個秀要一個多小時，可是我對那種很熱鬧的表演場合沒有很大興趣——往往人越多我越倒楣。

主要的遊客都上了甲板之後，樓梯下的人反而變得很少。

按照剛剛的來時路，我找到了我們房間的號碼，用電子卡打開之後，我猛然發現剛剛出去之前在看書的學長躺在床上角落邊，不曉得已經睡多久了。

糟糕，不會吵到他吧？

我正在想著要不要再倒退出去的同時，躺在床上的人已經先爬起來了：「你怎麼這麼快回來？」打了一個哈欠，整個頭髮眼睛顏色都變回來的學長翻開被子跳下床。

「喔，我不喜歡表演秀……」人太多不喜歡。

「反正再怎麼倒楣也不至於會倒楣到船沉，有什麼好不能看的。」隨便找了個東西把頭髮給綁好，學長在桌邊倒了一杯水逕自喝了幾口。

很抱歉，我就是怕會倒楣到連船都沉。

「剛剛那個服務小姐說等等公用餐廳會有下午茶點心，學長你要一起過去嗎？」轉移了話題，我翻開導覽手冊，上面標示了公用餐廳五樓的地方，而這艘船一共有九層，第九層之後再往上就是剛剛的甲板和上一層的瞭望台等地方。

導覽手冊上的位置圖其實挺詳細的，整艘船大概的設施都介紹很清楚，像是我們這一層後端的部分還有自助餐廳和小酒吧，往前一點有網路中心。

而我家人住的那層則有俱樂部交誼廳等這些地方。

第九樓整層都是販賣部和一些付費店家，還可以看見美容院、運動中心之類的，最特別的是居然還有劇場。

我第一次知道原來輪船上可以擺這麼多設施，多到讓人眼花撩亂。

「現在的船大概都是這樣子，不然你腦袋裡的船一直停留在中世紀嗎？」學長瞥了我一眼在旁邊的沙發坐下來。

因爲是貴賓室，我們房間居然還有小冰箱這種東西可以用，整個高級很多。

「啊哈哈……我一直以爲甲板下面只有房間和樓梯……」你叫一個沒有搭過船的人要怎樣聯想嘛！

「你以爲是關牢關十天嗎。」冷哼了聲，學長打開小冰箱拿了早準備好在裡面的飲料出來，然後順手拋給我一罐，「不過你說的那種船我之前在守世界那邊有搭過類似的，是妖精們的運輸船，來回不用幾天，所以只供睡覺而已。」

妖精的船？

我突然想到某本繪本上，那個尖耳小妖精搖著的樹葉小船。

「不是那種船。」學長丟來這樣一句。

「喔……」請原諒我沒有搭過妖精的船。

左右看了一下，我們的行李不曉得在什麼時候已經全都送來了，基本上大箱的大概都送到我老爸老媽的房間，這邊的就比較零散，只是我自己和五色雞頭不知道裝了什麼東西的兩大包。

「對了、學長，你剛剛在車子那邊說的天使的那個還沒有講完。」一想起這件事，我馬上轉頭看向坐在沙發上的那個人。

「……天使的頌歌與精靈的詩歌不一樣，精靈使用的咒文大多來自於與自然、時空交換力量，天使的則是信仰神之力，而藉由神賦予的力量操用咒文。」放下飲料，學長轉過頭看著我，然後簡略地解說了一下，「所以使用天使咒語時必須心存尊敬……算了，這類的詳細解釋你自己去問安因，他會講更多給你知道，反正就是在借用天使咒文時不可以有其他惡念或是污穢與詛咒等就可以了。」

意思就是腦袋放空一切隨便唸嗎？

不用半秒我馬上看到空飲料罐飛過來，我馬上下意識閃開，飲料罐整個掉在地上匡匡了幾聲之後悲哀地陣亡了。

好險好險，雖然說是空飲料罐，不過被打到也挺痛的。

慶幸地看著掉在門邊的罐子，我偷偷呼了口氣。

「看來你反射神經也變好了嘛。」學長就坐在原位，露出讓我心驚膽跳的微笑。

廢話……在學校每天不是跑就是躲，就這樣每天每天過一個學期，正常人應該都會變好吧！

不過話說回來，我自己也有注意到我在逃跑時好像眞的也有變快了。

眞是讓人悲傷的改變，除了我之外應該不會有人是爲了逃命而變成飛毛腿的吧？這樣是不是也能算上某種特長了啊？

「如果是也輪不到你，學校裡面跑很快的人已經夠多了。」專門在打擊我信心的學長再度發出潑冷水的話。

「嗚……」我被刺傷得好痛，「那、那麼你說的那五句天使的是怎樣？」立刻轉移話題，我不想再被繼續刺傷下去了。

「那五句是守護篇章起始，整個守護篇章是從這五句元素下去變化應用，所以等你有興趣之後可以繼續往下研究，在法術上會很有幫助。」顯然也懶得繼續刺傷我的學長回歸了正題，「我只吟唱一遍，這東西平常不可以隨便拿來當歌哼，會對神之力不尊敬。」

「喔，我明白了。」與精靈的百句歌相反，精靈百句歌好像是做來當小孩歌的。拿出了筆記本和筆，我屏氣凝神地盯著學長，很怕漏了字句。

「守護元素一共分為五個，前面四個就是一般人都可以理解的風火水土，最後一個是聲音，是在近年被加上的新句、也是輔助前四句之用。會加上是因為隨著對手逐漸增強，所以在咒文上也開始有補強變化。」稍微講解了一下五句的大概，學長於是正色地開了口：

風之環、大氣之詩歌，祝禱災厄離去而保護降臨。
火之盾、熾炎之詩歌，上願惡禍滅去而新生降臨。
水之壁、淨潔之詩歌，祈求劫難退去而淨化降臨。
土之牆、鎮守之詩歌，敬啓邪事止去而衛守降臨。
音之阻、傳遞之詩歌，冀望喪亡消去而福音降臨。

學長的聲音柔柔的，其實不太像是在唸咒語而像眞的在唱短短的歌，有那麼一秒我差點失神，不過愣完回來之後，我急忙地趕快把剛剛聽見的東西都給抄下來。

應該沒有錯字吧……

如果有錯字不知道唸出來會怎樣？

「不會怎樣，頂多沒辦法使用而已。」

學長送了我一句廢話。

※

就在整個房間都安靜下來之後，我身後的房門突然被人一把推開。

「漾～快點！下午茶時間快開始了！」完全沒有使用電子卡片、也不知道是怎樣打開門的五色雞頭直接衝進來，他的身上還掛了點彩帶碎片，可能是剛剛在上面的出航秀沾到的。

「喔、好。」我看了一下學長，他已經站起身將頭髮又換成黑色的，然後走到旁邊整理儀容，「對了，你有遇到我爸和我媽他們嗎？」既然五色雞頭留在上面看出航秀，那應該會遇到我老爸他們才對。

「喔，有啊，我們還在上面喝了很多飲料，然後就有人來告訴我們下午茶點心時間快到了，可以到公共餐廳去。」五色雞頭在旁邊椅子坐下，「你媽媽說等等在餐廳見，所以要快點過去喔。」

我看了五色雞頭一下，考慮著要不要叫他換正常一點的衣服。

不過導覽上好像沒有特別限制在餐廳內的穿著……除了正式的西餐廳和一些俱樂部之外，只要別穿太誇張還是裸奔應該都還可以吧？

我想大概可以……

「可以走了。」整理好服裝後學長走過來，撿起剛剛的飲料空罐丟到垃圾筒裡才踏出房門。

等五色雞頭也出來之後，我拉上了房門接著上鎖，然後自動把卡片放進口袋裡；已經完全證實其他兩人不需要了，也不用再多此一舉詢問。

就在鎖上房門的那瞬間，我突然感覺好像有某種視線不知道從哪邊盯著我，整個人瞬間毛了起來。

馬上抬頭左右看，卻沒有看見任何一個人。

「漾~你在看什麼?」五色雞頭跟著我的動作也左右查看，然後問著。

「呃……我想應該是我過敏吧。」在黑館待太久了，被害意識大概也不知不覺跟著上升了吧。

正奇怪怎麼這次學長沒有冷言冷語丟過來時，我才發現他不曉得什麼時候已經自己走到樓梯口去了。

「學長!你走太快了啦!」這次走廊上沒人，我趕快用跑的追上去。

「你剛剛不是才想變成飛毛腿嗎，這樣就覺得太快，可能再過個兩百年你也當不成。」冷笑了下，學長一邊往樓梯下走一邊這樣說道。

嗚……我只是想想而已嘛。

剛下樓梯沒多久後，我們不經意地與同樣也往下走的冥玥碰上了。

「咦?老爸和老媽呢?」看見她落單，我很疑惑地馬上問著。

「應該還在甲板上看風景，他們剛剛說要當成二次蜜月，所以我就不當電燈泡先下樓了。」聳聳肩，冥玥這樣告訴我。

呃、的確很像我老爸跟老媽會做的事情。

往樓下走，人逐漸多了起來，大部分都是直接從電梯出來的，走樓梯的人反而比較少，所以我們反而還走得比較順暢，不用在電梯裡擠來擠去。

出來之後，首先我們看見的是一座大大的餐廳門，很有某種民族風的圖騰感覺。

進入餐廳門後，是個很大的空間，桌椅全都搬開到兩邊，中間是長型的並列大餐桌，明顯是自助式下午茶的排列方法。

餐桌上擺了很多各種不同的小蛋糕和點心，有的有看過有的沒有看過，還有很多過年的應景食品，類似發粿年糕一樣不缺，還有瓜子乾果等，另外在其中還擺了好幾種不同的飲品和甜湯，光看就讓人有種很飽的感覺。

空間裡已經有很多人進入了，大多是小家庭還帶著小孩，不少人正拿著漂亮的透明餐盤取用桌上的點心。

好幾個小孩把盤子塞滿滿地快速跑開，後面有大人正在制止不要亂跑。

有的人各自拿了點坐在座位上談笑著，部分無視於小孩正往身邊跑過去。

一踏進公用餐廳，我們看見的就是這幅光景。

「漾～我們去拿點心。」五色雞頭扯了我的肩膀，然後就往點心區走過去。

糟糕，他不會把別人的下午茶全都吃光吧！

學長與冥玥就跟在後面一起過來。

在我們之後也陸續進來了很多客人，慢慢地本來還半空的餐廳開始變得擁擠起來。

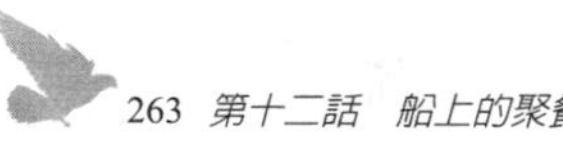

拿了一樣的透明盤子，我跟著人潮在餐桌邊走動，看到幾個感覺好像很好吃的小蛋糕就夾起來，旁邊的冥玥則是專找不甜或者是鹹的點心。

雖然說是下午茶，但是整體看起來還比較像是聚餐的感覺。

「我去找位子。」意思意思拿了幾樣之後，學長脫離了隊伍先離開去找空位。

很快搬了兩大盤東西的五色雞頭也跑掉了，在那之後對於點心興趣缺缺的冥玥也前往位子上去。

我還在看蛋糕的種類。難得可以到這種地方來耶，不先看完再決定就太浪費了。很多點心感覺上都很好吃，我就看見個白色方形的小蛋糕上有一層透明的凍沾著櫻花片，想也不想就直接夾到盤子裡。

不曉得現在也一樣在過寒假的其他人正在做什麼？

如果船上的點心也可以打包去給他們吃就好了。

看到精緻的點心讓我有點捨不得吃，總覺得其他人不在這邊一起享用眞的是太可惜了。

就在我一邊想著一邊有點發呆的時候，原本拿著夾子的那一手突然被用力一撞，某個不曉得從哪邊竄出來的小孩子從空隙硬擠進來，把我的夾子給撞掉在地上。完全沒有道歉，小孩子擠過來之後拿了桌上的餅乾就跑掉了。

怎麼現在很多小孩子都這麼沒禮貌啊！

我退出點心隊伍有點生氣地去撿掉在地上彈開的夾子。

正要彎腰下去撿時，已經有一隻手先幫我撿起來了。

抬頭，就看見一個穿著白色襯衫的陌生人站在我眼前露出微笑。

「呃……不好意思，謝謝你幫我撿。」

站在我面前的人看起來不曉得哪邊怪怪的，奇異的是我總覺得他好像哪裡讓我感覺很眼熟，但是我很確定這個人我一定沒有見過。

他像誰？

黑色整理乾淨的短髮與帥氣的臉，完全沒看過的類型；穿著的衣服質感很好，不像一般人會穿的平價衣服，感覺上好像是某種高級分子。

這種人不是應該去專用餐廳嗎！幹嘛來公共餐廳？

「舉手之勞。」那個人稍微笑了下，沒有把夾子還給我反而是拿給附近的服務生，「你也是來這邊渡假嗎？」

廢話，我不在這邊渡假不然我是要來做台傭嗎？

「對、對啊，我們是全家來過年。」戰戰兢兢地回答著，不曉得爲什麼這個人給我一種奇怪的壓力，讓我不太想多和他講話。

「眞巧。」男人發出奇怪的話，「我是臨時決定來渡假的。」

「喔……那不錯啊，渡假可以放鬆身心，減少壓力。」我應該不認識他吧？不對，我絕對不認識他，爲什麼他可以講得他好像認識我一樣？

難不成這就是傳說中的裝熟魔人？

等等，還是其實他是醫院或者以前學校裡的人？

可能他眞的有認識我可是我忘記他是誰而已。看他的打扮還眞的有點像醫生級……

那個人微微笑了一下，沒多說什麼：「那就祝你放假愉快。對了，前面有紙餐盒，我想你們或許會想要拿些點心回房間。」

說完，他就很悠閒地踏著步伐走開了。

眞是怪人！我在正常世界遇上怪人了！

……等等，他該不會也是那個世界的吧？

這樣想比較有可能，因爲那邊的確有很多人認識我可是我不認識他們。

一邊想一邊照著他說的，我果然在前面一點的地方找到了小餐盒，順手拿了些之後我開始左右找我們的位子。

其實也不用特意找，因爲五色雞頭的腦袋實在是太金光閃閃了，一看就看見。

我馬上端著盤子走過去。

「漾～你好慢喔！」一看見我過來，五色雞頭馬上招手說：「我要去拿第二輪了，這裡的點心太小了不夠吃。」

基本上，我覺得已經很大了！

「你慢慢拿……」我不曉得應該跟他說什麼，隨便扯了句之後在桌子旁邊的空位坐下來。

大概只吃了一點的學長盤子上還有些東西，冥玥的已經空了，正在喝餐會提供的熱咖啡。

「你拿餐盒幹嘛？」放下杯子，冥玥第一眼就看見我手上的空盒子。

「呃……我想拿一點蛋糕回去當點心……妳知道我很喜歡這個……」聲音越說越有點心虛。

其實我是想偷偷裝一點看能不能用陣法傳給千冬歲他們。

「也是，我看你多裝一點比較好，你那個同學好像很容易肚子餓。」完全沒有懷疑我的話，冥玥很自然地就接下去。

「喔、嗯，對啊。」我尷尬地笑了笑。

坐在旁邊的學長一聲不吭，我打賭他已經完全知道我要紙盒幹什麼了。

冷哼了一聲，學長轉開了視線。

「哪。」冥玥突然向我伸出手。

「怎、怎麼了？」不會突然要呼我巴掌吧？

「反正我現在很閒，去幫你裝一些。」意外地，魔女居然發出了天使般的話語。

「真的可以嗎？」我嚇到了，我真的嚇到了。

「你給不給！」

我馬上把盒子拿給她。

然後，冥玥拿著餐盒離開座位，才走了沒多遠我就看到一堆不認識的男生跟著包圍上去了。

「褚。」就在我想著我老姊依舊人氣不減的時候，坐在旁邊的學長突然開口說話：「你剛剛碰上什麼人？」

哇，學長果然還是很神，居然連我碰到別人這件事情都知道，「也不是什麼人啦，一個不認識的先生幫我撿夾子而已，有問題嗎？」

「沒什麼特別問題。」說著，學長拿著杯子卻沒有喝，只是手指慢慢蹭著白色的玻璃杯身。

「那個人不知道是不是認錯，還是真認識我，可是我印象中沒看過這個人。」戳著盤子裡的白色小蛋糕，我想到剛剛那個人就覺得滿腦子問號，「有沒有可能也是那邊世界的人啊……大概也不可能吧……」

學長看了我一會兒之後，什麼也沒有說。

「大概是我太多心了吧。」尷尬地笑了笑，我連忙搔搔頭。

就在談話大致結束，抱了第二輪滿盤的五色雞頭跑回來，「漾～他們剛剛有進新的點心喔。」說著，把他手上一個盤子推過來。

我看見那個盤子上出現了五公分大小的迷你彩色烤飯糰。

啊，這個萊恩會喜歡。

「我有事情要先離開了。」把盤子上最後一個小點心吃掉之後，學長這樣說著。

「咦？」

剛上船會有什麼事情啊？難不成學長你要繼續回房間去睡回籠覺嗎？

「睡你的頭。」橫瞪了我一眼，學長發出冷冰冰的語氣：「我去船公司驗證時他們的董事拜託我一件事情，既然房間用了都用了，我就順便去看看。」

喔，比照上次大飯店的模式辦理。

「船裡面好像有什麼東西。」一口吞下酥餅之後，五色雞頭這樣告訴我們，「剛剛在甲板上看航行秀時有感覺奇怪的東西，不過有點下面，所以不確定確切的方向。」說著，他又繼續吞掉一塊方形的小蛋糕。

船上不會又有鬼族吧……我實在是很不想在一天裡連續看到一樣的鬼東西兩次。

「不是鬼族，氣息不太一樣。」學長看了我一眼，聳聳肩，「應該不是什麼大問題，否則應該會收到公會的任務詢問。」

「詢問？」我對這個字眼感到好奇。

「嗯，在袍級移動時，如果附近有公會備案的事故地點，會收到公會發來的詢問，看看袍級要不要順便接手這些任務。通常這類型的都是些小任務，像是上次蟑螂蟲或卷之獸那種的就不會詢問，而是直接指定專門人員過去處理，但是在靠近時還是會給予警示就是了。」大略講述了一下給我們兩個聽，學長環起了手。

感覺上公會好像很忙碌……

「那我就先看看附近一帶吧。」當學長正要站起身時，冥玥突然走回來了。

「你要離開了啊？」看了學長一下，她這樣說道。

我注意到她是空手的，「我的餐盒呢？」不會不見了吧？

「剛剛有一堆人自願去幫我裝，等等就會送過來了。」聳聳肩，冥玥在旁邊坐下來。

「我先走了，你們慢慢吃。」沒有多加聊天，學長很快就離開了。

然後，果然如冥玥所講的，不用幾分鐘就好幾個不認識的男生冒出來在桌上堆高了好幾個餐盒。

將那些人都打發走之後，冥玥也站起身，「我要去休閒中心，你們兩個慢用。」說完就走掉了。

我旁邊還剩一個正在狂吃的五色雞頭。

「西瑞，我先把點心盒拿回房間去喔。」自己不太有把握，我看晚一點請學長幫我用傳遞的陣法好了。

「嗯嗯。」努力吃東西的五色雞頭點了點頭。

這個時候，公用餐廳已經到處都擠滿了人，四周傳來相當吵雜的聲響。

搬起了桌上的六個餐盒，我離開餐廳往房間走去。

※

回到房間之後我無聊地待了一下，開了電視轉了幾個頻道之後又關上。

五色雞頭在下面吃東西而學長一直沒有回來。

探查需要這麼久的時間嗎？記得上次和學長去出卷之獸任務時他也只是稍微看了一下就走人了，怎麼這次都快一個小時還沒有回來？

……學長應該不可能迷路吧，他這個人就好像裝了自動導航一樣連沒去過的地方都好像很清楚，所以迷路這兩個字對他來說根本是天大的笑話。

就在我胡思亂想時，有某種聲音好像從門外傳來。

不是敲門聲，好像是什麼小型的東西撞上來一樣，連續好幾次。

該不會有小孩子在外面玩啥吧？

奇怪地聽了聲音持續一會兒之後，我走過去打開房門，外面什麼也沒有，只有幾個也是要回房間的人路過而已。正想關上房門，我突然眼尖地看見走廊上有點距離的地方出現了小小圓圓藍藍的東西正在賣力滾動。

爲什麼船上會有球魚！

那個玩意不是應該隨波逐流努力地爬船體嗎？爲什麼會出現在船艙的內側走道裡？

這種魚不知道能不能脫離水耶？

鎖上房門之後，我第一個想法是快點把這個別人看不見的東西丟出船外回去跟同伴相聚。還沒追過去，那個圓圓的怪魚又滾了好幾圈，直接往樓梯的地方滾去。

我迅速追上去，來不及出手去抓，球魚整個轉了一下就往樓梯滾下去。根據圓的東西會不停

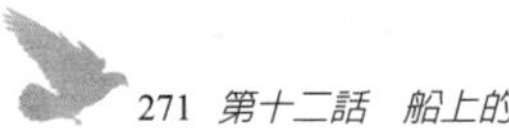

滾，那個小小圓圓藍藍的球魚馬上就消失在樓梯的彼方。

有沒有這麼難抓啊！

魚在陸地上不是應該要死不活趴著喘然後等著被好心人抓去放生或是被壞心人抓去放鍋嗎？你表現得這麼活力四射是怎樣！

要代表你新鮮是吧！

看著印在樓梯上的水漬，我還眞有那麼一秒不太想管牠，不過想想還是去把那東西弄出去好了，畢竟魚沒有水眞的有可能會死掉。

一邊想著，我順著樓梯往下走。

經過五樓之後越是往下越是安靜，越下層公用設施越來越少，到最後幾乎全部都是客房，靜悄悄地連一個人影也沒有。

不曉得爲什麼，我往下走通過一大堆客房區時，似乎聽見隱約的機械聲響。

是因爲這邊比較接近船底嗎？

整個底層客房區安靜異常。

看著一扇一扇相似而關起來的門，我突然感覺到異樣的壓力。不曉得爲什麼，我下意識感覺到最好快點離開這個地方不要久留比較好。

這個空間好像有什麼東西存在。

退後一步，突然有某種好像踩到東西的感覺從我後腳傳來，類似棉花一樣一踩下去就噴水，我的褲管底馬上整個冰冷起來。

連忙轉過身一看，我看到剛剛追著下來的球魚就躺在我腳邊還被我踩了一腳，整個圓圓的身體扁了一半，不知道是不是頭的地方出現兩粒綠豆大的東西往上看著我。

「呃，不好意思，我不曉得你在這邊。」糟糕，魚扁了一半應該不會死掉吧？不曉得用水泡一泡會不會變回來？

我彎下身撿起那個兩巴掌大的圓球，其實不會噁心，感覺上好像只是拿著一團濕濕的海綿球，也沒有鱗片，整個光溜溜軟綿綿的。

手上的魚用綠豆眼在看我，然後突然發出了「啾」地一聲，非常像是小孩子在玩的那種塑膠玩具。

抓好那隻魚之後我左右看了一下，果然還是沒有人，只有一點點不知道哪邊傳來的聲音，「我、我先帶你去放生好了。」這裡給我的感覺眞的很毛，原本應該很明亮的走道看起來也有點陰陰暗暗的讓人不太舒服。我拽著那隻球魚硬著頭皮開始往後面的樓梯移動。

就在我轉頭的那瞬間，我突然聽見非常大的甩門聲，砰地一聲整條走廊都迴盪這個巨響。

立即回過頭，我卻沒看見有哪個房間的門是開著的，也沒有看見有人出現在走廊上。

難不成是剛剛我自己聽錯？

可是那個聲音眞的很立體耶，很明顯就是有人用力摔上門那種感覺。

其、其實應該是我聽錯了吧。

有點抖地抱著那隻球魚，我整個雞皮疙瘩不停冒出來，我又轉回過頭往樓梯踏上第一階——乒——！

這次傳來的不是甩門聲，而是某種砸破玻璃的聲音。

不可能不可能我不可能會聽到房間裡面傳來砸東西的聲音，因爲這艘船的房間有隔音設備啊！有聽到一定也只是我聽錯而已，所以我絕對不可能會聽見有人在房間裡面砸破東西的聲音。

對！一切都是幻聽！

這次我完全不敢回頭，抱著球魚就往上一層衝上去，管他有什麼摔門摔玻璃的聲音都與我無干啊！那根本就是幻聽不存在的東西！

衝到上一層之後我喘了一口氣，這層就明亮很多了，也看到走廊上有幾個人正在聊天，和下面陰沉氣氛完全不一樣。

啊……這就是人間的感覺啊。

「你在這裡幹什麼！」

「啊啊啊啊啊啊啊——」

通往下面的樓梯後突然有人用力拍了我！

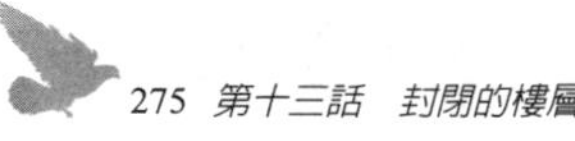

第十三話　封閉的樓層

地點：Taiwan

時間：下午五點零四分

「吵死了！閉嘴！」

熟悉的巴掌整個往我後腦呼下去，我半秒就沒有聲音，因爲我差點去咬到自己的舌頭外加整個人痛到叫不出來。

回過頭，看見學長站在下兩階的梯上冷眼看著我：「鬆手，你再擠下去那隻球魚就會變成乾魚。」

被他這樣一講我才注意到剛剛因爲嚇到，所以下意識把手整個用力收緊，拽在懷裡的球魚被我一用力擠出汁來變得更扁，然後我的上衣整個前面都濕掉了。

「不、不好意思，我不是故意的。」連忙向正在用綠豆眼瞪我的球魚道歉，我同時也發現剛剛在走廊上聊天的人一直在看著我們。

「給我過來。」抓著我的手臂往樓上走，學長冷著一張臉完全沒有說話。

我一直被他拖回房間之後他才劈手拿了那隻球魚進浴室。

小心翼翼地跟過去，我看見學長在浴室的臉盆放了水，接著把扁魚丟進去水裡，不用幾秒鐘之後那隻魚又變成圓形的了。

原來那眞的是可以補充水分的海綿魚啊！

一看到球魚得救之後我立即打了個噴嚏，這才注意到我的衣服跟褲管都還是濕的。

「你下去那樓幹什麼？」把球魚抓出來丟在地上隨便牠滾，學長開口就是問我這句話。

「呃……我看到這隻魚滾下去，所以想說去撿起來放生。」吞吞口水，我小心翼翼地回答，然後走到旁邊的行李堆一邊看著學長一邊想翻找乾淨的衣服替換。

「你沒有看見剛剛那個樓梯口有貼禁止進入的牌子嗎？」盯著我的動作，學長直接在旁邊的椅子坐下。

禁止進入？

我好像眞的沒有看到耶，因爲我是一邊看著地上的水印一邊走下去的，大概是低著頭才沒有注意到那個禁止進入的東西。

等等，既然有禁止進入的牌子，那麼也就是說下面那層客房其實是沒有住人的囉？

我突然感到一種寒意。既然沒有住人，那我剛剛聽見的聲音應該根本就是不存在的吧……

「你在那一層聽到哪些聲音？」把接近腳邊的球魚踢開，學長詢問著。

「那個……很像摔門的聲音和一個摔破玻璃的聲音。」拉出了乾淨的上衣和褲子，我脫掉基本上已經都濕掉的衣服更換，「學長……那裡是不是有問題啊……」

其實我很想聽到否定的答案。

「有，不過不確定原因。」馬上打破我的奢想，學長這樣說著：「我下去走了一圈之後又到了更下一層，同時感覺到好幾種不同的符咒力量，有強有弱也有完全沒有用的交雜著；看來應該在我們來之前就已經有很多人試著要改善這艘船的問題才是。」

「這艘船的問題？」一想到剛剛那個謎樣的聲音我又開始覺得很毛了。

「嗯，目前還不曉得，因為不同派的符咒會影響原有的事物，所以我打算明天再深入調查看看，或許有必要時候需要回報給公會。」拉下了綁著頭髮的橡皮筋往地上丟，學長看著馬上衝過去吃橡皮筋的球魚，似乎正在想著什麼。

咦？球魚吃橡皮筋？

我的確看到那團濕海綿把整條橡皮筋都給吞下去了，還抬起頭用綠豆眼看學長，接著又被學長一腳踢開。

是說，牠的飼料原來是橡皮筋不是海底浮游物啊？

還有你何必這樣一直踢，這是欺負弱小啊啊！

「球魚是吃浮游物，不過很喜歡橡皮筋。」轉過頭，學長這樣告訴我：「可是不能餵太多，要不然牠的外皮就會跟橡皮同化。還有，牠喜歡隨波逐浪，也喜歡受力滾來滾去。」

這到底是什麼魚……意思就是牠還會從海綿魚變成橡皮魚？

看著那隻還在地上打滾得很歡樂的球魚，我有種還是趕快把牠放生會比較好的想法。

「你如果想要放生就打開陽台丟出去就好了。」指著貴賓室外的小陽台，學長這樣告訴我。

「喔、好。」撿起那隻海綿魚，我打開陽台。一開，外面冰冷的氣流馬上灌進來，我打了個冷顫之後就把海綿魚用力往外面的海底丟去。

連個下水的聲音都沒有，球魚就這樣消失在海面上了。

眞是個奇妙的東西。

「除了那兩個聲音之外，你還有感覺到其他的東西嗎？」正在思考著的學長又傳來問句。

「沒有了。」關上陽台，我打了個哆嗦。外面眞的是好冷喔，難怪幸運的同學會講說過年送出海的獎品很沒誠意，眞的冷到會讓人頭皮發麻。

學長又不說話了。

無事可做的我只好把行李稍微收整了一下，記得好像不知道在導覽手冊有看到哪層樓有自動洗衣的，晚一點問看看我老媽他們衣服要怎麼處理好了。

然後我想起另外一件事情：「那個……學長……」

黑色的眼睛轉過來看我。

呑了呑口水，我做好會被捶頭的準備，「我想把點心送給喵喵他們可是我怕陣法做不好，你可不可以幫我！」說完，馬上捂頭。

意外地，學長居然沒有任何動作。

「有六盒，所以……啊哈哈……」我也不想點心送到一半卡在牆壁裡面啊……

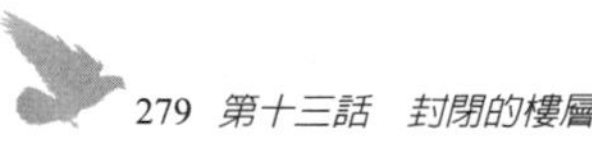

看了我半晌，學長緩緩地開口：「你當我是宅配速送嗎？」

嗚！我就知道他會不高興。

「那個……如果不行也沒關係啦……」我應該挑學長心情好的時候再問才對。

「拿來。」

「咦？」我有沒有聽錯？

「如果我改變心意你就自己送。」皺起眉，學長冷哼了聲。

我連忙把那六盒點心拿來，「這個，然後我想說如果在船上有看到什麼紀念品的話再買。」

站起身，示意我把東西拿到桌上，學長拿出了透明的水晶在桌上畫了個小型的陣法，「要送誰？」

「嗯……喵喵、千冬歲，啊、烤飯糰這盒要給萊恩的。」不知道是不是幸運，居然有一盒是裝滿了那種迷你的烤飯糰，整個彩色的看起來很漂亮，其他的大部分都是糕點和過年食品，「還想給賽塔……」賽塔有送我點心。

然後我發現六盒好像不夠，因爲我也想傳給伊多他們、也想給班長、庚學姊跟然和夏碎學長他們。

糟糕，怎麼辦？

難得有吃到好吃的東西說……

砰地聲門又被人拉開，「漾~你看我拿什麼回來！」五色雞頭的聲音很樂地傳來。

我回過頭，看見他抱著一大堆餐盒進來。

「你要繼續進來房間吃喔？」看著那至少十幾個盒子，我有種他會不會胃撐爆的冷汗。

「哪有！我是幫你拿耶！那種小家子氣的六盒哪裡夠分啊！」五色雞頭用一種我誤會他的不甘口氣喊道，「你這個沒良心的人，我在外面做牛做馬拚回來給你還被你當我吃太多，真不知道上輩子是欠你什麼……」

「西瑞，眞是太感謝你了！」我馬上截斷他的廢話，要是不管他一定會講很多。

五色雞頭把盒子放在旁邊，加上原來六個，這下很夠送了，幾乎認識的通通都補足了。

「夠嗎？不夠我可以再去廚房拿。」

「咦！你直接跟廚房拿？」看著他搬來的十幾個餐盒，我有嚇到。

「對啊，剛剛我在那邊吃得很高興時有個應該是做點心的廚師走過來，說很久沒看到有人吃這麼多了，他很高興叫我去廚房吃，說什麼有更多不一樣的。」五色雞頭打開其中一個盒子，裡面果然是剛剛根本沒有出現在餐廳的不同糕點，「他還叫我多拿一點回來，我就不客氣地拿了。」

這邊的廚師還眞是奇怪，還有吃越多越高興的喔？

不過我想侍者應該黑線黑很大吧。

「那好吧，你要送去給哪些人？」站在旁邊的學長出口詢問。

「嗯……喵喵、千冬歲、萊恩還有伊多雅多雷多他們、夏碎學長、賽塔和安因……」我一邊扳著手指算，然後一邊看著一盒盒點心消失在小型的陣法裡，大致上人算完之後點心也都消失得差不多了。

在最後一個點心盒失去蹤影之後，桌面上的陣法也隨之不見。

「這樣就行了。」敲敲桌面，學長這樣告訴我。

「喔，謝謝學長。」還好有學長在，不然我這些東西不知道能不能送出去。

看了一下時間，已經差不多是傍晚的時刻，這個時間好像也差不多會被叫去吃飯了吧？

可是剛剛才吃了一些點心，現在還有點不太餓。

※

門外突然傳來聲響打斷我的思考。

距離最近的五色雞頭順手打開門，外面站著的是船上的服務人員，與領路的小姐不同人但是表情一樣微笑著很親切：「請問你們三位要在餐廳用餐或者是在房間裡用餐呢？」

我有點愣到。

貴賓房的服務有這麼好喔！還可以直接到房間裡面讓你點餐的！

偷偷瞄了一下學長，我不敢擅自作主。

「我們自己去餐廳吃就可以了。」五色雞頭咧了笑容這樣說道。

「好的，那麼若是要進入俱樂部或者是特殊公共場合、正式餐廳的話，請務必要穿上正式服裝喔。」服務人員很親切地說完這句話就離開了。

五色雞頭愣了半秒。

「渾蛋！本大爺的衣服哪裡不正式了啊！」他對著門外喊。

基本上，你的衣服從那顆腦袋到腳上的鞋子全部都不正式，我可以理解那個服務人員爲什麼要這樣說。

誰也不想看到有不良少年穿著花襯衫和夾腳拖鞋出現在正式場合吧。

甩上門，五色雞頭悻悻然地直接把自己摔到軟軟的床鋪上。

說眞的，其實今天這樣玩一天下來我也已經有點累了，看來吃過晚餐之後應該會馬上倒頭就睡、直接睡到第二天了吧？

就在我們三個各自盤據一方休息時，不曉得爲什麼，我突然感覺到好像有種奇怪的震動從船底直接傳上來我們這邊，踏在地板的腳好像都感受到波動。

地震？等等，船上應該不會有地震吧？

「好像有什麼經過下面的樣子。」五色雞頭滾了一圈，趴在床邊看地板。

有什麼東西會經過船下，不會是鯨魚吧？

「才出航多久你想看到鯨魚。」學長發出很鄙視的聲音。

……想想而已啊，而且搞不好眞的會有耶。

震動一下子就過了，很快地船又平穩得像是什麼也沒有發生過。

就在船震過了之後，某個已經很久沒出現但是現在突然出現的白色東西從我手旁邊冒出來，直接竄到學長面前。

好久不見的鬼娃登場！

「瞳狼，有事情嗎？」大概也很訝異鬼娃為什麼會出現在這邊的學長看著飄在上面的鬼娃問著。

「吾家帶來巡司的訊息：您或許會需要這份資料，所以讓情報班及時找出來了。」語畢，鬼娃張開嘴巴，一顆拳頭般大的黑色球從他的嘴裡掉出來。

立即接住那顆看起來很沉重的黑球，學長左右看了下，隨手放在一旁的桌上：「巡司還有說什麼嗎？」

「沒有了。」語畢，不曉得是不是我錯覺，我好像看見鬼娃看了我一眼，不過又好像沒有。然後他似乎低下身跟學長講了什麼，兩人用的都是我不懂的語言，明顯就是比較重要的事情。

我偷偷靠近五色雞頭小聲地詢問：「你知不知道巡司是誰啊？」那個名字勾起了我的某種好奇之心。

五色雞頭瞥了我一眼，「巡司不是誰啦，那是隸屬公會一個單位的稱呼。大概有點像是監察那種感覺，神出鬼沒的讓人有點討厭，專門在監督袍級任務的人。」他頓了頓，想了一下，「其實我也不太清楚，反正就是一種單位就對了，裡面的人從白袍到黑袍不等，都是在處理監察事務。」

監督單位？例如監察任務有沒有做好之類的嗎？

我突然想起好像任務出錯還是怎樣必會被扣錢還有馬上入帳的事情，原來除了學校的會計部之外，公會也有這種監督單位啊？

「聽老三說，會當上巡司的都是鐵面惡鬼，他自己本身不太喜歡跟巡司打交道，不過在某方面來說，巡司是很必要的單位。」五色雞頭聳聳肩，把他大概知道的事情說給我聽，「我就只知道這樣了。」

巡司是鐵面惡鬼？

不曉得為什麼，有那麼一秒我把巡司和記憶中的青天包大人畫上了等號。

「另外好像也有任務調度的單位，漾～如果你很有興趣的話可以去考袍級看看啊，到時候你就什麼都會知道了。」

「對不起，我還想活著。」叫我去考袍級，那不就等於是叫我自己先鑽進去火葬變成骨灰飛在風中、從此消逝在人間一樣的意思嗎！

「那不然你去打垮一個有袍的就可以取代他了。」五色雞頭開始出餿主意。

「我很滿意現在的狀況，感謝你。」叫我去打垮一個有袍的比變成骨灰還嚴重好不好！看看我身邊有袍的，不管是千冬歲還是萊恩、夏碎學長這些都是一等一的高手，我可能連碰都還沒碰到命就沒有了吧！

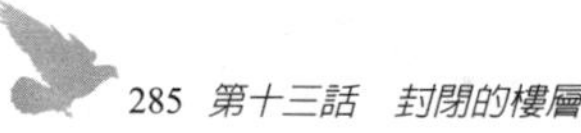

「嘖，要是你可以順利混進去的話就可以拿到很多情報了說。」五色雞頭用一種很可惜的語氣說話。

你要我混進去拿情報幹什麼！

「褚，你一秒鐘裡不要想那麼多廢話會不會死？」顯然已經和鬼娃交談完畢的學長轉回過頭瞪了我一眼。

……習慣嘛……以前常常受傷很無聊就會做腦部活動啊。

早說過你可以不要聽咩！

「那麼吾家就先行告退了。」可能把自己事情處理好之後，鬼娃很快就不見了。

學長站起身，將那顆黑球放到自己帶來的背包中：「走吧，該吃晚餐了。」

咦？

我還眞很少看到學長這麼主動會去找飯。

走過去一把拉開門，我終於知道爲什麼學長會提出吃飯了。

打開門後，我看見某兩個正要舉起手敲門的人放下了手，「一起去吃飯啦，各位小朋友。」

聽說是來渡二次蜜月的老爸跟老媽現在正笑吟吟地站在門口對我們招手。

※

在吃過晚餐之後其實已經很累的我幾乎是一進房間就睡著了，壓根沒有注意到其他人還有沒有做什麼事情。

第二天上午我清醒時床上已經都沒人了，剩下我一個。

一爬起來，看到桌上蓋著一個餐盤，盥洗完畢之後打開餐盤赫然發現是一份很漂亮的三明治早餐，還附上紙條說冰箱有牛奶。

大概全都用畢之後我左右看了下，房間的鎖卡被留在桌上，拿了鎖卡和錢包我就走出房間，外頭有幾個其他房的人走來走去，有的穿得很正式有的穿得很休閒，稍微可以看出來他們的目的地好像不同的。

記得我們這一層好像不知道是有間餐廳還是娛樂室的樣子，導覽手冊上寫太多了看了就弄混了。就在我正想去找我老媽他們時，某個非常熟悉、極度熟悉，熟悉到讓人想當作沒聽到的聲音突然從旁邊傳來——

「啾。」

啾個頭！

一回過視線，我果然看到應該已經被丟出去的球魚在不遠處滾動……等等，如果沒有記錯的話我印象中的球魚應該是藍色圓圓的樣子才對吧？可是現在出現在我前面的那隻牠是……白色的？

有白色的球魚嗎？

現在學長和五色雞頭不在，完全沒有人可以幫我解答這個問題。

一把抓起地上那隻白色球魚，我左右看了下，很明顯可以看見這隻球魚的綠豆眼顏色也和昨天那隻不太一樣。現在是球魚都努力往船艙來了是嗎？

當然不會回我話的球魚又是一個玩具聲。

「你在這裡幹什麼？」

「哇啊！」

就在我想要回房間把球魚扔出去時，突然有人拍了一下我的肩膀，猛然鬆手那隻球魚立刻滾了出去，直直往樓梯那邊下去。馬上回過頭，我看見那個我應該不認識但他好像認識我的先生就站在我後面，「嚇、嚇我一跳。」

好不容易在人類世界放鬆還被人類嚇到，我也眞可悲了我。

可是剛剛怎麼都沒有感覺到有人靠近我？

「不好意思，我以爲你有看見。」那個人微微笑了笑。

不曉得爲什麼，這個人雖然很有禮貌，但是給我的感覺就是冷冷毛毛的，好像曾經在哪邊有遇過這種人，可是一時我也沒辦法把他和我認識的人做聯想。

「你現在有事情嗎？」還是微笑著，對方這樣問道：「有沒有興趣到餐廳喝點咖啡？」

咖、咖啡？

「呃……我有事情，而且我好像跟你不是很熟。」我怎樣也想不通，爲什麼這個人老是表現得像我應該認識他一樣？

「沒關係，我認識你就可以了。」那個人聳聳肩，用很理所當然的口氣這樣說著：「不過這樣也挺麻煩的，好吧，你可以叫我阿希斯。」

外國人的名字？

這麼說這個人搞不好眞的也是……

「欸，請問一下。」我壓低聲音，很怕旁邊的旅客會聽到，「你也是那邊世界的人嗎？」

微微愣了下，陌生的先生勾起笑容：「算是吧。」

果然也跟那邊有關係，那我大概可以知道爲什麼他會用很像認識我的語氣說話了。因爲不曉得爲什麼，在守世界那邊的人或者東西好像都挺容易和別人熟起來、或者裝熟。

「哪，要不要去喝點東西？我請客。」剛剛才知道名字的阿希斯發出第二次邀請。

「我有點事情。」眞的不太想和奇怪的陌生人出去，尤其對方給我一種毛毛的感覺，我又再度回絕了一次。

「你是要去撿剛剛那隻球魚嗎？」看了樓梯方向一眼，阿希斯這樣說著：「談話的時候已經滾到樓梯下面了。」

咦！

我馬上轉過頭，果然那隻白色的球魚已經消失不見了。

「那、那我先離開了，下次見。」糟糕，不曉得會不會被踩到，根據學長昨天的意思好像是被踩乾的話球魚會死掉。我還是趕快去把牠撿出來放生會比較好。

沒有阻止我離開，阿希斯一句話也沒說就站在原地。

跑了兩步之後我回過頭，那個人已經消失在走廊上了。

眞是個怪人。

不過現在我還要去追一隻更奇怪的魚。

就像昨天一樣，魚已經不知道滾到哪邊去了，只在往下的樓梯每階上都留了一個水印子，而且在半路好像眞的有被踩到還出現了水腳印。

藍海綿完換成白海綿，現在是怎樣，連還沒吸水染色的海綿都出來整我了是吧！

沒事不要隨便跑到致命場所啊！

很快地下了樓梯，我到了昨天有問題的那層樓的上一層。這次謹愼多了，抬頭果然在樓梯旁看到了禁止進入的牌子。

這下好了，還要下去撿海綿嗎？

我實在是有點不太想因爲一粒海綿而遭受性命危險……還是讓牠聽天由命好了。

就在我想轉頭離開時，樓梯下突然傳來好幾個「啾啾啾」的聲響，活像小孩子在玩噴水橡皮玩具那種連環聲音。

……饒了我吧。

※

就在我踏下第一階樓梯時，某個巨大的破碎聲音從樓下傳來。

「那是什麼聲音？」

很明顯這次不是我，就連其他人都聽到了，一些人紛紛圍過來這邊好奇地探頭探腦想看看聲音是怎樣傳來的。

「呃、不好意思下面在整修，不可以過來喔。」我連忙攔住想下去的旅客，很敷衍地講道。

可是我又不是負責人員爲什麼是我要講啊！

幾個人又在樓梯一帶觀望了下。

確定他們應該不會往下走之後，我硬著頭皮下了樓梯，然後在轉開沒有人看見的地方敲了敲手上的老頭公：「老頭公，可不可以麻煩你一下。」如果可以，我還眞不想麻煩他。

說完，那個黑色的棒槌從我手上滑出來掉在地上。

「有沒有可能做個結界不要讓人下來？」我很擔心樓梯上面那幾個人眞的會跑下來。

動了幾下，老頭公後面突然多出一層有點透明的藍色薄霧。

「感謝你。」讓棒槌重新回到手環之後我又往下走了幾階，左右看了一下，果然看見那隻白色的球魚躺在下面的樓梯口處。

不曉得爲什麼，底下的空間讓我感到很不安，氣氛遠比昨天感覺到的還要低沉恐怖。一眼望去，整條走廊相當陰暗，就連上面開著的日光燈都像是電力減弱般只有些微的光線。

撿起了那隻白色球魚，我有點怕怕地往樓梯上倒退了兩步。

而就在我想不顧一切轉頭往上衝時，某個房間又傳來巨大的碎裂聲響，這次不是摔東西那麼簡單了，好像是有人砸破了一扇大落地窗那種劇烈的聲音，不斷有碎片落下乒乒乓乓地掉了一整地。

接著可怕的事情出現了。

我聽見有人踩著那些碎片，開始往門口走來。

如果走出來是喪屍還是怪物我要怎麼辦？

抱著那隻白色的球魚，我不斷往上撤退。

等等，上面還有其它旅客，如果真的有妖怪出來我又貿然跑上去的話應該會很慘。

一想到這件事，我就硬著頭皮轉回過頭，準備了要是有什麼東西衝出來的話馬上叫出米納斯讓那東西直接升天。

喀啦喀啦的聲音不斷逼近門邊，一點一點地越來越響，接著停止。毫無聲音地，電子門從裡面被緩慢推開，就好像每部恐怖電影都會出現的名畫面一樣——

我看見一個黑綠色的東西出現在門後面。

「與我簽訂契約之物……」

「褚！下來這邊！」

就在我想要拿出米納斯直接攻擊時，某個異常熟悉的喊聲從下面一層傳來。

聽話總比直接被不知名物體打死好，我抓著白色的球魚一秒放棄找米納斯，非常沒種地抱頭逃往更下面一層。

那個黑綠黑綠的東西就在原地，一點也沒有移動的樣子。

一轉下樓梯，我果然看見學長站在下面，劈頭直接開罵：「你是看不懂字嗎！不是說過了這邊禁止進入，你下來幹什麼！」

我很無辜啊！

誰知道連續兩天都有球魚掉下來下面啊！

「球魚？」順著我的視線往下，學長盯著那隻白色球魚瞇起眼，「為什麼球魚是白色的？」

這應該是我想問你的吧……

「我在上面看到掉下來，所以跟著下來撿的。」所以說這隻白色的應該是變種的囉？

「球魚應該都是藍色的，我第一次看見白色球魚。」一邊說著，顯然是在忙事情的學長轉過身沒有繼續討論球魚變不變種的問題。

定睛一看，我才注意到樓下的空間也有點暗，前面一點有很類似客房的空間但又好像不是，有幾間明顯應該是倉庫還是儲物室的地方，後面一點是整個封閉起來的大空間。

不曉得為什麼，這一層也給我很怪異的感覺。

好像有很多東西潛藏在空氣裡，可是又感覺不太出來有什麼東西。

「你感覺到的應該是不同咒術的力量。」學長走了一段路之後打開了一扇房門，拍開了電燈後才知道裡面是空的客房：「這下面也都是亂七八糟的東西，我剛剛才拆掉幾個而已。」說著，他左右看了一下，然後彎身在床底下抓出個東西遞到我眼前。

那是一個紫色的小盒子。

「咒術？」裝在盒子裡面？

「嗯，昨天有說過，這艘船有很多人想改善它，所以充滿了各家的力量。」呼了口氣，學長看著騰在空中猛然起火的盒子直到盒子整個被燒成灰燼，「要眞正改善問題，得先把這些有的沒有的東西都給清除掉才行。」

意思就是你一早就已經在這邊到處破壞別人的符咒了嗎？

跟著學長走出房間，奇異地我感覺到好像空氣中比較沒有那麼沉重了：「那……這艘船的問題點到底是什麼？」

我想到上一層摔東西的聲音和那個黑綠黑綠的物體，又有種想發毛的感覺了。

「喔，他們用了不該用的材料。」學長轉過來這樣告訴我：「昨天巡司送來的資料上有寫，船體的其中一個地方使用了靈體寄宿的材料，所以寄宿在上面的靈體因爲氣憤所以才開始擺弄這艘船。」走進下一間房，這次是找了一個十字架出來。

「這、這個有差嗎？」我有種冷汗的感覺。

學長轉過頭看了我一眼，「打個比方好了，如果有人莫名其妙拆了你家，接著把你家給融了去蓋大樓，你不會想作祟嗎？」

好清晰易懂的比方啊……

「船開始有問題後公司好像找了不下百間的異能人士來幫忙，弄得到處都是咒術護符，可能一開始有用，但是靈體明顯也不是弱手，久了之後對它無用的咒術越來越多。無法除靈就算了，現在麻煩的是各家咒術都混在一起，不只掩蓋了原本靈的眞正位置和氣息，可能弄來更多奇怪的東西了。」用一種很麻煩的口氣解釋著，學長皺起眉，「可惡的船公司，耍我！還敢跟我說只是小問題。」

呃……我想他們應該也不知道這個的嚴重性吧。

可是如果變嚴重的話，爲什麼沒有找公會幫忙啊？應該可以透過什麼什麼奇怪的管道吧。

「太貴了。」丟給我這三個字，學長冷哼了一聲，「這家公司上一代董事嫌太貴了，淨找一些便宜的充數。」

喔，那我就了解了。

「我剛剛已經傳訊息回公會，他們已經與這任的董事取得協議，所以我才會動手的。」

……意思就是沒有取得協議就不管船了是吧。

「對。」學長看了我一眼，說道，「頂多幫他再鎭壓當房間代價，不過時間久了一樣會有問題。」

「喔……」

「赭。」轉過身，學長突然用一種會讓我頭皮發麻的語氣說話：「既然你都來了，現在應該是考驗你上學期學習結果的時候了。」

我馬上倒退兩步。

「學長，相信我，我一點結果也沒有！」你想幹什麼！你想對一個普通人類幹什麼！

「你都已經開過眼了，這點小事對你來講應該不是問題。」露出可怕的微笑，學長走過來拍拍我的肩膀，「我知道真正的靈應該是在上一層，你只要不要上去上面就不會出事。」

我拚命搖頭。

別這樣學長，就算不是上一層我也很怕啊！

「幫忙把這一層的咒術都清除乾淨吧。」

我聽到地獄的鐘聲響起。

第十四話　遠古的住宅區

地點：Taiwan

時間：上午十點三十七分

倒退一步。

再倒退一步，這樣多退幾步我想應該就可以馬上退出下台一鞠躬了。

「褚，你覺得有可能嗎？」學長露出很冰冷的話語。

嗚……

「不用擔心，找咒術很簡單，憑你的直覺下去找就可以找到了。」瞥了我一眼，他這樣說著：「何況你已經開眼了，可以很容易就找到咒術，只是看你要不要找而已。」

那我可不可以選擇不要找啊……

「不可以。」

我再度聽到地獄的聲音傳來，「可、可是學長，就算找到我也不知道要怎樣破壞啊……」難不成開一槍解決掉嗎？

「也是可以，但是我建議使用爆符會比較容易處理。」學長遞了一張黑色符紙過來。

看著眼前我永遠都沒辦法好好使用的符紙，我僵硬著接下來。

「大概是這樣。」看了一下我手上的手錶，學長拍了兩下我的肩膀，用一種完全不負責任的語氣說：「中午十二點之前要把上下層的符咒都弄掉，下層給你、我去樓上，加油吧。」說完，他就匆匆地往上層離去了。

站在原地，我突然感覺到人心的險惡與今天的天氣好陰涼啊。明明我是來渡假的啊……

看著手上的護符，既然都已經逃不掉了那就只好硬著頭皮吧。反正會死人的競技賽都參加過了，找一點咒術應該不會困難到哪邊去吧？

是說如果找到的話用什麼東西比較好破壞啊？

印象中影片裡如果用咒術符咒的話好像都先點火，那應該用打火機之類的比較容易點上……

就在我這樣想的同時，某個東西取代了爆符掉在我手上。

一陣冷風吹過。

「啾。」白色的球魚發出了叫聲。

我現在突然覺得，學長早一步上去上面眞的是太好了，好到讓我感動得想哭。不然要是讓他看見我手上現在的東西，我打賭我一定會被扁成豬頭。

爲什麼學長你的爆符都不聽人家想完再變啊！搶快有這麼好嗎！

「啾。」無視於我的哀慟，白色的球魚突然在我手上亂竄，一直對著旁邊的房門叫。

門？

跟著球魚視線轉過去，我這下才注意到旁邊的門怪怪的，感覺上好像門後有某種東西……這就是學長說可以很容易找到的意思？

呃，那我現在要做的就是破門而入然後把東西找出來燒掉嗎？

於是，就在我生平第一次決定很帥很帥地踹門進去將裡面怪東西抓出來一把燒掉的時候，很快地現實馬上打破我的奢望跟理想。

整個電子上鎖的門告訴我們是不能用踹的就能打開這個殘酷現實。

學長，沒有電子鎖的卡你要叫我怎樣進去啊……你以為我有跟你們一樣學過盜賊的技能嗎？

那一秒，我突然有種很想落淚的感覺。

球魚又在動了，「啾～」

「不用叫了，我也沒辦法啊，門打不開。」抓著那隻正在竄動的魚，我往後退了一點，這種時候我也只能祭出非常手段了。

人家說逼狗跳牆一定就是在形容現在我的狀況。

「與我簽訂契約之物，請讓隱藏者見識妳的剽悍。」喚出米納斯，隨手把球魚放在樓梯上，我朝地面開了一槍，「把這層樓的咒術物品都拿到我面前。」

然後我看見水花在地上散開，好幾十顆小水珠沒有落地，猛然朝著四面八方衝走，連一點痕跡也沒有留下來。

大約不用幾秒之後，我聽見很多雜物從四周傳來叩叩咚咚的聲音，接著一大堆有的沒有的像是經書、符咒、不明罐子和奇怪的裝飾等等被一堆水藍藍的光芒直接給掃到我面前堆成一堆。

這個感覺好像一個五十那種。

看著眼前的雜物堆，我正在考慮接下來的動作是不是蹲下來用打火機點燃它們然後讓它們自生自滅。

看到手上的黑色打火機，我有種無限淒涼的感覺。

現在我的動作跟個縱火魔有什麼兩樣啊！

看著地上一堆咒術用品，我隨便撿了張紙點上火，就在火焰碰上紙的那瞬間整張紙突然轟地一聲消失不見，連灰燼都沒有留下。

太神了吧！

不過這讓我注意到，用這個打火機時最好要小心別燒到自己的手指頭。

沒有用很多時間，地上的雜物馬上在黑色打火機的燒灼下消失得無影無蹤。我隨手把打火機塞進口袋裡左右看了一下，現在整個下層的感覺與氣氛好像好很多了，沒有之前那麼糟糕，看起來就好像只是普通船艙而已。

那就是說我的工作已經都做完了？

沒想到比我想像中還要輕鬆很多咧。

我突然很感動，整個人好有成就感……這個世界果然是美好的，人果然要動手做看看才會知道事情其實沒有想像中困難。

我錯怪你了學長，感謝你讓我處理下面的東西。

抓起白色的球魚，我的心情整個變得非常愉快而且還很輕鬆。既然下面好了，那意思就是說我也差不多要上樓去找學長報到了吧，他大概也已經好了。

看了一下手錶，距離十二點還有一個多小時的空閒時間。

哼著歌往樓上走，才剛踏出兩步，我馬上注意到樓上的氣氛不對勁了。

整個詭譎的氣息壓到樓梯間中。

而在上面，那個黑綠黑綠的東西站在樓梯口等著我。

「褚！閃開！」

上面馬上傳來聲音，我連忙倒退下樓。就在同一瞬間，那個黑綠黑綠的東西好像從後面被人狠狠攻擊，整團飛出去撞在樓梯後的牆上，然後像是解體的沙子一樣整個散掉最終消失不見。

學長的臉出現在樓梯口：「你下面處理好了嗎？」我看到他的手好像在扭斷什麼會掙扎的東西，稍微仔細看應該可以看得清楚，可是我完全不想去確認那是什麼。

「應該是沒有別的了。」我很相信米納斯的高級探索能力。

「嗯，我上面還要再一下子，你等等。」說完，學長馬上甩頭離開，兩秒之後我聽見上面傳來巨大的轟然響聲。

難不成上面比較危險？

抱著白色球魚我馬上往上面跑，跑到樓梯口後剛好看見背對著我的學長拿著一把黑刀正好將一個不明、紅色很像人形的東西給劈成兩半。

「上面比較麻煩一點，因爲靈體的影響，所以很多咒術都已經有形體了。」甩了手，那把黑刀從學長的手上脫出，又狠又準地直接將剛開門要走出來的某個球狀物給釘到牆上。

「是、是這樣嗎？」我突然覺得處理下面眞是太輕鬆簡單的事情了。

「嗯。」走過去第一間房，學長一把打開了傳說中應該是被電子鎖鎖起來的房門，裡面立即撲出來一隻稍微有點透明的白色狐狸，「下面的影響比較淺，所以大部分都不會像這樣亂跑。」說著，他一把抓住狐狸的嘴，另一手猛然貫穿略微透明的白頭抽出了張紙符。

同時間，白色的狐狸也跟著消失。

就在狐狸消失後，不曉得是不是我的錯覺，四周的空氣好像全都跟著冰冷了起來，尖銳得讓人感覺到刺痛。

「這是最後一個了。」

學長揉碎了手上的紙符這樣說著。

我倒退了一步。

四周的氣溫不是我的錯覺而是眞的直直往下降，一種令人不安的感覺從四面八方壓下，好像這邊馬上會有東西出現一樣。

「原來是藏在這邊。」無視於周圍環境突變，學長逕自走到一個房間裡面一腳踢開房門。門後緩緩湧出像是乾冰一樣的白煙在地上。

出現在我們眼前的是間整理乾淨的客房，詭異的是客房中開的並不是日光燈，而是有種橘紅色的燈光。我記得房間裡沒有這種燈，有也只有小夜燈而已。

客房裡的床鋪上趴著幾個人……我想應該是人，因爲有的人好像不是人臉是別種奇怪的臉，例如我就看見一張貓臉可是卻是人的身體。

「又是想來騷擾我們的術士嗎？」盯著站在門口的我們，一個趴在床鋪正中間的青年緩緩起身，旁邊的幾個人讓開坐到床邊，用一種很有趣的表情打量著我們。

他撐起身之後我才注意到，這個人的下半身居然是蛇的身體，一堆加上一堆的鱗片整個盤據在床上。

「你們就是在這艘船下面玩把戲的傢伙？」盯著眼前的半蛇人，學長也不怎麼客氣地回問。

「是又怎樣，前面來的幾十個術士沒告訴過你們這裡招惹不得嗎？」一邊撩著墨綠色的長髮，青年幽幽的口氣這樣挑釁地說著：「上一個是被燒掉一頭毛，上上個是哭著回去，你們想要怎樣的回去法？」

話一說完，旁邊好幾個也跟著低笑了起來。

「不好意思，這次不是我回去，是你們該回去了。」學長冷哼了聲，無視於對方的挑釁，然後轉動了手腕：「奔騰的冰之女神，借出妳的懲戒之刀。回應我的呼喚，冰牙的第七寶器，流吟寒月。」

我以爲學長應該會使用幻武兵器，但是出現在他手掌上的卻是兩柄不曉得爲什麼看起來很眼熟的半月大彎刀，略帶冰冷透明，站在旁邊都可以感覺到彎刀傳來的冰冷寒氣。

懷裡的球魚縮了一下，我意識到牠可能會被凍成冰冷海綿魚就稍微往後退了幾步。

房裡的蛇身青年看見學長手上的彎刀，臉色突然整個都變了：「你是誰？爲什麼可以調動流吟彎刀。」不只他的神色改變，整個房間裡的其他人也露出敬畏的表情。

學長手上彎刀來頭很大嗎？

偷偷打量了一下看起來很眼熟的雙刀，刀身上刻著漂亮的紋路，感覺還有點點發亮，給我一種很清淨冰涼的感覺。

「如果你們打算繼續糾纏這艘船下去，我會變成把寶器劈在你們身上的人。」靠著門邊，學長轉著彎刀涼涼地說道。

房內的幾個人互相看了看，接著全都湊到一起不曉得開始在講些什麼，嘰嘰咕咕地好像不是在講人話。

片刻，幾個人又讓開，那名蛇身青年坐正起來：「如果你是使用流吟寶器的人，那你應該也知道是這艘船先用了我們住所當材料我們才會在這上面的吧。」

學長點點頭。

「我們原本是寄宿白鋼石的七十二體，從遠古開始就備受人敬重加以祭拜，而我們也守護著

地方。但是沒想到就在我們相偕外出時，不尊重異體的人類趁夜將我們寄宿之地給偷走，變賣之後融化爲材料，幾經輾轉找到時已經變成船體一部分；而尚留在寄宿中的許多同伴因爲逃出不及也給燒化在熊熊烈火中魂飛魄散，連點什麼也沒有留下來，如今只剩下十幾位因爲當時不在場而僥倖避過的同伴。」像是戴上一張面具的冰冷面孔這樣陳述著過往的事情，青年以及他身邊的同伴一瞬也不瞬地看著學長：「隨後，又一堆術士自以爲是地前來把我們當妖怪鬼魅驅逐。你想，我怎麼可能會善罷甘休。」

這樣聽起來好像比較像是船公司的錯耶……

學長瞥了我一眼，冷哼了聲才又轉回去看著那個青年：「但是你影響到的不只是這艘船，連船上的客人也都備受騷擾，在你們盤據底下時不也造成了其他居住人的困擾。」

「既然人類已經不尊重我們，爲什麼我們得顧及他們。」青年微微勾唇，帶著的是給人毛骨悚然的笑容，「在被毀滅寄宿之地之前我們七十二體還曾經被尊敬爲守護神，所有寄宿的靈體都喜愛人類、想要和平共處，但是先打破這個規則的不是我們。」

四周全都沉默下來了。

我看著房間裡的其他人，狹小的房間裡或坐或站了七、八個人，全都睜著眼睛看著我們。有那麼一瞬間，我突然覺得我們好像才是錯的那方。

「既然已經不想跟人類打交道，爲什麼你們不乾脆啓程前往安息之地。」大概也和我是同個想法，學長甩手收了彎刀，那兩柄刀立即就消失在空氣當中。

「哼，怨氣未消前我們是不會輕易離開的。」蛇身青年啐了聲，明顯不可能這樣乖乖離開。

沒有再繼續交談，學長看了整個房間的異體一眼之後偏了頭想了半晌：「你們有什麼條件要與對方交涉才願意放棄？」

蛇身的青年撇開頭，長長的尾巴緊緊地捲著床鋪：「沒條件，我們也不會放棄。」

「那好吧，我會再來的，希望你們可以自己想清楚，否則真到了不行的地步，我會使用強硬手段請你們進入安息之地。」語畢，學長往後退開了兩步，拉上了房門。

四周整個安靜了下來。

學長沒有開口說話。

我也沒有開口說話。

不知道應該說什麼，要消滅他們也不可能，要談和也不可能，我覺得好像錯的並不是他們；可是，他們也不應該在這個地方。

「褚，在我跟公會談妥之前，你暫時不要接近這個地方、也不要再接近那些東西了。」只說了這樣的話之後，學長拿出了個帶了微微金光的黃色寶石拋在那扇門的前面，寶石立即就自動沉入地下消失不見。

我感覺到四周的空氣好像恢復正常了，剛剛那種冰冷的感覺也都消失不見。

「這是結界石，暫時讓他們的力量不會影響到其他地方，剩的我會再處理。」說完，學長轉開頭就往樓梯上面走去。

不敢多加停留，我馬上抱著白色球魚跟著往樓梯上面跑。

那個房間依舊在那個地方靜靜地目送著我們離開。

※

回到自己房間那層樓之後，學長說他有點事情要去找船長就匆匆離開了。

我想大概是因爲那些異體的事情。

看著學長離去之後，我突然想起來還有隻白球魚要處理掉。

「眞是的，麻煩你回去之後不要再上船了。」進了房間後我打開陽台，把球魚丟回海裡。

「啾～」

那個聲音很快就消失在海浪裡。

不知道爲什麼，我現在突然很想跟人聊天，喵喵也好、千冬歲或萊恩還是其他人也都好，不曉得貿然打電話過去會不會吵到他們。

拿出手機，看了半晌之後我撥了千冬歲的電話。

大概不用幾秒鐘，手機馬上就被接通了：「漾漾？你找我有事情嗎？」另外那端傳來很熟悉的聲音，不過背景有點吵，好像人滿多的樣子。

「呃、打擾到了嗎？」我疑似好像有聽見人家在喊少主的聲音。

「不會，反正現在我也很無聊。」手機另一邊傳來像是移動的聲音，那些吵雜的背景聲整個越來越遠，到最後就沒聽見了。「這邊正在準備祭典的事情所以很吵，別介意。」

「不、不好意思。」這下我突然覺得我應該先發個簡訊問他有沒有空才對，搞不好眞的打擾到千冬歲了。

「漾漾，你突然打電話找我，發生什麼事情了嗎？」

就算是在電話這一邊，我突然也好像可以感覺到千冬歲正在一邊推眼鏡一邊關切詢問的樣子，「欸，其實也沒有什麼大事情……」不知道爲什麼，我悶著頭就這樣一股腦把今天發生的那些事情全部告訴千冬歲了。

一直聽著我講話，另邊的千冬歲偶爾會應聲，然後就這樣聽到我講完爲止才開口：「我想你碰上的那些應該是村守神。」

「守神？」

「你說大部分都是人和動物揉和的形體，那我想很有可能就是了，而且還是七十二體寄宿一位的話就更沒錯了。」頓了頓，千冬歲再度開口：「古代時像這類守神有很多，大部分都是受疼愛、有貢獻的動物或者是人等死亡之後會立碑列表供奉，長時間地祭拜後這些東西的靈體會升格，然後守護村莊避免大小災厄，這就是村守神。」

等等，那不就很像我們這邊的紀念碑？

我突然想到某些地方都有那種碑上寫了一堆名字的類似物品。

「那有比較好的解決方式嗎？」

「大部分如果是因為遷移還是其他問題的話都會先請來祭司或其他術者先行與村守神打過招呼，不是移動住所就是會回歸安息之地，基本上在以前來說溝通都做得很好，所以村守神很少會有作祟的問題。但是現代人比較不會注意這些事情，不是隨意棄置就是毀壞，就像學長說過的自己的住宅莫名其妙被毀都會生氣，所以這也造成大量的村守神轉為惡體作祟……應該說是種文明問題吧。」

對了，這樣說的話我之前也有遇過類似的事情，像是卷之獸還是老頭公他們也都是跟這種很相近的。

「可是我還是想幫忙……」雖然知道他們沒有錯，但是也已經造成了不好的影響，於是我想到學長曾經講過只要扭曲之後，也只有成為鬼族的下場。

那些房間裡面的人，其實不像壞人。

「漾漾，你只要記得其實那些村守神只是生氣，畢竟他們原先守護的是人，所以他們也無法狠下心真的要人類的性命。」手機的那端，千冬歲的聲音就這樣傳過來。

有那麼一小段時間我還不太懂他的意思，但是稍微想了想之後，我也許知道他想表達什麼。

「村守神其實還是很喜歡人類的，不然他們不會只作祟把人嚇跑這樣簡單而已。」

「嗯，我大概明白了。」

不曉得為什麼，聽完千冬歲解釋之後我心情好像好很多了。

「啊，對了，我有收到餐盒了，謝謝你喔，點心很好吃。」突然換了另一個話題，千冬歲挺高興地這樣說著：「萊恩也很高興，聽說你給他的是飯糰。」

「喔、對啊。」其實我還滿想多聊一下的，不過隱約我好像有聽到電話那頭有人在喊千冬歲的名字，看起來他果然正在忙事情：「那我想就先這樣好了，其他的等開學再跟你們講。」

「好，那我先掛電話了，不好意思。」

喀一聲，對方的手機收線了。

收好手機之後，我突然覺得有事情還是找人聊聊比較好，至少已經整個都感覺好一點了。

心情一放鬆下來我才注意我肚子已經開始發餓了。看了下手錶，已經快十二點了，這個時候應該已經可以自己到公用餐廳去吃飯了。

可是我有點不太想上去，而且五色雞頭一大早就不知道跑哪邊去了，到現在連個鬼影子都沒有，我也懶得去找他。

因爲他一定會活得比我好的，我相信！

就在考慮著要不要上去吃飯時，我突然聽到有人在敲房間的門。

該不會是五色雞頭又跑回來了吧？

一邊想著，我一邊走過去開了電子門。而，站在門外的並不是五色雞頭，而是一個從來沒有看過的小孩子，大概國小年紀，矮矮小小的戴著小布帽子，看起來很可愛。

「小弟弟，你走錯房間了喔。」我直覺就認爲大概不知道是哪個鄰居的小孩。

那個小孩突然衝進房間裡，快得讓我沒時間出手攔他。轉過頭要抓時，小孩就站在房間裡脫下帽子，於是我看見了他頭上的一對狗耳。

不用半秒鐘我馬上把門摔上。

「你……你你你……」等等！我應該先逃出去再把門摔上才對！

我幹嘛把自己和他關在一起啊！

這個小孩左看右看上看下看都和剛剛的半蛇人是一掛的，他來找我絕對沒有什麼好事。

「瑜縭要找你。」小孩抓著帽子這樣說道。

「誰？」我好像聽到一個沒聽過的名字。

「瑜縭，我們的大哥。」重複了一次那個名字，小孩努力踮起腳尖想要與我平視線，不過差了很大一截。

大哥？如果要說大哥的話……

「那個下面是蛇身的人？」我只記得從頭到尾都是那個半蛇青年在發言。

小孩用力點了點頭，「瑜縭說如果你可以的話，他在除夕夜那天晚上十二點過年之後在房間裡面等你，而你可以決定要不要來。」他舉高了一隻拳頭對著我。

疑惑地伸過手去，小孩鬆了手掌，一個墨綠的東西掉在我手上。

那是一塊很像是鱗片的東西。

半蛇的青年找我幹嘛？我不記得我有招惹過他啊？

……該不會是他過冬進補的時候到了吧……

有一瞬間，我覺得整個人連頭皮都在發麻，然後我決定絕對不要去自投羅網。

「瑜縭說不會把你吃掉，你放心，我們都很討厭吃人類。」不知道是不是安慰我，小孩露出了非常天眞可愛實際上背後是邪惡可怕的笑容。

「不去會怎樣？」手上的鱗片冰涼涼的，讓我很害怕。

「嗯……瑜縭沒說耶，這個我也不知道。」

你來傳話應該問仔細一點啊！

「不過瑜縭說選擇權在你手上，你不可以告訴任何人喔，天亮之前如果你沒去，瑜縭就不會再見你了。」小孩轉著手上的帽子，然後依舊笑得很毀滅人心：「我話傳完了，再見。」

「等等！」還來不及攔住他，那個來去很迅速的小孩突然消失在我眼前。

這群異體在搞什麼鬼啊！

眞是莫名其妙！

※

「漾～吃飯的時間到了！」

就在我被剛剛的小孩搞得一頭霧水的時候，後面聽說是電子鎖的門突然被人踹開發出了巨大砰地聲響：「走吧！讓我們朝飯廳前進！」很直接闖進來的五色雞頭一把拍上我的肩膀。

我差點沒被他嚇死，下意識就把鱗片給拽進口袋裡：「你在外面一個早上自己沒有先吃飽嗎？」我還以為他上船唯一的願望就是把船上的飯廳給吃到垮，接著本船就會立刻升級為難民船，然後船長馬上就發出了求救緊急靠岸申請補給糧食而成為本年度年末最大離奇頭條。

「沒有，我和你爸去後面釣魚了，結果不知道為什麼就睡著了。」完全沒有任何一點耐心的五色雞頭這樣告訴我：「醒來的時候釣竿已經不見了，你爸釣到一堆魚，放走了一半，剩下的說要請廚房幫我們弄成晚餐。」

我完全可以理解。

「船上可以釣魚？」我現在才注意到這件事。

「好像可以吧，另外一個旅客帶我們去的，下面有一層比較靠近海，還可以和服務台借釣竿，旁邊的餐廳專門在料理海鮮。」五色雞頭抓著我的肩膀一邊往外走一邊這樣說：「嘖，害我還賠了釣竿錢。」

也沒有人叫你睡覺睡到讓釣竿被放水流吧……

「你要去哪邊吃飯？」我記得船上好像有好幾個可以吃飯的地方，包括公用餐廳，不過其中有一半都是要另外付費的而不是像公用餐廳一樣定時開放吃到飽。

「有吃的地方就可以了。」

跟著五色雞頭爬幾階樓梯之後，我突然在某層的交誼廳看到很熟悉的影子。

學長？他在交誼廳裡面幹嘛？

偷偷又仔細看了一下，在學長對面還坐著另外一個人。

阿希斯？

我疑惑了，原來他們兩個認識喔。

啊，這樣說起來也是了，畢竟兩個都是那邊世界的人，而且學長認識的人多到見鬼，會認識也是很當然的事情。只不過學長的表情看起來不怎麼友善，難不成其實他們是仇人嗎？

「漾～你在看啥？」跑到樓梯口之後發現我沒有跟上去，五色雞頭又轉回來。

「呃，沒事，我們去餐廳吧。」趁學長還沒發現我在偷看之前還是先溜爲妙。

「啥？」

「走啦走啦。」推著五色雞頭往樓梯口去，我突然注意到原來學長竊聽心聲的距離好像滿短的，隔開一段路就不會被發現，應該找時間測量看看實際上到底範圍如何，這樣就不用隨時隨地擔心被打到死。

「漾～有什麼有趣的事情嗎？」一邊走一邊這樣問，不過讓我慶幸的是五色雞頭沒有轉頭跑下去看交誼廳，否則我覺得學長一定會用冷視線殺了我們兩個的。

「沒什麼特別有趣的，你要在哪邊餐廳吃飯？」

「公用餐廳那個好了，裡面的廚師說本大爺去要請大爺我吃好東西。」咧著笑容，五色雞頭非常有行動力地拖著我繼續跑樓梯。

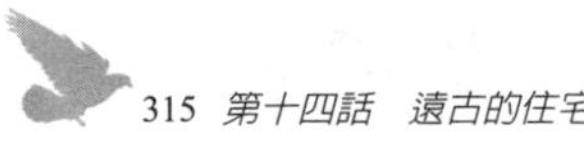

不用多久，公用餐廳的大門就出現在我們眼前。

因爲已經不是自助點心活動，所以裡面被排開的桌椅老早就恢復得整整齊齊，好幾張桌子都已經坐滿人，大部分都是小家庭在談笑飲食，旁邊則有侍者來回幫忙上菜，整個餐廳熱絡非凡。

隨便找了位子坐好之後，五色雞頭對著侍者開出了一堆菜單。

可能是因爲已經見識過他吃東西的樣子，侍者居然一點也不驚訝接了單子就往廚房走去。沒多久，餐桌上就開始放上了午餐的菜盤。

沒有五色雞頭那麼會吃，我頂多只叫了個套餐然後開始慢慢食用。

「漾～你下午要不要去釣魚？」正在把一大塊肉往嘴巴裡吞的五色雞頭發出了還算清楚的疑問句。

「我去釣魚幹嘛！」重點是你想看到我被魚竿拖進去海裡是嗎！別叫一個衰人去做這麼危險的事情啊！

「吃啊！本大爺非得釣到一條比你老爸大上幾十倍的魚來吃不可！」五色雞頭砰地一捶桌，整個背後都在熱血燃燒，然後引來很多其他客人的視線。

接著我聽到有媽媽跟小孩說不要看那邊，小心會被打。

我突然後悔和他來公共餐廳吃飯了。

「所以漾～你要陪我去釣大魚！」

基本上你講的那種應該不是鯊魚就是鯨魚吧，還有重點是干我屁事啊！我幹嘛沒事跟你去釣魚！搞不好我是被釣下水的那個啊你懂不懂！

「不用了，我要去船上的無線上網區。」我寧願去收發信件也不想體驗冬泳活動。

「欸，你每天都玩電腦會腦袋壞掉。」

「並沒有每天玩。」所以也不會壞掉，多謝你的烏鴉嘴關心。

「走啦走啦，人就是要多親近大自然才會生活美滿，讓我們一起來挑戰神之釣竿吧！」某個人再度發出不曉得是從動漫畫還是電視電影學來的熱血台詞，還把一隻腳給踩到餐桌上面去了，砰地一聲桌上的菜啊湯的跟著震動了一下灑了點出來。「趁著現在我們都是青春熱血之際！讓我們朝著陽光與海水勇敢地做出本世紀最偉大的挑戰吧！」

我看見坐在附近的人都開始換桌子了。

一邊的侍者端著盤子一臉黑線得好像想來叫我們滾出去。

「漾～用我們的生命改寫釣魚歷史吧！」

熱血的火焰熊熊席捲了整個公共餐廳，然後我只有一句話想告訴他——

「我不想用命去換歷史啦！」

拜託誰都好，來個人把這個神經病給拖走吧！

我不玩了！

《新版・特殊傳說6》完

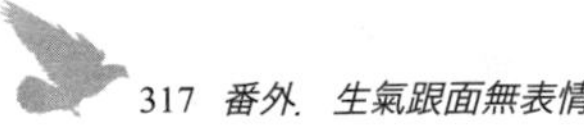

番外．生氣跟面無表情

地點：Atlantis

時間：清晨兩點十五分

擰水的聲音劃破了寧靜的夜半空氣。

在與鬼王一戰之後，每個黑袍接受過簡單療傷紛紛返回了自己所有的房間。

清晨兩點多時，奢華而連結到另一空間的房中滴落著水聲，然後有人拿著乾淨的毛巾擦去另外一個躺著的人臉上滿滿的汗水，接著又將毛巾放回水盆裡。

察覺室內空氣已經開始有點悶窒，原本站在床邊的他轉過身走向陽台推開了窗，屬於黑館外的清淨夜風立即隨著開敞的窗飄逸入室。

夜晚的風向來很清涼，不管是在學院裡亦或者是在學院外，總有讓人舒鬆一口氣卻又想打冷顫的效果。

掛在窗戶邊的黑色十字架晃動了下，那是有一次他主人到某個地方遊蕩時有個小孩子拿來對付他的。不過很不巧的是，眞正的夜行種族從來沒有害怕過這類物品，十字架也好大蒜什麼也好，就連有個天使就住在上面的房間他也視若無睹。

後來小孩發現不對勁時把東西砸到對方身上就倉皇逃逸了，於是當天遊蕩的主子回來之後還附帶了紀念品一枚，於是那個紀念品就被晾在窗邊當裝飾，也不曉得已經有多久時間了。

「喂、尼羅，你應該休息了。」微微睜開眼，白天因爲受創休息的蘭德爾半夢半醒之間只看到很熟悉的背影站在陽台邊不知道在想什麼，一點動作也沒有。

因爲是被鬼族直接攻擊到，加上他還有著鑰匙差點掏乾他的力量，所以身體恢復該死得緩慢。夜行種族就是這些不好，要嘛就是傷勢力量什麼的在一瞬間復元，不然就是恢復得比任何種族都還要慢，否則他倒是對自己出身沒任何意見。

過了好半晌，尼羅才像是聽見一樣緩緩地回過身，依舊沒什麼特別表情的面孔盯了他半晌，直到冷風猛然打在他髮上才有了下個動作，「您在冒汗，怕您著涼所以暫時不會離去。」很簡單的話語，他走過去床邊拿起了盛水的盆子往浴室走去，再回來時又換上了新的水。

「嘖，沒事的，去睡你的吧。」看著他在一旁的桌前放下水盆，然後走過去櫃子拿出一個小小木盒，蘭德爾幾乎快要嘆氣了。白天明明也參與對戰，不過他的管家就像是鐵打的一樣大半夜還在他房間裡遊蕩，最強的是連一點疲倦的表情都沒有。雖然他很早就知道自家的管家有面部僵硬的症狀，但是沒想到可以做到這麼出神入化。

一點點清涼的香氣散出在空氣當中，像是薄荷的味道也像是其他香草的味道，隨著風瀰漫了整個室內。打開木盒取出了幾葉翠綠的葉片在手指尖揉碎放入水盆中，尼羅盯著逐漸染成像是翡翠顏色的水，一句話也沒說。

四周毫無聲響，安靜得幾乎快讓人以為其實他並不存在。

蘭德爾能夠從這個角度看見月光流洩入窗，整個白色的地毯大半給照得銀亮，放在小櫃子上的銀器玻璃擺飾鋪上了一層流光，尼羅的金髮散著光暈，絲絲閃亮看起來非常柔軟。

他想起他從很小很小時候開始，就經常看見這種光景。

尼羅沒有說話，只將毛巾放進了水盆裡輕輕浸下，然後重複著剛剛的動作將它取出擰乾再走到床邊來，如同剛剛給他擦拭了汗水於是又走開。

空氣跟著沉默了很久。

久得讓蘭德爾覺得自己應該說點什麼，「尼羅，我說夠了，你可以先回你的房間去。」他看見一邊沉在水杯裡的時鐘，兩點過半的時間，指針還在細細地往前移動。就像尼羅清楚他的作息一樣，蘭德爾也自認為自己也清楚尼羅的作息，再過兩個半小時是他平常早上起床的時間，繼續沒完沒了地照顧下去就連歇也不用了。

水盆發出了細微的聲響，毛巾整個被人扔下去吸滿了水快速地沉下底部。

「尼羅，你在生氣是不是？」聽見了那個水聲，原本已經昏昏想睡的蘭德爾翻側了身，勾起了笑意盯著那個背對自己的總管。

「沒有。」很快地就回答上去，尼羅轉過頭依舊一點表情也沒有，仍然恭恭敬敬的姿態。

回答得太快了就眞的表示他有。

蘭德爾在心中這樣想著，有點好笑的是不曉得已經多久沒看過這位管家生氣的反應，「哪，說說吧，你又是因爲哪件事情生氣了?」他算算，最近好像沒有做什麼壞事吧?頂多就是上週無聊出門晃晃時順便抓了個女殺人犯回來吸血而已……該不會是回來時血污了地毯那事吧?

「什麼事情也沒有。」

那就是什麼事也有了。

⁂

蘭德爾想起來，他與尼羅認識的時間已經超過十年以上了。

那時候他們一個是小孩、另外一個是更小的小孩。

因爲時代的變遷，開發與工業化快速地襲捲了每一寸土地，爲了居住地與生存問題而逐漸產生糾紛的吸血鬼一族與狼人一族開始擴大了地底下的戰爭。

當時兩族除了彼此敵對之外，還得應付教團以及智慧及武器都越來越強大的人類，所以不僅居住地銳減，就連種族人數也不停減少。

高智慧的吸血鬼一族很快就找到了慢慢融入社會的方法，其實只要從地下轉變爲地上加上一些事情來做掩蓋，要生存下去並沒有那麼困難。

但是對於狼人來說就有那麼些艱難。

畢竟狼人的外表與習性無法像吸血鬼一般容易更改，在之後就算吸血鬼一族已經屏棄了黑暗地盤爭鬥，在時間改革的衝擊之下適應緩慢的狼人一族仍然被滅滅了大半。

有很長一段時間，狼人一族幾乎在原世界消失蹤影。

十多年前的時候，因爲心情不錯到了地下世界繞繞的幾名吸血鬼發現了被人類襲擊來不及撤退的大批狼人屍體。大部分都已經遭受破壞——人類總相信這些屍體必須破壞或者燒燬才不會重新復生，雖然事實上也差不多是這樣沒有錯。

整個地下空間充滿了令人嫌惡的氣味。

原本他們並沒有打算久留，但是在密西亞伯爵夫婦、也就是蘭德爾的父母聽見某種聲響，基於好奇之下又繼續往內走。

連結到另一條幽暗的空間中有好幾個灰頭土臉的小娃娃，很顯然是人類放火之後，這些幸運的小小狼人不知道是受了誰、也或者是那些大人們拚死換來的保護僥倖存活了下來。

經過了在場吸血鬼們的商量，這批幼子被分散帶往各個家族。

或者是當奴隸、或者是僕人，反正就是保留下了性命。

當時的蘭德爾還不算大，就在那天父母回來時帶了個黑黑髒髒但是比他年紀大一點的男孩，說是要給他當玩具以後當下人，所以他們就這樣認識了。

「你知道我一開始很討厭狼人的，像是看見蛆一樣討厭。」

原本正背著身看著櫃上的裝飾銀器發呆的尼羅聽見了細微的聲音，然後轉過頭，藍色的眼睛大半被黑色給覆蓋，兩人中間隔了那個月光形成的橫流。

起初不曉得他猛然殺出這句話是什麼意思，過了兩秒之後尼羅才有了原來主人突然懷念起童年時光的感覺，「知道。」看著床上那個自己效忠的主人，尼羅同樣回憶到可以說是慘不忍睹的童年時代。

最開始的時候，他還以爲這輩子當定奴隸了。

「看到你被帶進我家時，我還眞是絞盡腦汁想要把你給轟出去，最好是嚇得你不敢住連夜收拾包袱滾蛋。不過沒想到你毅力還眞強，經過種種凌虐都還可以待下來。」單手支撐起頭部，蘭德爾在棉被上用另隻手指畫著圈子，想起來小時候費盡心思的努力，「狼人果然不愧是很耐用的種族。」

這算得上是稱讚嗎？

尼羅微微愣了愣，無法確定應該開口道謝還是抗議來著，所以他決定保持沉默。

夜間的風逐漸轉強，將陽台邊繡著金色圖騰的半透明紗簾給吹得不停翻飛著，他轉過去將窗簾給收了起來。

從三樓向下看，可以看見黑館前的那片花園開滿了花朵，一些夜行性的小動物在花朵中穿梭來回，固定幾種小型幻獸散出了溫和光芒看起來就像是團小光球在滾動著。尼羅認得這些東西，白天幾乎不會行動也不會與任何人接觸的動物，只在晚上成爲學院的使用者。

在之前，他們也跟這些動物沒兩樣。

不知道從什麼時候開始，他們學習了白天醒而夜裡睡這個行爲。對蘭德爾來說，改變習性才

能滿足他生活與學習的要求。而對尼羅來說，改變習性才能配合主人的需求。

「尼羅，坐下吧。」翻起身，蘭德爾踱過了已經開始偏移的月光地板，拉出了椅子一屁股坐在陽台旁邊，「我覺得我們有必要好好溝通一下，我個人認爲你對我已經不滿很久了。」他搔搔頭，剛起床沒整理頭髮讓他有些雜亂，但是又不想接受服侍，於是將手往旁邊一伸。

微微愣了下，尼羅第一個動作還是先遞上了梳盒，「您誤會了，並沒有什麼不滿的事情。」並沒有眞正坐下，他只是退開了幾步站在一旁。

「你一定有。」隨手梳了幾下頭髮，蘭德爾把梳盒往桌上一拋，向後靠上椅背，「今天不講清楚就都別睡了。」他踢了一下一旁的空椅子，說道。

無奈地看了一下那張空椅子，深深感覺到主人其實還是在叛逆期年紀的尼羅無力地幾乎想嘆一口氣——不過他沒有，因爲他是個受過專業訓練的管家，「現在相當晚了，您明日一早還得重塑結界，爲何不讓這些小事延期到適當的時間。」他嘗試著想用最溫和的語氣與夜半突然堅持起來的主人講理。

「你也知道我向來不喜歡讓任何事情干擾到心情。」環起手，蘭德爾看著還沒打算坐下的總管然後勾起唇，「結果到底是爲什麼讓你生氣？」

四周突然安靜下來。

地面上的月光開始偏移，一點一點往床邊移動，窗框很快地讓偏移的光給照得反亮閃爍。

「說過了，並沒有所謂生氣這回事。」依舊是沒有特別變化的表情與平淡的語氣，尼羅就這樣回答著，「若您不睏的話，是否要爲您準備些飲品？」

「你有聽過在逼供時被逼供的那個人還可以悠閒地幫逼供的人準備一整套的飲料嗎？」那要不要還順便準備點心啊！蘭德爾有點想翻白眼給他看，現在他們上演的可是逼問而不是夜半的賞月點心會。

「眞的沒有什麼特別的事，您多心了。」

尼羅依舊重複著相同的答案。

※

他們僵持了好一陣子。

像是打死不放口的貝殼一樣，尼羅終究是保持沉默不說任何一句話，這讓本來身體就還沒恢復又加上勞累的蘭德爾深深感覺到該不會今晚他就會直接昏睡在這張椅子上吧。

直到鐘上的分針逐漸往十一地方移動時，尼羅才緩緩開口，「您身體會撐不住。」

該死地瞭解他。

蘭德爾眞的覺得自己要翻白眼了，「今天沒跟你溝通好，讓我撐不住昏倒在這邊就是你的錯。」他拋出了職務威脅。好吧，他知道這樣很奸詐，但不用上這招他是不會讓貝殼嘴多開一點的。

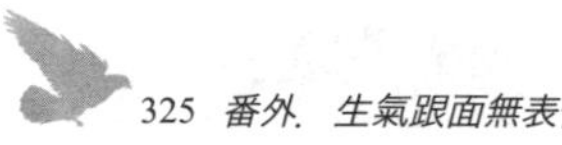

很明顯有點動搖，尼羅眼神像是閃爍了一下，馬上就恢復冷靜，「失職之處，請懲罰。」微微彎下身，他很快做好完全接受懲治準備。

「那好啊，處罰你把話講清楚。」往後靠著椅讓椅子的兩腳離地晃動著，蘭德爾一副正中下懷的愉快笑容。

「很清楚了，什麼事情也沒有。」有種自己今晚不知道已經重複多少次，已經到了有些想直接揪著自家主子衝著他耳朵好好喊了讓他聽清楚的感覺，尼羅很努力將心中的渴望給壓抑下來，「爲什麼您一定要堅持這個問題？您是從哪邊看出來有或沒有動氣？」

挑起眉，蘭德爾放下了椅子然後朝他勾勾手指。

疑惑地走過去，尼羅依照指示微微傾下了身。

就在彎腰瞬間，坐在椅子上的那個人猛然飛快伸出雙手一把扯了臉頰，接著十足用力地往旁邊拉，「你眞的以爲本伯爵完全看不出來嗎！」看見自家管家的臉整個出現了罕見吃驚的表情，蘭德爾才很愉悅地放開手。

眞的嚇了一大跳的尼羅退了兩、三步，不可置信地看著居然會動手做這種幼稚事情的主子。

他立即把最近出現在四周的人在腦袋中全部比對了一遍，很悲哀地發現他家主人這動作很有可能是源自於某個殺手家族的傢伙。

蘭德爾冷冷勾起了笑容，然後盯著那個餘驚未平的人，「你平常是因爲不想外露太多情緒所以整個面無表情。」這個他已經研究很久了，自從他家總管有了嚴重表情麻木之後，他就很經常在注意他罕少的情緒，「生氣時，眉毛會豎起來。」

幾乎是下意識的，尼羅馬上摸上自己的臉。

「說中了吧。」看他根本是心中有鬼的反應，蘭德爾繼續翹了椅子的兩條腿，椅背微微靠上了陽台邊緣，「那到底你是在氣什麼？」

「不是什麼大事情……」吶吶地說著，不習慣與人討論這些問題的尼羅毫無繼續往下說的意願。

「你該不會是還在記仇上一次我去外面拖了個殺人犯回來吸血，結果把整個大廳白地毯全給濺得血紅很難處理的那件事情吧？」他只是一時興起出去打個野食，不過沒想到那個傢伙倒很會掙扎，在被吸乾之前把整個大廳弄得活像是被尋仇潑油漆一樣。他印象很深刻，當去交代事務回來之後的尼羅看見整個大廳「彩色」的樣子，那個愣了很久很久的表情。

「不、不是那問題。」雖然地毯真的很難清理，純白的東西碰上血通常都是死路一條。不過因為那塊地毯是夫人以前留下來的東西，所以他還是很認命地硬著頭皮去尋求醫療班以及情報班的協助，花了整整兩天才把那塊地毯恢復成潔白亮麗的樣子。在那之前，他還把整個濺血大廳全部整理過……不過因為是份內的事務，所以他完全沒有怨言。

「那最近好像也沒別的事情。」微微皺起眉，蘭德爾又往更前一些的時間想著，然後讓他想到某件事情，「該不會是半個月前我去獵食時帶回來一隻雙頭鬣狗，結果忘記綁好把整個大廳和餐廳都搗毀那件事情吧？」他只是路過看見那隻比一般狼還大的狗很有趣所以打算抓回來當寵

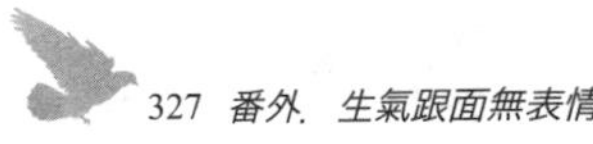

物，結果忘記鬣狗本性凶殘也沒上鎖，那隻狗就趁著他們兩個雙雙不在把整個生活空間破壞大半，還毀了尼羅儲存糧食與血液的地方。

「也不是那件事情……而且後來鬣狗也殺了。」當天第一個回來的尼羅一打開門就看見有隻野生的雙頭狗在搗毀大廳，二話不說就先將破壞中的野獸給解決掉，知道是主人帶回來又是之後的事情。

不過破壞了糧食儲庫眞的很麻煩，因爲裡面通常放了整星期新鮮的頂級食品，一時之間要全部重整很麻煩，且還得趕在自家主子回來之前把整個大廳跟廚房都先整理好。

這讓尼羅深深覺得，其實自己已經很有資格去做災難現場的復原工作了。

「那我就眞的不曉得做過什麼讓你生氣的事情了。」聳聳肩，蘭德爾掏空腦袋也想不出來最近還有什麼特別的大事情了。

躊躇了半晌，尼羅才慢慢吐出聲音，「眞的很抱歉，今日被鬼王襲擊時並未及時趕到您身邊。」明明不是大競技賽，明明他就站在五樓立即可到的地方，但是他還是眼睜睜看著自家主子在無法反抗時被鬼王襲擊。

不管是基於管家立場、或是其他的立場，尼羅都覺得這不是件能夠原諒的事情。

對他而言，這是怠忽職守。

蘭德爾瞪大眼睛，完全沒想到會是這種雞毛蒜皮的小事。

所以說，他的管家根本就只是在跟自己生氣？

「如果可以，請您責罰。」無論怎麼想都不覺得這是小事的尼羅微微低下頭尋求懲戒。

看著眼前的人，蘭德爾突然感覺有點頭痛，果然有時候責任感太重也不是一件好事情，「既然你怎樣都需要責罰的話，那就過來吧。」他停下椅子，然後招招手。

跟剛剛如出一轍的動作，尼羅警戒地看著他。

「放心，不是要捏臉。」蘭德爾站起身，說著，「走過來我面前，然後轉過身。」

半是疑惑半是不解地走過去，尼羅乖乖地轉過身。

就在他轉身那一瞬間，某種劇痛直接從他後腦爆開來。

還來不及抗議，他只感覺整個眼前一片黑暗，然後就這樣失去意識。

站在後面一拳打昏自家管家的蘭德爾晃晃手，微微彎下身一把抓住昏在地上的人然後使勁把他拋到床上去。

「失禮了，不過這樣大家今晚都有得睡了。」

※

處理掉自己在煩惱的管家之後，正打算去連結的另個房間睡的蘭德爾聽見某個細微的聲響，咚地一聲落在陽台上。

反射性回過頭，他只看見一本書躺在陽台。

走過去拾起那本不知道怎樣冒出來的書，他很本能地抬頭往上看。

「大半夜的在玩什麼逼供遊戲，吵死了。」抗議聲是來自四樓的另一家住戶，「別忘記窗戶不隔音。」

蘭德爾勾起笑容，看著從上面垂下來的銀色髮絲在月光下散著微光美得驚人，這讓他想起來那些精靈的身體也總是這樣微亮著，就連髮絲也不例外，「大半夜的不睡覺，誰曉得你在陽台邊看書，這時候未成年人應該都躺到床上去了吧。」

「哼，干你啥事。」上頭坐在陽台邊的人相當不客氣的拋過來這句話。

「我可有足夠的理由懷疑你是存心偷聽的。」半個身體探出陽台，蘭德爾將手上的書使勁一拋給拋回去樓上斜旁的房間，對方一點誤差也沒有地穩穩接住，「尼羅眞是太認眞了，認眞到讓我都想哭了，好感動。」

爲了那個理由可以自己生氣大半夜，眞的很有趣。

坐在四樓陽台的人懶洋洋地瞥了三樓的人一眼，紅色的眼中裝滿了鄙棄，「如果我是你的管家，我早在鬣狗出現時馬上離職。」雙頭鬣狗是吧，凶猛度不下於妖獸的異獸也帶回來，他肯定站在旁邊看著某飼主回來被狗追著咬，他很樂意幫那隻狗加點強化、這樣咬起來會比較夠勁。

還有，原來之前他會在情報班碰到尼羅是因爲地毯的事情，那什麼鬼地毯放把火燒了就好了，還用得著去請求協助嗎！

「所以我的管家才不是你啊。」看了一眼被打昏在床上的人，蘭德爾心情很好地說著。

「你該考慮調薪了，不然遲早會被挖角。」對於尼羅，他可也很感到興趣。這個年頭要找一個認眞博學又死心踏地的管理者已經不多了。

「放心吧你，就算我不調薪，尼羅也沒人挖得走。」很有把握地說著，某吃人吃死死的吸血鬼伯爵咧了笑容說道。

「哼。」冷笑了下，四樓的人沒有多說話。

他們都在看著同樣的月亮。

夜裡的風依舊很冷，將繫好的窗簾又給吹開飛翻。

「喂，你對今天五樓與石棺的事情有什麼看法？」盯著那輪月，蘭德爾開始在算著還有多少天會月圓。

「……前兆吧。」按著手上的書本，坐在陽台邊的人沒低下頭，只是兀自對著月亮發怔。

「是啊，我也這樣覺得。」所有的事情都太過剛巧，一件接著一件，讓他們不由得開始覺得似乎會有更多的事情來臨。

但是未來無法預測，誰也不曉得會轉變成如何。

「在該來的事情尚未到達之前，我們只能猜測以及預備。」微微垂下了紅眼，他看著書本上的精靈文字這樣說著，「如果到了那一天，就算是該在的人不在了，也希望你與其他人能繼續協助他走下去。」

蘭德爾沒有說話。

他只是輕輕地看了一下坐在四樓那人的側影，然後收回視線，「如果這是你的請求的話，我可以接受。」

「謝了，晚安。」

再度抬起頭之後，蘭德爾看見的是陽台已經空的四樓，剛剛的氣息與些微的遺憾似乎還在，但是很快地就讓風給吹散。

「沒什麼好謝的。」他喃喃地說著，「晚安。」

還有三天月亮才大圓。

收回身體，蘭德爾將窗給關起來。說眞的，今晚的風實在太冷了，對熟睡的人不是很好。

他收回視線看著難得能看見睡顏的狼人，不自覺地微笑了起來。

所以說，他有個好管家啊。

「啊，該睡了。」

〈生氣跟面無表情〉完

番外．記憶與空間

地點：Atlantis
時間：上午四點零七分

他作了一個夢。

是個很久很久、但是卻也好像不怎樣久的夢。

夢裡的那個地方充滿了血腥氣味，凹凸的奇異岩石上沾染著黑色的液體，扭曲的生物無機而絕望地在地上翻騰爬行。踏足在地上只感覺到踏入了像是沼澤一般的空間，抬起腳，令人難以喜愛的詭異黑色液體在鞋下拉出了長絲，牽連不斷。

走在前面探路的人打了信號讓他們小心一點，此戰只是襲擊而非正面交集。他們人數不夠也不多，只要斷了攻擊者的後援，很容易就可以將前方給逼退。

來時烽火的白煙沖天，河裡的血色飛濺。他們要處理的並非簡單的易事，而是動輒就能造成大量死亡的邊境之戰。

「安因，你的氣色不是很好，或者你在入口處等我們出來？」領首的黑袍回過頭望著他，臉上掛著一點擔憂：「畢竟鬼族的地方不管是對精靈或者天使都容易造成影響……」

「沒問題，繼續走吧。」截斷領首之人的話，他微微笑了笑，一行十二人中有十一個人擔心讓他太不好意思了，「首要任務是擊破盤石地點，只要一攻破的話什麼影響也不會有了對吧。」

聽了話語之後，其他人也都笑了出來。

「這次攻破盤石地點那群前線的鬼族大概就要夾著尾巴跑回來了，火精肯定也要燒著他們屁股跑來洩憤。」不知道是誰這樣說著，很快就引起了其他人的響應。

「火精本來就是一等一地悍，這次一定憋了很大口怨氣要一次發出來吧。」

幾個紫袍黑袍細著聲音愉快地說著，讓領在前面的爲首之人只得勾起唇，無奈地笑了笑搖搖頭。

即使是危險任務中，他們還是很會替自己找點放鬆的事情。

「回去之後，我們去翼族那邊的酒館打點慶祝一下吧，好久沒去翼族，他們的小店眞不是蓋的……」

「少來，你以爲任務這麼輕鬆就成功慶祝啊。」

「哈，先想想行不行。」

小聲地打打鬧鬧，立即就將通道中詭譎的氣氛給沖刷而去，好像走的不過就是平常的小路一樣，地上的東西牆上的東西都不過是個裝飾奈何不了他們般。

「出口好像到了。」一行人中年齡最小的紫袍握著手上的兵器，接著全數的人都噤了聲斂起氣息，動作飛快地消失了身影。

泛著光的出口後有著他們的目標。

鬼族的盤石地點說穿了也只是補給的地方，只要切斷毀壞後他們就必得撤退，而且因爲沒有盤石供給的惡氣還會讓他們在大結界中快速衰弱甚至死亡，所以對他們而言這地點相當重要。

長久以來與鬼族一戰中他們自然也明白，破壞盤石地點是第一重要目標。

安因停止了動作，埋伏在通道出口處，他的身邊有著黑袍搭檔，即也是剛剛領著所有人的首領隊長。

雖非資深黑袍，但是實力在同袍等中也是數一數二。

「有幾個人？」靠在旁邊，那人低聲詢問著。

看了入口之後一眼，安因在掌上畫了幾個圖紋，一點細微的藍色光芒稍稍映亮了略帶黑暗的空間：「不多，只有十幾個。」

「十幾個？」

黑袍首領微微皺起眉，突然有種奇怪的感覺在胸口蔓延開來。

「奇怪，這種數量……盤石地點的守衛不應該只有十幾個才對。」同樣也感覺到不對勁的安因試著讓探測範圍更大了一倍，敵方的數量又多了一些，但是並沒有多到讓他們吃驚，也沒有多到像是保護一個對這場戰爭影響重要的地點的感覺。

他們兩兩相望，同時感覺到太不正常了，這個地點的狀況跟以往襲擊過的完全不相像。

「火精眞的確定這裡是盤石地點嗎？」因爲公會情報延誤了時間來不及送達，所以他們才採用了火精的情報。但是眼下看起來，安因突然覺得有種相當突兀的怪異感。

這個地點，給了他們一種不安的感覺。

「……通知其他人馬上撤退。」立即放棄攻破原先目標，黑袍首領立即下達命令。

幾乎是立即動作，原本在出口附近隱藏身形的其餘人同時往後撤開，還未走出幾步，另名黑袍立即發現不對勁：「冉！通道被堵住了！」

猛然驚愕回首，原本進來的通道入口已經全部覆上一層未知的黑暗，凹凸不平地像是有東西不停在上面竄動著。

「讓開！」立即跳下石面，安因抽出紫色水晶在掌中揉碎，如同粉塵般透著紫光的粉末在空氣中被劃出了一道弧：「擊界退去！」

沾上了粉末的異物猛然震動，接著像是被熱水潑穿的冰牆一樣自中間融開了大洞。但是出現在所有人面前的是更令他們驚愕的事情——一層一層相同的異物黑牆將其後所有通道都堵上，牢牢實實連一點竄入風的缺口都沒有。

「移送陣與空間法術無法使用。」很快地，有人發現讓他們現在處境狀況更爲惡劣的問題。

四周猛然安靜了下來。

他們皆感覺到一股冰冷的氣息，詭異的空氣像是灌上了鋼鐵一樣壓在他們身上，閉塞的空氣幾乎令人窒息。

這是某個「人」刻意隱藏的氣息。

「竄進來的幾個下等客人，不乾脆進來看看嗎？」就在所有人都不語時，一種奇異的聲音從後方出口處傳來。聲音並沒有很大，但是整條通道都迴盪著讓人無法忽視。

「冉，如何？」另名黑袍悄聲地問道。

「……我想我們所在地並非盤石地點。」領首的黑袍微微咬了牙，不自覺掌心已經緊握生疼：「讓安因、尼爾和莉妲留下破壞阻礙，只要有機會的人馬上就逃離這個地方。」

「冉！面對鬼族需要的是我的術，讓朱里留下來。」不敢相信自己的搭檔會這樣安排，安因立即出聲抗議。

「安因，配合安排。」

對方只堅定地告訴他這一句話。

然後，他醒了。

❀

四周的空氣是清淨的。

睜開眼，看見的是白色的天花板，上面有幾個妖精族贈予的小小裝飾隨著夜風正在有一下沒一下地晃動，細小的鈴聲說明了他現在所在的是最安全不過的地方。

剛剛夢中那最危險的時刻好像是虛假的，但是晃眼百年，卻又如同昨天才發生過的一樣。最後他仍然硬是跟隨上去，然後看著紅色的血從不同的軀體中噴散而出，整個地面血染成河。

那些不要臉的鬼族像是嗅到蜜的螞蟻撲上去舔噬著鮮血，憎惡得讓人想要毀滅這些畫面。

「安因，您清醒了嗎？」

打斷了混亂的畫面是個溫暖不失禮節的聲音，他甚至不用看就知道是誰坐在床邊。轉過視線，一隻白皙的手背貼在他的臉邊，「看來沒有發熱，感覺如何呢？」

就算是在最黑暗的時刻，他還是可以很清楚分辨出發著微弱光芒的精靈正用有點擔心的表情在看著他，「怎麼了？」沒有回答，安因掀開被蓋得妥妥的棉被半坐了起來。

大半夜的，他無法理解為什麼精靈會坐在他的床邊。

不，也許他知道為什麼。精靈是宿舍管理人，只要宿舍中有一點點的不對勁，不管是任何人的房間他都可以來去自如。

「景羅天的印記又開始竄動了。」低著溫和的聲音，賽塔看著對方幽幽地說著：「您睡太沉了，印記讓您在夢中清醒不過來，方才使者才從這個房間離開。」

「嘖，那個鬼王又開始動手腳。」注意到房間的確有些微鬼族使者來過的氣息，安因馬上瞇起眸。他平常不會這麼大意，就算是睡覺，只要有那些東西一進來他絕對會馬上將他們轟出去。

而剛剛那個夢……他的黑袍搭檔還在夢中永遠也不會回來。

「又夢見百年前的戰爭。」用的不是疑問句而是肯定句，賽塔站起身，離開了床邊然後給他倒過來一杯茶水：「印記會痛嗎？」

溫和的語氣像是融化在風中，就算相處再久，安因還是覺得精靈眞的是種不可思議的存在，與天使是相似卻又完全不相同的種族。

緩慢地將茶水給喝下，安因拉下了上衣，右肩後處連到肩膀上出現了血紅色的圖騰印記，平常被封印著不容易出現，今晚卻讓他感覺到灼熱得些許疼痛。

「應該是鬼族傢伙的關係，惡氣污染了封印讓效果減弱了。」揉著肩膀上讓人憎恨的印記，安因冰冷地說著。

「宿舍結界剛重塑完畢還在穩定中，所以才沒有及時將惡氣給淨化。」看著發紅的圖騰，賽塔也感覺到上面滿滿布著令人退卻的不祥：「我幫您將惡氣給淨去以及重新加上封印吧。」

「麻煩了。」在床上趴下，安因聽著後面傳來的低低歌謠。

精靈的古老語言他不懂，只感覺那個聲音很舒服，像是隨著風而唱、繞著風而走，一點一點地傳進了他的耳中。

一點細碎的聲音響起，他看見些許透明粉末隨著房裡的風被捲出了窗外，餘光朝著月亮的方向遠去而拉開了漂亮的光暈。

然後他想起，其實精靈也參加過戰爭。

比他的還要更久遠，千年前與鬼王的大戰。

他們都與鬼王有淵源。

賽塔的手按在他的肩膀上，冰涼不是發寒，是讓人心安的感覺。

身上的印記慢慢開始退去痛楚，在歌謠中緩緩隱沒了赤紅的色彩，就好像褪了色一般逐漸消失在空氣當中。

他想起天使也愛唱歌，可是卻沒有精靈的聲音那樣令人深刻。

天使的聖歌很美，美得讓人想流淚。可是精靈的聲音卻是穿透了身體刻印在靈魂裡，許久許久之後，會讓人在某一天重新憶起那個悠然彷彿隨風而來的聲音。

幽遠地，一種伴著歲月的清靈歌聲。

「賽塔，你參與過的戰爭……是怎樣的場面？」不自覺地，他把賽塔與當初闖入鬼王大殿中的同伴相疊在一起，這樣問著。

「嗯，或許跟您所看見的也很相同吧。」終止了歌謠，沒有任何不悅，賽塔的聲音依舊溫柔：「那時候我太年輕了，已經快有些記不住是怎樣的景色。只知道白色與黑色的煙從兩邊漫天飛舞，辛亞穿著盔甲拍著我的肩膀；我們曾經在螢之森的樹上交換新的歌謠，出戰的那晚樹林充滿了悲傷，每個留下的精靈哀傷地將花裝飾在道路上，遠遠的、好長一段路都是那些小花。」

他太年輕了，走在隊伍中有著與他年歲相當的其他同伴。

他們經過了散著光芒的花，長長的很遠，一個接著一個不參戰的精靈們不斷追上來將花放在路旁，希望照亮離去族人的道路。

螢之森、冰之牙、艾里多爾……他已經快不記得趕來參戰的究竟有多少地方的精靈同伴。

記憶正在褪色。

一望過去，已經像是不真實的記憶。

天使善記、精靈善忘。

安因閉上眼，還未從記憶中忘卻的好幾張人臉清晰地浮在眼前。

然後那場戰爭後來是怎樣的收場？

❀

血液的氣味沉重。

「安因，你有辦法逃出去，就走。」他的黑袍搭檔前面是更多人的屍體，十名紫袍只逃出了兩個人，另名黑袍的頸剛剛斷在鬼王的手下。

四周都是血。

鬼王與他的七大高手站在眼前，很有趣地看著他們的掙扎舉動。

來援的人手不敵黑暗氣息，他們是壓倒性的失敗。

「冉璟，公會比較需要黑袍。」他下定決心，反正鬼王跟他的那些手下看起來咒術並不怎樣強，所以盡全力的話他有機會可以把搭檔給送走，「袍級的屍體不能外流，我留下來做了結。」再也沒有機會讓他們復活，被擋在外面的醫療班也沒有可能進來救人，而進來的醫療班也已經橫屍。

所以他們要做最後的打算。

屍體可以透露的情報太多了，而且很可能會被鬼王利用重塑成鬼族，所以在最絕望的時刻他們首要就是將屍體全部毀滅。

注意到他的意圖，鬼王一招手，其手下猛地衝出開始要搶走屍體。

冉璟嘖了一聲，揮舞了手上的兵器咬牙毀去了最靠近身邊的友人遺體：「安因，我們是搭檔對吧。」他這樣說，然後微笑，「我的屍體就麻煩你了。」

然後，他的搭檔對上了七大高手。

安因已經想不起那時候是怎樣將自己的朋友給化成一團灰燼，他站在層層陣法的保護之中，鬼王跟鬼族的叫囂聲一下子離了很遠，聲音恍惚得好像快要聽不見。

所以，他爲什麼會在這裡？

黑暗的空間扭曲的形體，鬼王踏出了腳步開始破壞他的咒術逼近了自己。

他聽見結界崩裂的聲音，然後看見站在自己眼前的鬼族。

對方說，難得看見有趣的天使，所以就留下來當我們的同伴吧。

扭曲的鬼族與闇黑的空間，他冷笑，猛然送了一記攻擊結實地打在鬼王的臉上。沒有停下動作，第二次攻擊就是馬上了結自己。

與其在這邊跟鬼族廢話，不如一次把人連著身體都毀掉。

隱約地，他看見有人衝進來，一拳撂倒撲上去的鬼王高手，強悍的力道讓那名鬼族一下子沒有辦法爬起來。

於是他看見某個自稱很久不幹資深任務和天降奇兵的同僚衝進來。

完全沒有浪費時間，那個人一把拽住自己，完全沒有任何畏懼地直接攻擊鬼王，在鬼王還沒反應過來同時已經將他拽出很遠的距離了。

混亂之際他感覺到後肩膀被景羅天猛力拍了一掌。

然後他被救出鬼王之地。

距離那地方很遠之後，已經有好幾個醫療班與情報班待命，他可以看見先行脫離的兩名紫袍正在被救治，他們也看見他。

「老師，裡面還有人嗎？」一名情報班的人靠近了他們，詢問著那名資深黑袍。

「一個都沒有了，馬上回報公會。」

之後他們的吵嚷什麼的，他一點也聽不進去了。

火紅的印記，像是熊熊燃燒的烽火烙印在他身上。

於是，安靜下來了。

※

那是一個像遙遠但是也像是昨天的記憶。

賽塔的歌聲重新迴盪在房間中，仔細聽已經不是古老的精靈語而是近代精靈們使用的語言，祝禱著沉睡者們的聲音令空氣也沉靜了下來。

然後，歌聲沉寂。

「安因，我們啊……因爲活了很久的時間，所以已經有很多事情不記得。」精靈坐在床邊，低語著：「編入歌謠的故事或許是自己曾經經歷過，但卻又不是那樣子的眞實。時間一直在轉變，但是曾經發生過的一切不會被抹滅。」

天使善記，精靈善忘。

「但是在我記憶深處中，千年的戰爭有時候卻也好像是昨日發生過的一樣。那之後對精靈族的影響，對於其他族的影響還深遠得直到今日未斷。螢之森憂愁的樹仍然傷感，長長的白花道路依舊送著每一位離去的旅客出發。」

幽遠的記憶仍然不斷藉由歌曲故事傳承。

精靈善記，天使善忘。

記的不同，忘的也不一樣。

安因翻起身，肩上的印記已經全部消失，他隨手將衣服披回身上。

清晨的時間，窗戶外面已經隱隱約約出現了灰暗的光芒，黑館外的鳥緩緩甦醒在樹上發出了一兩聲鳴叫。

他可以聽見早晨的露水滴落在樹梢上的聲響。

吹來的風像是吟唱著讚主的詩歌，然後在房間裡徘徊了片刻之後離開。

對了，從那天之後他也沒有再踏上過木之天使居住之地了。

骯髒的印記邪惡的氣息，不知道還要等多久才能擺脫回到故里。

記憶與空間還在交錯，他突然想起了剛踏出木之天使一族時，朋友們在樹上唱著的聖歌。

一個杯子無聲地從旁邊遞來，傳來的氣味是很多人難以求得的精靈飲料，清爽的氣息讓一夜的窒悶都給驅散。

下意識地，他接過了杯子。

精靈衝著他微笑，然後站起身走過陽台打開窗，清早的晨風大肆翻捲了進來，將房內的裝飾吹得發出許多清澈好聽的聲響。

「眞是令人難以抗拒的早晨，樹木清醒愉快的聲音和風的邀請，不知道您想不想一起到早晨的校園中稍微走走呢？」微微瞇起眼，淡金色的眼睫隨著風顫動著，細長的髮給風揚起了大半散著光芒。

安因忘記是誰說過的，精靈的邀請一向很難讓人拒絕。

的確，他連一點想要拒絕的念頭都沒有。

飲去了手上的飲料，踏下床鋪，看著外頭的天色開始有所轉變，即將到臨的早晨正在雲上做著色彩變化。

美麗的聲音、甦醒的風景。

「爲了紀念一樣在大戰中逝去的朋友，讓我們的思念順著晨早的風一起送達到那方吧。」精靈這樣告訴他。

安因知道自己大概是笑了。

「好的，那就走吧。」

他的記憶，在這個空間一下子變得遙遠。

或許很快地又要變得清晰無比。

天使善記、同樣也善忘。

冉璟，那我的屍體要麻煩誰？

記憶中的搭檔笑了，然後一如往常拍了拍他的肩膀。

你還可以活很久，所以絕對不是我。

〈記憶與空間〉完

特傳幕後茶會

第二次書上重啓茶會再度奉茶啦。不知不覺也到了冬季，這次選擇的是右商店街中新開幕的茗萸茶館，有著茶葉飄香的茶館可是一開幕就受到許多學生和附近居民的喜愛，就連百年老店的老張也是常客呢。銀冬季節時，在雅座上透過茶水溫氣看著窗格外的庭院雪景，是最棒的享受。

主持人B：是的，只要接下來訪問時不要被來賓去頭掐尾斷脊髓，這真的會是一大享受。

小亭：斷完能吃嗎？

主持人B：不行……以下開始訪談。

本次來賓名單：漾漾、喵喵、學長、夏碎、西瑞、九瀾、千冬歲、萊恩

問題：雖然很多人問過類似的，但是還是繼續來問一下，冰炎殿下至今對主角的感覺是？

漾漾：學長你那個沒表情的表情不管怎樣看都超恐怖的……我完全不想知道答案啊啊啊啊……我們還是繼續下一題吧……

問題：請問西瑞喜歡什麼類型的女性？

漾漾：噗——咳咳咳……（嗆到）

西瑞：嘎？啥米？

B：意外地還滿多女性同胞想知道。簡單地說，你的擇偶條件是？

千冬歲：八成是金光閃閃之類的。

西瑞：你個四眼田雞是要找本大爺幹架嗎！

千冬歲：難道是正常人類！

漾漾：（千冬歲你也驚嚇太大了）

西瑞：廢話，本大爺行走江湖一把刀，江湖任我獨行！千里不留行！大江南北只有我蹤影！飄浪江湖的鐵血男兒總要有個心靈停泊。

B：等等，我知道了，該不會你是……港邊才是男性的所在那一派！

西瑞：當然！你們這些愚民，大船偎港才是正道！你們難道不曉得成功的俠客背後就是有個在家織布煮飯等你的女人嗎！退隱江湖之後可以一起養老。

漾漾：不不不，你是想要人家織完千里布還等不到人嗎你！織布是什麼條件！為什麼會有織布這種選項！你要別人等什麼啊你！

西瑞：好女人會等十八年。

漾漾：靠……邀請旁邊走勒！你不要隨便誤人家青春啦！

西瑞：本大爺也會專心血洗江湖十八年不沾野

花董腥只想她，有屋有房有吃大爺走過人生路就回家。

B：總、總之是傳統女性沒錯吧……

漾漾：我覺得錯很大啊……

B：好男人……大概要從正確觀看八點檔教起（沉痛）

同系列問題，請問主角家的媳婦最低門檻呢？

B：大家對於媳婦問題都很有興趣。

漾漾：呃……最低門檻到底……

B：總之就選一個最低的條件。不要說織布跟煮飯，煮飯太多人用了。

漾漾：現在煮飯不能當最低門檻嗎（驚）

B：每個人都要媳婦煮飯是怎樣！你們是多想刁難女性同胞，並不是每位女性都會煮飯啊！有的人就是天生怎麼煮廚房都會炸

掉、還會切到自己切到斷掉啊體諒一下！還有要求對象會煮飯的人自己先要學會同等技能！難道那邊一臉沒事在喝茶的冰炎殿下會嗎（指）

夏碎：他會。

B：……

漾漾：好、好吧，那、那就是……活生生的、正常的、走在旁邊不會被招牌打到，能身體健康有精神？

B：你是在市場挑魚嗎。

問題：請問主角，如果學長和西瑞被打到不醒人事沉海的話，你會先救哪一個？

漾漾：回答問題前，我想知道的是……真的有人可以把他們同時打到不醒人事嗎！

西瑞：哈，大爺下海前會讓他知道全家灌水泥囤海的滋味。

B：這是假設題……假設……拜託請假設一下。

漾漾：假設前，我想知道的是……他們兩個淹得死嗎……

B：（默）

學長：（喝茶）

夏碎：技術上來說，是淹不死的。

漾漾：那要怎麼回答啊……都別跳了、我死！（沉痛）

呃，好吧，倒過來問，如果主角被沉海的話，請問學長和西瑞會做何行動？

學長：為什麼都是問我？

B：呃……就、就假設吧（總不能說觀眾比較想看你的笑話）

學長：米納斯會救他。

B：假如是沒有米納斯和老頭公的狀況下，被沉海、絕對沒有外力可救呢！

學長：那再見。

漾漾：學長——求求你一定要救我啊啊啊啊！

學長：嘖。

西瑞：漾～漾～you jump、大爺jump。

漾漾：你下來幹嘛！看我怎麼死的嗎！不要跟下來！還有這句話不要用在這種時候，我一點都不感動啊啊啊。

喵喵：漾漾放心，就算一直沉、沉沉沉溺死了我們也可以救啊。

漾漾：（為什麼我突然感到無比心酸悲痛）

B：看來還是會得救。

問題：為什麼冰炎殿下會留長髮呢？

B：還滿多人有這個疑問喔，殿下普遍給人的感覺似乎都是特別討厭麻煩，不少人認為您應該會是一頭短髮……不不不拜託您快點把手上的刀子放下來別剪頭髮啊——

學長：嘖。

夏碎：其實會換長短。

漾漾：咦？我有看到的時候都是長的。

夏碎：現在一直都是長的沒錯，前幾年有陣子很短。

B：那換長短有特別理由嗎？

夏碎：我記得以前問過，回答是因為很煩。

B：因為煩……剪短？因為煩……留長？

學長：你有意見嗎？

B：不不當然沒有，可以請問夏碎先生大致描述一下狀況嗎？

夏碎：以前董事很喜歡拉他頭髮玩，所以冰炎就一口氣把頭髮都剪了。後來賽塔與安因等幾位閣下們有意無意一直說可惜了很美麗的頭髮，像是白銀寶石般的髮澤很少見……過沒多久又開始留長了，大致上是類似這樣的狀況，否則我想他應該是懶得剪的成分比較多呢。

漾漾：（所以學長你根本只是想圖個耳根清靜吧！）

學長：褚，你欠扁嗎？

漾漾：（對不起我閉腦了）

B：所以照顧長髮就不算麻煩嗎？

學長：不過就是放著不管而已。

B：……原來如此。

問題：請問主角，安地爾和西瑞你會比較想先拍死哪一個？

千冬歲：哈哈哈哈哈哈——

西瑞：漾～把那封信給本大爺。

漾漾：你想對正常人類幹嘛啊！絕對不會給你！

西瑞：那答案呢？

漾漾：……你把獸爪放在桌上的意思是要人跳過這題吧。

西瑞：你錯了，本大爺一定會追根究柢！

漾漾：（我還真想回答兩個一起拍死啊啊啊啊啊啊！）總……總之，我誰都不想要面對也不想拍。

B：我可以了解你的痛。

問題：學長經常拍打敲擊主角的腦袋，都不會擔心主角會從假腦殘變成真腦殘嗎？

學長：他有假腦殘過嗎？

漾漾：咳咳咳——下一題！（開玩笑我不想在今天變成真腦殘啊啊啊啊啊！）

問題：如果親西瑞一下，可以得到一百具屍體，請問九瀾接受嗎？

九瀾：不用親他，我就有那個數量十倍以上的屍體了。不過話說回來，如果親下去，西瑞小弟的屍體就是我的，那我勉強可以接受。

西瑞：給本大爺滾遠一點！

問題：學長生過最嚴重的病是……？

漾漾：（暴躁病。）

學長：褚，我想你的腦殘病應該真的需要治療了。

漾漾：（對不起我閉腦了）

問題：請問主角什麼時候才會變強？

漾漾：我、我已經有在變強了……真的有……只是比較慢而已（掩面）

喵喵：對啊，漾漾有變強喔！沒有很大點而已！

漾漾：……

問題：學長似乎是不收女孩子禮物的，為什麼收了主角的禮物呢？

學長：他是女的嗎。

B：呃，當然不是。

漾漾：學長一般不收禮物好像是杜絕女同學廝殺吧……等等！你就不怕我被女同學殺嗎！有的根本不管是男是女都照打啊！

學長：如果因為這種事情被殺，那就是你自己的問題了。

漾漾：起碼在送禮之前說一下會有生命危險啊啊啊啊啊——

夏碎：這樣一說，冰炎的外表的確也頗受一些男性歡迎。

漾漾：……夏碎學長你不要再加強恐怖性了（後悔中）

夏碎：開玩笑的，實際上不管是男是女他都會分辨，有目的和麻煩的物品一般是不收，純粹朋友間的贈禮會收。

B：原來如此，所以才會省解釋地直接宣稱不收禮啊。

夏碎：其實這點很多人都是相同的，並不是只有他這樣做。

B：了解。

漾漾：（嚇死我了）

問題：各位在原世界有吃過什麼特別好吃的食物嗎？

西瑞：雞蛋糕！

漾漾：呃……好吃的其實很多喔！台灣是美食天堂！很多東西都很令人印象深刻喔！

西瑞：既然這樣說的話！漾～下次我們去吃到死之旅吧！

漾漾：……對不起我錯了。（突然覺得不應該提的）

問題：請問學長最高有幾天不吃東西？

學長：不知道。

B：啥！怎麼會不知道？

學長：為什麼要知道！

B：呃呃，正常人會記得吧？

漾漾：（學長不是正常人啊啊啊啊……）

問題：請問萊恩的隱形能力到底是怎麼練成的？

B：……萊恩人不見了，訪問不到啊啊啊啊啊啊！

千冬歲：他在你旁邊。

B：哇靠！這到底是什麼變色龍神術！究竟是怎麼練成消失的？

萊恩：我沒練啊……

那萊恩的能力是家庭遺傳嗎？

萊恩：？

千冬歲：我之前去他家時候，其他人還滿正常的。

B：那就真的是老天獨厚了……

千冬歲：是啊……

B：不過某方面來說還滿方便的就是。

對了，千冬歲出任務時候沒有戴眼鏡，是有使用隱形眼鏡嗎？

萊恩：他沒有近視。

千冬歲：（推眼鏡）我沒有近視。

B：那幹嘛要戴眼鏡？因為帥？

千冬歲：就跟戴面具一樣道理。

問題：學長有考慮像西瑞一樣染成別的顏色嗎？

學長：……

漾漾：我想應該是沒有吧（嗚啊學長的臉色超難看）

問題：請問西瑞平常看的電視劇範圍？

西瑞：哼哼哼哼，本大爺像是這麼容易會說出機密的人嗎！身為一個響噹噹的江湖過客，就是要來無影去如風，讓你摸不著也猜不到！

漾漾：雖然不知道確定，但是我可以很自豪地跟你講……八成啥都看，而且還偏向大量本土劇……（每次聽他講話就知道之前大概有看啥了……）

B：我也這樣覺得，不過那個範圍還廣到滿微妙的……

西瑞：漾～隨便透露別人的機密是不好的喔（磨爪子）

漾漾：呃、下一題。

畫者題，大家在大冬天看到夏威夷海灘和花色少年襯衫有啥想法？

漾漾：好冷，冷死人了。冬天看到這種打扮實在是有夠冷。

學長：……

九瀾：西瑞小弟一直都是那樣子嘖嘖，真想切開皮，看看下面的組織呢。

夏碎：我對個人興趣打扮沒任何意見（微笑）

小亭：好像糖果！花花的、花花的！

西瑞：你們這些沒藝術感的愚民！本大爺那叫藝術！藝術懂不懂！

漾漾：不就是花襯衫和海灘嗎……

西瑞：漾～這你就不懂了，夏天！沙灘！烈

日！花襯衫！一切一切都是絕佳的組合啊！這閃耀的陽光就如同本大爺沸騰的俠客之氣！蒸蒸上升啊！

漾漾：（根本是已經熟掉的俠客吧）

問題：最後女鬼到底怎麼了呢？

漾漾：我也很介意……

學長：就下去了。

B：……下去哪裡。

學長：該哪裡就哪裡。

漾漾：所以有復仇成功嗎？

學長：誰知道。

漾漾：（學長你根本是懶得解釋吧！）

請外景主持人輔助訪問一下人類部分，褚爸爸常常沒回家，難道小孩都不會錯認嗎？

棚內B：主角的阿爸大概已經蒸發得七七八八了。

C：種族會用感應血緣力量的方式來判斷相近關係，不過人類似乎沒有這種能力，只看臉的話貌似都會記錯吧，還是長時間不見？

漾漾：有印象以來，我爸就常常不在家，大概大半年才會看到一次人吧……其實我小時候真的把他當成陌生的叔叔過。

褚項：（有點打擊）

冥玥：沒關係，大家都當過。

褚項：（巨大打擊）

C：這真是高出差的風險啊，半年不回家，小孩都忘記臉了……出外打拚真辛苦。

（棚內）

主持人B：嗚啊，這次訪談還真順利啊，大致上就這樣結束了。

喵喵：這邊的茶點真好吃啊。

主持人Ｂ：如果可以次次都這麼順利就好了……嗚……

漾漾：乖，我懂你的痛……

千冬歲：啊，那我們有任務就先離開了，感謝茶會招待。

（千冬歲和萊恩離席）

漾漾：說到結束，這次有抽獎，學……學長又逃跑了！什麼時候跑的！

主持人Ｂ：這樣一說，剛剛學長和夏碎先生也說有任務要先離席了。信件暫時交託了，等我們抽完再返還給他們。

喵喵：那只好我們自己抽獎啦！

西瑞：哈！這次！阻礙的石頭都已經消失了，就讓本大爺來抽出下一個待殺的名單！

漾漾：只是要抽禮物名額而已，你要殺誰啊！不准殺，不要莫名其妙把別人當獵物啊！

西瑞：漾～這你就不懂了，從一大堆裡面抽出一個，那是神的選擇啊！

漾漾：神才沒有選別人被你殺！給我發誓出去不會記住等等的名單。

西瑞：嘖。

主持人Ｂ：那麼就來和平無事安全地公布一下本次的贈獎名單吧，請西瑞和主角各抽一張囉，以下：

第二屆書上茶會抽出

致贈第六集簽名書一本：蔡○萱（台北）

致贈二○一三國際書展．特傳限量特典組一份：冰苑（新北市）

新書與周邊將在上市之後寄出。

主持人Ｂ：以上，感謝大家的參與，大家下次見。

～END～

【特殊傳說】原世界公會分部信箱長期設立！！

您有許多話想告訴角色嗎？
您想將信件寄往守世界嗎？
歡迎各位將困擾心中已久有關特傳角色的種種疑問寄到原世界公會分部信箱：
（10353台北市大同區赤峰街41巷7號1樓）
我們將會特派茶會主持人前往訪問收件者看看對於信件的心得感想～～
訪談內容將開始連載附錄於《特殊傳說》卷末之後。
當然……不一定都能問到啦……請大家祈禱茶會主持人可以勇猛地活到最後一集……

下集預告

熱鬧滾滾的新年到了，
不甘寂寞的守神們卻拖著漾漾下海煮火鍋？
一個被埋藏的事實似乎也正漸漸揭曉……
而那個總愛和漾漾裝熟的陌生人，真面目即將露出！

寒假過後，新課程、新老師陸續登場，
歡樂的學院祭更是接踵而來！！
高中部全力以赴，「商店計畫」正要準備開跑～

內心OS：

你們最好的碗就是人頭碗啊……
媽媽，妳兒子生平第一次用頭吃飯了……

蓋亞文化圖書目錄

書名	系列	作者	ISBN	頁數	定價
恐懼炸彈（全新插畫版）	都市恐怖病	九把刀	9789863190288		280
大哥大（即將改版）	都市恐怖病	九把刀			
冰箱（即將改版）	都市恐怖病	九把刀			
異夢（即將改版）	都市恐怖病	九把刀			
功夫（全新插畫版）	都市恐怖病	九把刀	即將推出		
狼嚎（即將改版）	都市恐怖病	九把刀			
依然九把刀（紀念版）	非小說・九把刀	九把刀	4710891430485		345
人生就是不停的戰鬥	非小說・九把刀	九把刀	9789866473029	384	280
不是盡力，是一定要做到	非小說・九把刀	九把刀	9789866473036	384	280
1%	非小說・九把刀	九把刀	9789866473647		400
人生最厲害就是這個BUT！	非小說・九把刀	九把刀	9789866157035	384	299
我買過最貴的東西，是夢想。	非小說・九把刀	九把刀	9789866157738		299
綠色的馬	九把刀・小說	九把刀	9789866815300	272	280
後青春期的詩	九把刀・小說	九把刀	9789866815799	272	250
上課不要看小說	九把刀・小說	九把刀	9789866473654	272	280
上課不要烤香腸	九把刀・小說	九把刀	9789866157806		280
樓下的房客	住在黑暗	九把刀	9789867450159	304	240
獵命師傳奇 卷一～卷十九	悅讀館	九把刀			3752
臥底	悅讀館	九把刀	9789867450432	424	280
哈棒傳奇	悅讀館	九把刀	9789867929884	296	250
魔力棒球（修訂版）	悅讀館	九把刀	9789867450517	224	180
都市妖1~14	悅讀館	可蕊			各199
青丘之國（都市妖外傳）	悅讀館	可蕊	9789867450470	320	220
都市妖奇談 全三卷	悅讀館	可蕊	9789866815058		各250
捉鬼實習生 1～7（完）	悅讀館	可蕊			1406
捉鬼番外篇：重逢	悅讀館	可蕊	9789866815652	320	250
魔法師的幸福時光 1～9（第一部完）	悅讀館	可蕊			1926
魔法師的幸福時光 番外篇	悅讀館	可蕊	9789866473913	208	180
月與火犬 卷1 ～10	悅讀館	星子			2200
魘	悅讀館	星子	9789866473968	288	240
百兵　卷一～卷八（完）	悅讀館	星子	9789867450531	272	1535
七個邪惡預兆	悅讀館	星子	9789867450913	272	200
不幫忙就搗蛋	悅讀館	星子	9789867450258	308	220
陰間	悅讀館	星子	9789866815027	288	220
黑廟　陰間2	悅讀館	星子	9789866815577	256	220
捉迷藏　陰間3	悅讀館	星子	9789866157073	256	220
無名指　日落後1	悅讀館	星子	9789866815362	336	250
囚魂傘　日落後2	悅讀館	星子	9789866815446	288	240
蟲人　日落後3	悅讀館	星子	9789866815713	280	240
魔法時刻　日落後4	悅讀館	星子	9789866473173	304	240
怪物　日落後5	悅讀館	星子	9789866473500	288	240
餓死鬼　日落後6	悅讀館	星子	9789866473616	256	220
萬魔繪　日落後7	悅讀館	星子	9789866473814	288	240
太歲（修訂版）　卷一～卷七（完）	悅讀館	星子			1979
太古的盟約　卷一～卷九	悅讀館	冬天			1955
四百米的終點線	悅讀館	天航	9789866157004	364	250
君子街，淑女拳	悅讀館	天航	9789866157097	272	240
戀上白羊的弓箭	悅讀館	天航	9789866157165	288	240
披上狼皮的羊咩咩	悅讀館	天航	9789866157745		250

※實際定價以各書版權頁為準

書蟲的少年時代	悅讀館	天航	9789863190035		250
術數師1～4	悅讀館	天航			970
三分球神射手 1～6（完）	悅讀館	天航		272	1420
東濱街道故事集　惡都1	悅讀館	喬靖夫	9789866815829	208	180
慈悲　惡都2	悅讀館	袁建滔	9789866473043	336	240
犬女　惡都3	悅讀館	袁建滔	9789866473227	208	180
武道狂之詩　卷一～卷十二	悅讀館	喬靖夫			2493
吸血鬼獵人日誌 I ～IV	悅讀館	喬靖夫			847
吸血鬼獵人日誌 特別篇	悅讀館	喬靖夫	9789867450999	192	129
殺禪　全八卷	悅讀館	喬靖夫			各180
誤宮大廈	悅讀館	喬靖夫	9789866815423	256	220
香港關機	悅讀館	喬靖夫		208	180
說鬼　黑白館1	悅讀館	琦琦	9789866473333	320	240
惡疫　黑白館2	悅讀館	琦琦	9789866473517	272	240
遺怨　黑白館3	悅讀館	琦琦	9789866157486		240
噩盡島 1～13（完）	悅讀館	莫仁		272	2739
噩盡島II 1～11（完）	悅讀館	莫仁			2450
異世遊　全五卷	悅讀館	莫仁		304	各240
遁能時代 全五卷	悅讀館	莫仁			各240
兔俠 1	悅讀館	護玄	9789863190301	288	240
因與聿案簿錄 1～8（完）	悅讀館	護玄			1840
案簿錄 1～3	悅讀館	護玄			700
異動之刻 1～10（完）	悅讀館	護玄			2280
影子瀑布	Fever	賽門・葛林	9789866815607	464	380
善惡方程式（上下不分售）	Fever	珍・簡森	9789866815478	842	599
熾熱之夢	Fever	喬治・馬汀	9789866473234	456	360
審判日	Fever	珍・簡森	9789866473357	592	420
光之逝	Fever	喬治・馬汀	9789866473203	384	320
魔法咬人	Fever	伊洛娜・安德魯斯	9789866473593	336	280
殺人恩典	Fever	克莉絲汀・卡修	9789866473760	400	299
魔法烈焰	Fever	伊洛娜・安德魯斯	9789866473746	352	299
魔法衝擊	Fever	伊洛娜・安德魯斯	9789866473999	352	299
守護者之心　祕史系列1	Fever	賽門・葛林	9789866157011	416	350
惡魔恆長久　祕史系列2	Fever	賽門・葛林	9789866157219	464	350
火兒　恩典系列2	Fever	克莉絲汀・卡修	9789866157202	384	299
作祟情報員　祕史系列3	Fever	賽門・葛林	9789866157233	352	299
魔印人	Fever	彼得・布雷特	9789866157325	512	399
錯亂永生者　祕史系列4	Fever	賽門・葛林	9789866157424	336	299
魔法傳承	Fever	伊洛娜・安德魯斯	9789866157653		350
獵魔士：最後的願望	Fever	安傑・薩普科夫斯基	9789866157493		320
魔印人：沙漠之矛（上＋下）	Fever	彼得・布雷特			640
獵魔士：命運之劍	Fever	安傑・薩普科夫斯基	9789866157752		350
藍月東昇	Fever	賽門・葛林	9789866157721		399
魔法獵殺	Fever	伊洛娜・安德魯斯	9789866157769		340
破戰者（上＋下）	Fever	布蘭登・山德森			640
神來我家	Fever	A. Lee 馬丁尼茲	9789863190189		280
上上籤	畫話本	YinYin	9789866157554		220
臨時預約 陰陽堂	畫話本	爆野家	9789863190004		220
幸福調味料	畫話本	阮光民	9789863190066		240
時空鐵道之旅	畫話本	簡嘉誠	9789863190219		220

*實際定價以各書版權頁爲準

國家圖書館出版品預行編目資料

特殊傳說／護玄 著.
——初版.——台北市：蓋亞文化，2013.02
冊；公分.——

ISBN 978-986-319-010-3（卷6：平裝）

857.7　　101005845

悅讀館　RE276

6

作者／護玄
插畫／紅麟　　封面設計／克里斯
出版／蓋亞文化有限公司
地址◎台北市103承德路二段75巷35號1樓
電話◎（02）25585438　　傳真◎（02）25585439
部落格◎gaeabooks.pixnet.net/blog
臉書◎www.facebook.com/Gaeabooks
電子信箱◎gaea@gaeabooks.com.tw
投稿信箱◎editor@gaeabooks.com.tw
郵撥帳號◎19769541　戶名：蓋亞文化有限公司
法律顧問／宇達經貿法律事務所
總經銷／聯合發行股份有限公司
地址◎新北市新店區寶橋路235巷6弄6號2樓
電話◎（02）29178022　　傳真◎（02）29156275
港澳地區／一代匯集
地址◎九龍旺角塘尾道64號龍駒企業大廈10樓B&D室
電話◎（852）27838102　　傳真◎（852）23960050
初版八刷／2023年11月
定價／新台幣 250 元
Printed in Taiwan

ISBN／978-986-319-010-3

RE276
GAEA

VOL.6

蓋亞文化　讀者迴響

感謝您在茫茫書海中選擇了蓋亞，您的支持是我們最大的動力。
不要缺席喔，讓我們一起乘著夢想的羽翼，穿越時空遨遊天地！

姓名：　　　　性別：□男□女　　出生日期：　年　月　日
聯絡電話：　　　　手機：
學歷：□小學□國中□高中□大學□研究所　　職業：
E-mail：　　　　（請正確填寫）
通訊地址：□□□
本書購自：　　縣市　　書店
何處得知本書消息：□逛書店□親友推薦□DM廣告□網路□雜誌報導
是否購買過蓋亞其他書籍：□是，書名：　　　□否，首次購買
購買本書的動機是：□封面很吸引人□書名取得很讚□喜歡作者□價格便宜□其他
是否參加過蓋亞所舉辦的活動： □有，參加過　　場　　□無，因爲
喜歡出版社製作什麼樣的贈品： □書卡□文具用品□衣服□作者簽名□海報□無所謂□其他：
您對本書的意見： ◎內容／□滿意□尚可□待改進　　◎編輯／□滿意□尚可□待改進 ◎封面設計／□滿意□尚可□待改進　◎定價／□滿意□尚可□待改進
推薦好友，讓他們一起分享出版訊息，享有購書優惠 1.姓名：　　　e-mail： 2.姓名：　　　e-mail：
其他建議：

◎請沿虛線剪開、對摺、裝訂後寄出

◎請沿虛線剪開、對摺、裝訂後寄出

廣告回信　郵資免付
台北郵局登記證
台北廣字第00675號

TO：蓋亞文化有限公司　收

103 台北市承德路二段75巷35號1樓

Gaea

Gaea